RENDEZ-VOUS INCERTAIN

ISBN 2 930657 86 8
murmuredessoirs.com

Bernard Visscher

Rendez-vous incertain

roman

MURMURE DES SOIRS

… je compris vaguement qu'une âme en train de voyager dans l'air avait besoin de moi pour se raconter, pour décrire un choix, un tourment, une vie.

ANTONIO TABUCCHI, *Pereira prétend*

(Note pour la dixième édition italienne)

1

La meilleure façon d'écrire, me dit-il, c'est de ne pas écrire. Contentez-vous de penser.

Cela commençait bien… Eduardo Caldon était assis devant moi, tout ramassé sur lui-même, tassé par l'âge, et nous sirotions, lui un thé et moi une limonade, à la terrasse d'une rue calme de Venise, à deux pas du Musée Guggenheim. J'avais fait ce voyage car il avait répondu très aimablement à ma demande de pouvoir le rencontrer. Et voilà qu'il me chuchotait cette courte phrase entre sa barbe et sa moustache, toutes deux grisonnantes.

Le grand auteur, qui m'avait à lui seul donné toute la force d'écrire et à qui j'avais envoyé mon premier roman publié par une nouvelle maison d'édition, me disait de laisser tomber la plume. Mais ne doutez pas de votre talent, ajouta-t-il, voyant mon visage défait, j'ai lu et apprécié votre roman, un beau récit, bien écrit mais… ne croyez pas que vous changerez le monde, pas même celui de vos lecteurs… Un livre, une poignée de sable jetée dans le désert, vous aurez fait votre part, si peu… Peut-être, êtes-vous fier de votre nom inscrit sur la couverture de votre roman ? Un nom, ou celui d'un autre, qu'importe… Une œuvre, même applaudie en un temps, ne garantit pas le droit au souvenir… Quelle est la trace de l'oiseau glissant dans le ciel ? Rien, nul indice et pourtant il est passé… Ne vous faites pas d'illusions, l'avenir de la plupart des livres, de vos romans autant que des miens... ce sera le pilon.

À la fois, il me complimentait et me démontait. Vous-même, monsieur Caldon, vous avez pourtant beaucoup écrit, et jouissez d'une renommée internationale... Il leva les yeux, détourna le visage, lâcha un soupir empli de lassitude. Sachez, jeune homme, car je vous vois comme à mon commencement… qu'à mon âge si distant du vôtre, plus que le tourment des idées c'est la vérité que l'on cherche, celle que j'ai camouflée dans mes nombreux héros qui ont vécu plus que moi-même… J'ai, je le reconnais, une modeste satisfaction d'avoir beaucoup écrit et aussi d'avoir été encensé plus que de raison, et dans de nombreux pays. Que reste-t-il ?... Un corps fragile et solitaire, des amis décédés depuis longtemps, et je n'écris plus… car la source, d'où vient-elle ? s'est épuisée. Tout ce qui était proche m'abandonne… La vieillesse serait-elle la solitude suprême ?

Le regard de monsieur Caldon vacilla un instant, comme envahi d'un vertige. *Soledad*, reprit-il, ce mot aux consonnes fortes en espagnol, ma langue première, se porte avec fierté et panache. Mais en français, solitude, à la finale perdue, n'évoque qu'une faiblesse qui n'appartient qu'à vous seul… Il est heureux que la musique italienne me réconforte : *solitudine*… Entendez-vous ce tempo doux vêtu de l'élégance, ce costume d'apparat de la cité de l'eau et de la pierre ?... Étrange mensonge des langues... C'est pourquoi Venise me convient, j'y viens pour me retrouver... Même les effluves de ses eaux croupies ont le charme d'un parfum... tout ici meurt et en même temps tout continue à vivre... Grâce à mes droits d'auteur, je peux me permettre d'y attendre un crépuscule qui n'en finit pas.

Le grand Eduardo Caldon, une star de la littérature en son Argentine natale, l'invité d'honneur dans toutes les capitales, parlait tout à la fois en poète, et désabusé. L'idole, mon idole, dont tous les romans m'avaient enchanté, me désarçonnait. Devina-t-il ma surprise ?... Je le vis agiter une main, un signe d'effacement, comme s'il tentait de gommer une phrase ou un mot regretté. Peut-être devrais-je, murmura-t-il, vous raconter ma vie ? mais ce serait long... Voulez-vous que nous marchions, et pouvez-vous me raccompagner à mon hôtel ? je suis vite fatigué. Il quitta son siège avec lenteur, s'agrippa à mon bras comme si j'étais son fils ou un infirmier et nous marchâmes à pas mesurés. Si je commence à vous raconter ma vie, la vraie... pas celles des biographes, cela risque d'être long, très long... mais si vous avez la patience...

Je venais de débarquer à Venise, rencontrais pour la première fois Eduardo Caldon, le grand écrivain unanimement admiré que hier encore je n'espérais pouvoir approcher. Et aujourd'hui, il pesait sur mon bras, si proche de moi, me chuchotait à l'oreille qu'il allait, peut-être, me confier le fil de sa vie. Trop et trop vite, me dis-je. Un frisson, comme une brève paralysie, traversa tout mon corps.

Écrire, et la littérature, poursuivit-il au rythme de sa marche prudente, c'est un vrai mystère, un cordon qui vous tient. Même à mon âge, je ne sais toujours pas pourquoi j'ai écrit, et même beaucoup écrit… Comme si l'écriture avait commandé ma vie, comme si elle venait d'ailleurs et s'était inscrite dans mon corps. Cela parlait en moi au rythme d'un flux et d'un reflux, comme une résonance. D'où cela venait-il ? Je ne sais pas, je ne sais pas… Souvent je me suis dit que je n'étais pas écrivain mais seulement le bras et le cerveau tous deux commandés par l'obligation d'écrire, car c'est bien l'écriture qui était mon maître. Aurais-je pu me contenter de ne rien faire ? me satisfaire d'une rêverie du monde ?... mais le consentement s'impose... Être écrivain n'est pas une carrière mais un destin… Je n'ai été qu'un passeur, mais de quoi et vers qui ? Je ne sais pas, je ne sais toujours pas… Peut-être qu'un jour vous comprendrez cela. On écrit seul, tout seul...

À ces mots, je pensai à mon roman fraîchement publié, que je m'étais empressé de lui envoyer, et dont l'écriture m'avait envahi d'un étrange sentiment : la féroce et douce solitude de l'écrivain. J'y avais découvert qu'une fois les premières pages fiévreusement rédigées sans repères ni garde-fous, il y avait, malgré la déception et les doutes, une intime obligation de poursuivre, qu'interrompre le récit amorcé eut été une souffrance plus insupportable encore. Je savais qu'en musique aux infinies nuances de rythmes, accords et mélodies, se reconnaissait, selon des règles rassurantes, la fausse note ou l'erreur de tempo. Mais en écriture, pensais-je, au-delà de la vaste grammaire, quelles règles soutiennent les mots, ces agglomérats de syllabes et de sons, tous chargés de sens, et diversement posés dans la phrase ? Où se cachent les fausses notes littéraires ? Y en a-t-il ? Nulle part ou partout ?

Mais… pour écrire, continua Eduardo Caldon, et cela nous sauve de notre indigente solitude, nous nous servons de ce qui appartient à tous : la langue. Le monde nous la prête et c'est au monde que nous la rendons. La langue, si nous ne la détruisons pas, nous survivra…

Mon hôtel est juste ici, merci de m'avoir écouté. Eduardo Caldon s'écarta de mon bras, se retourna, me scrutant d'un regard subitement intense, comme traversé par une brève frayeur, avant de poursuivre : vous avez fait ce voyage pour me rencontrer ?... Rejoignez-moi demain après-midi, j'y suis généralement au salon qui est très agréable, peut-être pourrons-nous parler... de ma vie, une longue histoire… si vous le souhaitez ?

Trop heureux, je lui confirmai que je serais au rendez-vous, il eut un bref sourire interrogatif, tandis que le portier s'approchait, la main accueillante, pour aider le vieil homme à monter les marches du porche d'entrée.

Pensione di Belém : La nuit dans mon hôtel deux étoiles fut lumineuse. La très petite taille de la chambre était sans importance, le grand homme m'avait donné un second rendez-vous. Je ne dormis qu'à moitié, mon cerveau ressassant cette journée de voyage, mon arrivée éblouie en cette ville qui m'était inconnue, aussitôt suivie de notre première et troublante rencontre. Je préparais déjà mille autres questions.

Le matin même, c'était à bord d'un Avro RJ100 de Brussels Airlines que j'avais atterri à l'aéroport Marco Polo. Dès la descente sur le tarmac, un ciel blanc et moite, humecté de sel de mer, m'avait enveloppé. Je ne pris ni bus ni taxi pour rejoindre la cité lagunaire mais me dirigeai vers les navettes maritimes aux flancs aérés, ondulant le long des quais dans l'attente des voyageurs trop chaudement vêtus et embarrassés de leurs valises.

L'embarcadère s'éloigna, découvrant une eau mate secouée de remous savonneux. Devant nous se dessinaient les nombreuses îles, allongées ou minuscules, avec leurs silhouettes rouge brique de palais, temples, églises et monastères, entrepôts, ponts courbes et pointes de campaniles, des présences fortes bâties sur l'eau fragile. Bien que d'un style hors d'âge, la ville m'apparaissait vivante, solide, fraîche et fière de ses années écoulées. Sur les banquettes et dans les travées de notre bateau, les touristes au regard animé, les doigts pointant, murmuraient dans toutes les langues, trépignaient d'impatience d'en découvrir encore plus. Même l'eau, discrètement turquoise, qui clapotait le long de la coque semblait nous accueillir au rythme murmuré d'une danse.

À la station principale, je pris une correspondance, un vaporetto qui me déposa à proximité de mon hôtel. J'y confiai hâtivement mes bagages, repartis aussitôt. Ne pas rater mon rendez-vous, pensais-je. Il eut lieu, et me déconcerta. De Venise, je n'avais encore rien vu.

2

Des conversations montent de la rue, je ne les entends pas. Mon corps à mi-chemin de l'aube, se meut comme la vague, hésitant entre les couleurs de la rive et la fraîcheur sous-marine, préfère cette dernière. Le rêve, toujours le même, m'accompagne, m'intimide, m'effraie et j'y suis habitué. Dans une forêt peuplée de troncs élancés jusqu'à leur frondaison masquant la lumière, j'avance, les jambes nues, dans la houle vert tendre des fougères. Je suis seul, définitivement seul et pourtant… l'Ombre invisible me poursuit, souffle comme un chat malade, susurre ce que je n'ignore pas. Je la nomme « mon vieux fantôme » et sa présence absente affirme ma glaçante solitude. Sans nous voir, Elle m'invite à rejoindre la broussaille, à m'y enfoncer – le noir s'installe – et je me réveille au pied d'une colline, obèse, bâtie de grosses pierres empilées. Des lianes et racines anciennes enlacent le monument, étouffent et brisent sa roche. L'Ombre l'exige, et nous escaladons. Moi devant, le souffle fatigué, Elle nulle part.

Arrivé au sommet, je découvre ce que je crains : la montagne est creuse, profonde et effondrée bien au delà de sa hauteur. Immobile et sans force sur l'arête du volcan, je devine l'Ombre s'approchant. Elle exhale bruyamment, tâte mon dos, enserre mon épaule, pousse plus fort, les pieds ne me retiennent et – c'était écrit – je chute à l'envers dans l'entonnoir jusqu'à,

des conversations montent de la rue, et je les entends, somnolant encore dans ma chambre à Bruxelles. Je les écoute, perçois des mots d'une langue que je ne comprends pas. Je sursaute et m'assied au bord du lit, en sueur, ébloui par la haute fenêtre : je suis à Venise.

Pluie fine sous la douche, le réel revient, celui que j'ai voulu, et mon défaut d'impatience. Dans l'attente de ce nouveau rendez-vous, je me dois d'épuiser le temps, des minutes paisibles, indifférentes à mon corps agité.

Au hasard, je marchai dans les ruelles teintées d'ocre et le long de canaux, passai quelques ponts bossus, m'étonnai des passages si étroits que je pouvais de mes bras écartés en toucher les deux murs, et je m'égarai. Entre les hautes façades enserrant les *calle*, je percevais distinctement la résonance de mes pas, une sonorité révélée en l'absence de moteurs, ce fléau des villes, mais plus encore par l'eau, l'immense masse liquide qui glisse en silence sous les pavements : la cité me répondait, me disait que je n'étais pas seul, me chuchotait que j'existais.

À une terrasse ombragée, je commandai un petit déjeuner. Malgré l'heure tardive, je reçus une corbeille de minuscules viennoiseries, toutes de formes différentes, et un café rehaussé de mousse blanche. Non loin, et par quelques fenêtres invisibles, s'échappaient des mélodies se croisant, une voix de contralto répétant des gammes, le tintement rythmé d'un clavecin, un hautbois mélancolique, l'aiguë résonance d'une trompette, un brusque rire d'opéra... Des bribes d'une musique sans nom, composée par personne, se déplaçaient comme des bouffées de vent. Je commandai un deuxième *caffelatte* et le bus à très petites gorgées.

Midi devenait chaud, les horloges semblaient se ralentir. En Italie, seuls les touristes ignorent le temps de la sieste et déambulent, mollement, devant les boutiques aux volets abaissés. Vous ne désirez rien d'autre ? s'inquiéta le serveur qui me voyait somnoler. De l'eau fraîche, lui demandai-je. Quelques cloches marquaient, chacune à leur tour, et se répondant, le rythme des heures, des quarts et des demies. Aux tintements de seize heures trente, je décidai de me rendre à l'hôtel d'Eduardo Caldon.

Le réceptionniste me guida vers le salon. Eduardo Caldon avait choisi un coin peu éclairé, une tasse de thé fumait devant lui. Je m'approchai, aussi impressionné que la veille, le saluai la main tendue, il la serra sans y joindre de paroles, ses yeux clairs tout en contraste avec la pénombre, m'observaient, me scrutaient. Il avait ce même sourire amusé, un rien moqueur, perçu la veille lorsque je le quittai. Plusieurs fois il toussa, cherchant à se dégager la voix.

Hier après-midi, commença-t-il, peut-être avez-vous été surpris et même choqué par mes propos quelque peu excessifs et négatifs. J'ai sans doute profité de l'avantage de mon âge pour vous parler comme un à jeune homme prétentieux ou naïf, ce qui ne m'honore pas, je l'avoue... Etonné par cette modestie spontanée, je ne pus lui répondre que par un sourire gêné. Cette nuit, poursuivit-il, je me suis souvenu de cet être fragile et indécis que je fus, lorsque j'avais vos années, il y a plus de soixante-quinze ans… et je n'aurais pas apprécié qu'on me parle avec suffisance. Oubliez donc mes propos, j'en serais personnellement apaisé. Je prolongeai mon sourire embarrassé.

Vous aimez Venise, la Sérénissime ? me demanda-t-il, sur un ton brusquement anonyme.

C'est la première fois que j'y viens, et n'ai pas encore eu le temps de la visiter. Oui, je suppose que je l'aimerai… mais j'y suis venu pour vous rencontrer.

Ah, me rencontrer !… c'est aimable à vous, mais que pourrais-je vous apporter ? Je suis un vieil homme, tellement vieux que ce que vous vivez aujourd'hui ne ressemble en rien à ce que j'ai vécu lorsque j'avais votre âge. Peut-être sommes-nous fait pour l'oubli ?... Les vagues du temps effacent nos pas sur le sable...

Son regard s'égara un instant dans le vide, se ressaisit. Savez-vous que j'ai connu des guerres, des révolutions … l'enrôlement… des trahisons, même au sein de ma famille, et la grande solitude, sans argent, sans diplôme… Non, bien sûr, et pourquoi vous raconterais-je tout cela ? C'est du passé, entièrement du passé, votre jeunesse est si différente… Plus de guerre en cette vieille Europe, la démocratie partout… n'oubliez pas que la liberté reste fragile, je le constate tous les soirs à la télévision, du moins si elle dit la vérité... Votre génération connaît des progrès techniques considérables, des nouvelles façons de se parler, de se rencontrer, de communiquer, d'échanger, de partager aussi... Tout cela vient trop tard pour moi, vous vivez dans un autre monde…

Hier, monsieur Caldon, vous m'aviez proposé de

raconter votre vie, sachez que je serais très heureux de vous écouter, du moins si vous le souhaitez encore… Ah oui ? j'ai dit cela hier… Cela en vaut-il la peine ? Et puis, par quoi commencer ?... Il existe des biographies à mon sujet, les avez-vous lues ?… elles ne disent pas la vérité... personne ne la connaît…

Eduardo Caldon entrecoupait ses phrases par de longues respirations mais je percevais dans ses yeux le défilement ininterrompu de ses pensées. Subitement, je ressentis une gêne, celle de ma présence trop jeune face à tant d'années écoulées, et de mes questions indiscrètes.

Ne croyez pas que je sois né écrivain, durant ma jeunesse je n'y pensais même pas… Les événements que j'ai connus m'ont-ils transformé, bousculé, contraint à coucher sur le papier, non pas les actes de ma vie, que je n'ai d'ailleurs jamais racontés, mais plutôt les conséquences de ces temps bien ou mal vécus, qui m'ont marqué peut-être à jamais, et qui ont fait celui que je suis ?… L'écriture, cette joie qui me portait, m'a-t-elle dominé ? Il soupira, le regard avouant sa lassitude… Nous ne serions que le résultat de notre propre obligation ?... Le vrai moi est-il une idée abstraite, une illusion ? Qui est-on vraiment ?... Eduardo Caldon baissa la tête, laissant apparaître des cheveux gris et clairsemés, et il y eut un long silence… Pourquoi vous dis-je tout cela ? vous aussi vous avez un vécu, et vos souffrances… Excusez-moi, mais on va arrêter là cette conversation.

Est-ce que je pourrai encore vous revoir ? m'inquiétai-je. Vous en avez déjà trop dit et éveillé ma curiosité, et j'aurais aimé que vous me parliez de vos romans, comment sont-ils nés… Vous êtes journaliste ?! m'arrêta-il avec une soudaine inquiétude. Non ! je suis venu... Ah oui, vous me l'aviez dit, vous êtes un jeune écrivain… et vous avez lu et apprécié mes livres, je vous en remercie… Se penchant en avant, il poursuivit sur le ton de la confidence : vous croyez me voir en mes écrits ? … vous avez tort, je n'y suis qu'à peine, mais votre erreur est généreuse... Ses yeux trop humides, et ne cessant de me fixer, semblaient s'interdire d'en dire plus, aussi je ressentis à nouveau une indécence, celle d'être venu troubler un homme au passé si lointain. Même sa voix à la consonance éraillée semblait surgir d'un film en noir et blanc. Tout en parlant, il soulevait sa tasse de thé, la maintenait distraitement devant lui puis la reposait sans même l'avoir portée jusqu'à ses lèvres. Sachez, jeune homme, que je n'ai pas eu d'enfants, aucune famille devant moi, pourtant si présente lorsque je regarde en arrière… Mes seuls enfants, ce seront mes livres… Il tapotait sur le plat de la table, le regard ailleurs, répétant lentement : je n'ai pas eu d'enfants… Par ma faute… Contentez-vous de mes écrits, poursuivit-il sur un ton légèrement agacé et confirmé par un geste flou de la main.

C'est au contraire, vous, monsieur Caldon, le père de ces enfants, que je suis venu rencontrer, vous qui éveillez ma curiosité… Un sursaut anima son regard : je me souviens maintenant, vous m'aviez envoyé votre première publication, un joli roman, plein de fraîcheur, de jeunesse… Qui êtes-vous ? je ne le sais pas, votre roman ne le dit pas… Vous souhaitiez me rencontrer, et je vous ai trouvé si jeune que je vous ai répondu : « Oui, venez me voir... » Aujourd'hui, vous voilà devant moi… que vous dire ? Je suis ennuyé que vous ayez fait ce voyage…

Il leva à nouveau sa tasse de thé, y but quelques lentes gorgées, la reposa, légèrement essoufflé. Excusez-moi… mais cette conversation n'a que trop duré, votre insistance me trouble, et je suis tellement fatigué… Ce corps, notre maison, me semble parfois aussi fuyant et insaisissable qu'une ombre. Nous croyons en être le propriétaire, c'est au contraire, lui qui nous possède, lui le maître de nos gestes insensés... Après un bref silence il ajouta : si vous le souhaitez, revenez me voir demain après-midi, même heure ? J'espère ne pas vous décevoir.

Ma seconde nuit à Venise s'avéra plus merveilleuse encore. Eduardo Caldon acceptait de poursuivre notre entretien. Tout à la fois je mesurais le double privilège qui m'était accordé. Non seulement ma rencontre avec le grand écrivain se réalisait mais en plus ici, à Venise, havre de tous les arts, des grands voyageurs, des négoces et des richesses, cité habillée de mystères, d'intrigues et de légendes et, avec le temps, devenues réelles... De cette cité sur les eaux, je n'avais qu'une connaissance limitée depuis l'enfance, au temps où je reçu les récits de Marco Polo contés dans un album illustré, offrant aux premières pages de grands timbres aux scènes étranges et lointaines. Il fallait découper ces vignettes et les coller à la page correspondante, là où un dessin de l'aventure attendait le passage des crayons de couleurs. Sept siècles s'étaient écoulés, il me semblait l'avoir oublié.

Au vu des immeubles trempant dans l'eau des canaux, des ruelles où résonnent les pas, où scintillent les lanternes au delà des coins, où les bateaux plats glissent et se garent sans plus que le bruit du clapotis sur les berges de pierre, je me croyais encore en ce Moyen Âge florissant. Eduardo Caldon, mon idole littéraire, mon improbable Marco Polo, me recevait dans sa ville d'adoption, et s'apprêtait, peut-être, à me conter le fil de sa vie.

Je n'avais pas oublié la rencontre du grand commerçant voyageur, accrédité ambassadeur de la Sérénissime, avec Koubilaï Khan, Empereur de Chine, et bâtisseur d'un vaste palais encadré de mille tours qui, par une nuit de songe, lui était apparu... ni le Marco Polo de retour d'Asie, jeté dans une prison de Gênes, la République ennemie, avec pour compagnon d'infortune l'écrivain Rustichello de Pise, incarcéré comme lui, et à qui il avait conté ses aventures. Peut-être, s'ils n'eussent pas été réunis dans le malheur, « le Devisement du monde », le *Livre des Merveilles* n'auraient-ils jamais été écrits ? Ni transmis ? Formidable prison de l'écrivain... Je me voyais subitement, avec un peu de prétention honteuse, comme le compagnon de cellule qui allait, peut-être, coucher sur le papier la vie du grand romancier, Eduardo Caldon, échoué volontaire à Venise, ville qu'il ne quitterait plus.

J'avais prévu de ne rester que trois ou quatre jours en cette cité, ma carte de crédit ne me permettait pas plus. Avec une telle invitation, je me devais de prolonger mon séjour. Je décidai de me tenir à l'écart des grandes places encombrées de touristes, des églises célèbres, des cafés et terrasses à la mode, des canaux bourdonnant de vaporetti. C'est à pied que je m'éloignai du centre et de ses palais, par les ruelles silencieuses, celles où ne circulent que les vénitiens, réservés et discrets comme dans les villages. Eux aussi ont leurs échoppes, leurs cafés, leurs terrasses, et les prix y sont plus abordables. J'avais le temps de discuter avec le serveur pour n'avoir qu'une salade garnie, un verre de rouge et un petit pain, et pour un prix amical. Ainsi mes finances tiendraient le coup. Aux tables voisines, il n'y avait que des habitués et, croyant comprendre un peu l'italien, j'espérais deviner leurs bavardages, leurs vies, leurs secrets… mais ils parlaient le vénitien. Je n'étais pas seul et me laissai bercer par la musique de leurs voix.

Monsieur Caldon va vous recevoir, aujourd'hui il vous attend au jardin… Car ces hôtels de Venise, malgré la présence partout de l'eau ont parfois une cour arrière ou même un jardin. Après la pénombre du salon, m'éclaboussa la lumière blanche d'une cour agrémentée, avec en son centre une fontaine bruissant doucement. Tout autour, des orangers en fleurs et en fruits et aussi quelques tables et parasols. Eduardo Caldon m'avait aperçu avant que je ne le vis, il insistait d'un petit signe de la main.

Je vous suggère de goûter le jus de citron de la maison, il est délicieux croyez-moi, je m'y connais… Barman, voudriez-vous nous apporter deux citrons pressés et aussi une corbeille de ces beaux fruits d'Amalfi, afin que je puisse les faire admirer à mon invité.

Eduardo Caldon parlait couramment l'italien. Argentin, sa langue maternelle était l'espagnol et il me recevait en un français sans faute. Doué, me dis-je, les polyglottes m'ont toujours impressionné.

Cela fait vingt ans que je viens en cet hôtel, j'y suis comme chez moi. Il est agréable, vous ne trouvez pas ? J'approuvai avec évidence, caressé par le parfum des fleurs d'orangers. Vous comptez rester longtemps à Venise, me demanda-t-il ? Seulement quelques jours, mais je resterai le temps qu'il faudra, précisai-je, oubliant sur l'instant l'état de mes finances. Eduardo Caldon ne pensa pas non plus que cela aurait pu m'être difficile, peut-être avait-il connu une enfance sans souci ? Une adolescence dorée ? Je n'en savais rien, il ne m'avait rien raconté.

Le serveur posa devant nous deux verres givrés remplis d'une mousse jaune pâle, presque blanche, ainsi qu'une corbeille contenant trois énormes citrons. Des boules d'or, s'exclama Caldon s'emparant d'un des fruits, touchez leur peau bosselée, respirez leur arôme… À Amalfi baignée du souffle marin, ces fruits se croquent à pleines dents tant l'écorce et la chair sont gorgées de sel et de soleil… Les agrumes… une partie de ma vie, ajouta-t-il sur le ton du murmure. Tandis que mes doigts tâtaient la rondeur grumeleuse du fruit, je vis Eduardo Caldon s'éloigner dans l'ombre de son siège, et se taire, comme s'il regrettait subitement cette confidence imprévue.

Au fait, se ressaisit-il, je ne voudrais pas vous faire perdre votre temps, cela me gêne beaucoup de vous parler de moi, de mon passé, de mes jeunes années… C'est très compliqué, comment dire ? Ce fut douloureux et passionné… Tout cela est déjà tellement loin, si loin du monde actuel… Oui, Venise est une ville qui me satisfait énormément, déclara-t-il d'une voix subitement dégagée. Une évidence, je le reconnais… mais pour moi, il y a plus…. j'y perçois – moi ou mon fantôme, je ne sais – une résonance intime, comme si j'y étais né, une naissance… « virtuelle », ainsi que vous dites aujourd'hui.

Eduardo Caldon évitait de me raconter sa vie. Chaque fois que je pouvais en percevoir une bribe, un instant de son passé, il s'échappait vers un autre terrain. Mais « Venise », espérais-je, ne pourrait être à chaque fois son sujet de diversion. Il s'était tu, sirotait le jus de citron. Il est bon, n'est-ce pas ? exprimait son regard complété d'un sourire se jouant de mon impatience.

Savez-vous que je ne suis pas né Argentin ?

Non ! j'en suis surpris… Me souvenant des nombreuses intrigues et aventures développées dans ses romans, se déroulant en cette Amérique australe, jamais je ne lui avais imaginé une autre nationalité. Même les biographes et critiques littéraires le présentaient comme un auteur argentin. Curieux, j'attendis qu'il poursuive.

Je suis né en Espagne, en 1920. Cette époque vous dit quelque chose ? Évidemment, non… Savez-vous qu'il y eut une terrible guerre, ou plutôt une révolution ? Un pays déchiré en deux… D'un côté les républicains, pourtant élus, mais avec des idées communistes ou socialistes, c'est selon… et en face les franquistes, tous nationalistes et nostalgiques de l'ancien royaume. Avez-vous entendu parler de cette dévastation fratricide ?... Pour vous, je le comprends, tout cela est si loin… Pour moi, ce fut le spectacle de mon enfance et de mon adolescence. J'ai beaucoup de mal à en parler, trop de douleur, trop de gâchis, excusez-moi… Ses yeux rougissaient, prêts à pleurer. Ce serait trop long à vous expliquer, trop honteux aussi… je ne pourrais pas… Partez… souffla-t-il avec un geste lassé. Conscient de ma présence indiscrète, j'allais me lever lorsqu'il me lança un regard inquiet : voudriez-vous revenir demain, peut-être serai-je moins fatigué ?

3

Sonnerie de mon téléphone portable, s'affiche le nom de mon amie : Isabelle. Chaque fois que j'entends sa voix légèrement chantante, je nous revois à notre première rencontre à la sortie d'une séance de cinéma. Je la suivais, sans la connaître, lorsqu'elle trébucha sur une marche dans l'ombre, immédiatement je la relevai la prenant des deux bras et nous sûmes dès le premier regard, délicieux et direct, que nous en aurions d'autres… Était-ce *Avatar*, l'éblouissant film de James Cameron que nous venions de vivre en 3D qui continuait de troubler nos corps et nos sens ? Était-ce ces êtres bleus et souples, les Na'vi aux yeux de feu, libres de toute pesanteur et que nos mains avaient eu l'illusion de caresser, qui continuaient de nous séduire ? Car dès cet instant authentiquement tactile entre l'inconnue et moi-même, nous savions déjà que l'échange amical le deviendrait un peu plus, amoureux même, tant il était franc, sans heurt, plus fort que le doute, peut-être désigné par la nature… « Génétiquement programmé pour une rencontre compatible », m'affirma plus tard Isabelle. Cette hypothèse la réjouissait, et je ne m'en plaignais pas...

Rentres-tu toujours demain, comme prévu? Non, je vais rester quelques jours encore... Dommage, je me faisais déjà une joie de te rejoindre à l'aéroport... Tout se passe-t-il comme tu l'espérais ? L'as-tu rencontré ? Oui, tout se passe au mieux mais à un rythme très lent, celle d'un homme usé... Je crois, mais n'en ai pas la certitude, qu'il va me raconter sa vie. C'est un homme étrange et attachant...

Je n'aime pas rompre un appel téléphonique, trop souvent achevé par des paroles inutiles ou maladroites, au revoir, à bientôt, merci, je te rappelle... Et je ne rappellerai pas. J'hésite à pousser sur le bouton qui coupe le son du secret, et plus encore si c'est la voix d'Isabelle, rien que pour moi à l'autre bout de la ligne. Que deviner du dernier mot subitement ajouté, – un oubli ou peut-être un aveu ? – à l'instant où le doigt trop nerveux en efface la finale ? Interrompre la parole chuchotée se glissant dans le mince conduit du cerveau jusqu'au cœur incontrôlable m'a toujours marqué du poids de l'irréparable et refoulé dans l'ombre de ma conscience. Depuis mes plus anciens souvenirs, je crains l'hurlante solitude, et plus encore lorsqu'elle me nargue, drapée dans son manteau de fantôme noir.

Isabelle est chercheuse en biologie, un métier qui l'enchante, usant des technologies les plus avancées, source d'espoir pour un monde neuf, plus lumineux, plus libéré, moins douloureux. Concentrée sur l'infiniment petit, elle me parle d'ADN, ARN, HLA, IVD, GRAM, GBEA, de nucleus, d'antigènes et chromogènes, de génotype et auxanogramme, d'entérocoque et cytométrie, d'anaréobiose, hémolyse Bêta, et P53... Tout dans le « micro » dont je ne sais rien, lui dis-je. Reflet de l'infiniment grand jusqu'aux étoiles, m'assure-t-elle. Moi, je lui apporte mes rêves, d'autres soleils, des projets de romans où les lois ne sont pas les mêmes, ou plutôt dans l'ignorance de toute loi. Ne crois-tu pas que tes hormones y seraient pour quelque chose ? fredonne-t-elle pour me taquiner. Aussitôt je lui rétorque : 2 + 2 = 5, équation impossible qui l'irrite et la déconcerte et nous rions beaucoup de l'étrangeté de nos deux mondes, sans le moindre indice d'une porte qui eût pu les faire se rencontrer.

Il est vrai que ma vie en Belgique, ce minuscule triangle sur la carte du monde, est harmonieuse et sans heurt. Un pays ni du nord, ni du sud, un hasard en clair obscur des affres de l'histoire, une alliance obligée entre deux peuples qui ne se sont pas choisis, portant le même corps mais bâti sur deux jambes asynchrones, et s'il lui arrive de trébucher, il se relève sans se plaindre et poursuit sa marche, claudiquant. C'est pour cela que les voyageurs aiment ce pays atypique : sa fierté est modeste, l'arrogance y serait inconvenante. Ni tout à fait germain et pas assez latin, le Belge parle sans emphase, avec raison, et sa raison est raisonnable. Il ne revendique pas sa naissance, il l'accepte comme le brouillard qui s'y sent chez lui. Entre cousins du nord et du sud, les Belges ne se courtisent guère mais ne se détestent pas non plus, et s'il y a mariage, c'est souvent de raison, rarement avec le cœur. La Belgique, ce jardin veiné de toutes parts de routes et de canaux, possède un grand port de mer, seule ouverture à la taille du monde, et elle se souvient qu'elle fut jadis riche de son charbon, et de son Congo : une gigantesque parenthèse noire acquise au temps où l'Europe, oublieuse du droit des peuples, s'étripait pour le partage du gâteau africain. Son roi fut plus rapide pour obtenir sa part du magot : le Congo, territoire hors mesures, traversé par un fleuve aux méandres inconnus, bordé de forêts de bois précieux et de mines aux diamants rares. Traditionnel paillasson des grands envahisseurs, la Belgique avait, pour une fois, gagné une manche… Sans soupçonner que sa fierté d'alors prendrait un jour la couleur de la honte…

Dans ses plaines et ses vallons sablonneux ou limoneux, la terre belge aime la betterave, le houblon, la poire, la pomme de terre et le blé. Il y pleut tant, que le Belge transforme cette eau en mille bières, ce confort rafraîchissant qui console, sans pourtant de raisons de pleurer. La Belgique ne connaît qu'une saison : celle des pluies, tièdes ou fraîches. C'est pourquoi, le Belge s'enferme dans ses monastères, ses musées ou universités, ses fabriques et ateliers, il y travaille avec sérieux et abnégation, la divine consolation des corps raisonnables. Mais le Belge reste souriant malgré les averses, parfois brèves et violentes, plus souvent longues et ennuyeuses, et si elles viennent à s'interrompre et que le ciel s'éclaircit, la météo annonce une menace de beau temps. C'est l'instant pour sortir des maisons, inviter les amis au jardin, s'éparpiller dans les rues et envahir bruyamment les terrasses des cafés, avec cette joie subite qu'ont les fleurs lorsqu'elles éclosent. Car demain, oui demain, il pleuvra. Le Belge aime la pâtisserie, les moules et les rollmops, honore ses plages fades et ses forêts sombres, et il ne se plaint ni du chaud ni du froid mais des deux à la fois car c'est le pays de l'entre-deux, du compromis confortable, oui, confortable ! Les peuples des autres nations, plus que les Belges qui ignorent jusqu'aux paroles de leur hymne national, ont un penchant pour ces habitants aux visages de mer du Nord et au cœur tolérant, pour ce pays de moyenne latitude, et ils y installent leurs bureaux, Administrations et Ambassades, assurés de n'y rencontrer ni fierté, ni cocarde, mais des blagues indulgentes, de la gueuze en quantité, et la dérision.

Je suis né en cette terre du nord, il y a vingt-deux ans, n'y ai pas connu de grands drames, contrairement à ma grand-mère qui m'a un jour raconté sa vie, sa jeunesse bousculée par la guerre. Mais cela est une autre histoire...

Le parasol ombrait la moitié de son visage, sa bouche éclairée par le soleil laissait apparaître de vieilles dents disjointes, tandis que ses yeux brillaient dans l'ombre. Eduardo Caldon nous avait commandé du thé et le buvait par très petites gorgées. Donc, je vous ai dit que j'étais né espagnol, plus exactement à Burgos, ce nom vous dit quelque chose ?... Non, vous ne l'avez jamais visitée... Une belle ville de province, fière de ses monuments, très tranquille... Une population très catholique, très franquiste aussi... Franco, vous connaissez sa triste réputation... Donc, ma famille était franquiste, j'ose l'avouer... Nous habitions une agréable maison tout en hauteur, dans une rue de la ville ancienne, *calle del Libro*, non loin de notre cathédrale aux tours et flèches nombreuses dominant la cité. J'avais un frère aîné, Alfredo, et une sœur, Norah, presque ma jumelle... J'aimais beaucoup ma sœur, qui me comprenait, nous jouions ensemble, dessinions à deux sur les mêmes feuilles, y ajoutions à l'excès et à tour de rôle des détails qui nous plaisaient, des surprises qui provoquaient nos rires… Je revois la blancheur de nos pieds nus courant dans l'herbe au printemps, et les soirs où, couchés côte à côte en ce même jardin, nous contemplions la voûte des étoiles, des mondes que nous regroupions d'abord par quelques-uns selon les formes qu'ils nous proposaient, des carrés déformés, la silhouette d'un vase, un cheval dressé, un pont trop haut, un dragon à longue queue…, leurs nombres en pointillés nous envahissaient, par centaines, par milliers, par milliards, chiffres énormes et imprononçables qui nous secouaient de rires inextinguibles… Rentrez, les enfants, vous allez prendre froid !

Des parents aimants et aimés, connus et respectés de nos amis et voisins… J'ai le souvenir d'un père de grande taille, à la marche rapide et au timbre de voix affirmé, celle de l'avocat qu'il était, il m'impressionnait par la distance qu'il marquait entre nous – jamais il ne nous embrassait – sans toutefois me faire peur. Sur les murs de son bureau ainsi qu'au salon, s'élevaient de vastes bibliothèques chargées de livres tous reliés de cuir avec leurs titres gravés en lettres d'or, et à d'autres étages, des romans d'aventures garnis de couvertures rouges. Mes doigts se souviennent de les avoir caressés… Si je voulais emprunter un de ces livres, l'autorisation de mon père était indispensable et s'il me l'accordait, il me rappelait qu'une fois la lecture terminée je devais remettre l'exemplaire à son exacte place, le dos de couverture légèrement arrondi au même niveau que les livres voisins…

J'étais encore à l'âge des lectures enfantines lorsque je fis mon premier choix : l'*Île au trésor* de Robert Louis Stevenson, histoire pleine de rebondissements dont il ne me revient que l'image d'un pirate et de son inséparable perroquet sur l'épaule… mais plus que tout, j'y découvris, page après page, l'indicible bonheur de lire... Enivré par cette première aventure, je la poursuivis aussitôt avec *Docteur Jekyll et Mister Hyde*, étrange récit et troublant jeu de l'autre, du double, du miroir, qui me fascina... et m'interroge encore à ce jour... Connaissez-vous les *Aventures du capitaine Corcoran* d'Alfred Assollant ? De palpitants exploits au pays des éléphants, menés par un duo fort et farceur : le capitaine et son inséparable amie, la tigresse Louison, tous deux effrayant et ridiculisant la britannique armée des Indes... Ma curiosité me guida vers Daniel Defoe et son célèbre *Robinson Crusoé*, figure obstinée luttant pour sa survie, qui envahissait mes songes et que je revivais le jour, perché au plus haut de mon arbre, un tilleul au parfum enivrant et aux branches si proches les unes des autres qu'elles m'invitaient à m'élever jusqu'à la cime, d'où je scrutais l'horizon... Pourquoi y a-t-il chez tout enfant, le rêve du monde d'après la plaine, d'après la colline, d'après la forêt ?...

Méditant, Eduardo Caldon marqua une pause, s'emplit d'une longue respiration avant de poursuivre : *l'Île mystérieuse* de Jules Verne, livre d'aventures qui m'initia à la dérive, à la solitude, au dénuement... Avez-vous lu *les Enfants du capitaine Grant* ? j'y revois les pirogues étroites, les hommes nus armés d'arcs et de lances, les bois de cocotiers et les cases aux toits de feuilles palmées..., naïf et caricatural, me direz-vous, mais si vaste et libérateur pour le cœur de l'enfant... Miguel de Cervantes, bien sûr... maître écrivain du monde, avec son *Don Quichotte*, devenu nôtre, culte de la liberté, maître de l'illusion aussi réelle et aérienne que le bon sens rampant...

Je vis le regard d'Eduardo Caldon s'éloigner en luimême, et murmurer comme s'il avait oublié ma présence :

le casque ou le bassin de barbier ? L'aubergiste ou le châtelain ? Une armée ou un troupeau de moutons ? Les géants ou les moulins ? La belle Dulcinée ou la fille du fermier ?... Sommes-nous obligés de choisir ! m'adressa-t-il d'une voix brusquement forte et inquiète. Quichotte, reprit-il avec douceur, le chevalier qui n'a cessé d'accompagner mes heures et mes jours... La bibliothèque de mon père aura-t-elle été un élément fondateur de ma vie ? Peut-être même n'en suis-je jamais sorti ?...

Après un souffle de silence, il reprit : de ma mère, grande et élancée comme mon père, je n'ai pas oublié la douceur en chacun de ses gestes, ni non plus sa voix au timbre fin, sans angle, et résonne encore en moi toute l'attention rassurante qu'elle ne cessait de m'accorder. Bepè, m'appelait-elle. « Bepè », mon petit nom de l'enfance qu'elle préférait encore à l'âge où j'aurais voulu qu'elle me nomme... Mais je la considérais comme un être différent des autres, inséparable de ma propre conscience. Devant ses joies ou ses craintes, je ne pouvais rester insoucieux. Il m'arrivait de la surprendre pleurant de son trop plein d'amour, pour sa famille, ses enfants, ses proches, sachant que nos rires, chagrins et espérances s'effaceraient un jour, disparaîtraient à jamais. Cela aussi, en résonance avec elle, je le ressentais, au point parfois d'abandonner tout intérêt pour nos gestes et paroles, perdant le sens dans une buée de tristesse et d'ennui. Malgré l'évidence, je ne supportais pas que ma mère puisse être mortelle, cela m'était intolérable et je savais que sa disparition irrémédiable serait le début de mon propre évanouissement... Ce n'est pas elle qui m'a quitté mais moi qui... Elle n'eut jamais plus de mes nouvelles et aujourd'hui, éteinte depuis des décennies, je n'ai même pas connaissance d'une date... Qu'importe, mon errance orpheline avait commencé bien avant... À quoi bon ces émotions, ces remords, ces tourments ? Faut-il toute une vie pour comprendre qu'il ne faut pas comprendre ?

Envahi par les soubresauts de son enfance, Eduardo Caldon ne me regardait plus. Rêvassant sur ses propres paroles égrenées au rythme d'une mélopée, il réveillait en lui quelques bribes d'anciennes joies, amertumes, et aveux. Il reprit, je crus qu'il murmurait un poème.

En quel temps était tout cela ?... Si lent qu'un jour durait une semaine, un mois toute une année, et la nouvelle saison ne reviendrait qu'au siècle suivant... L'enfant que j'étais croyait que les indiens étaient des filles qui vivaient en Amérique et les cowboys, des garçons chevauchant en Angleterre, et j'avais même situé sur la carte du monde ce pays, qu'on disait USA, à la pointe sud de l'Afrique : il s'appelait alors Union sud-africaine... Je croyais que l'école durait toute une année d'hiver, et les grandes vacances toute une année d'été. Mais j'appris que mes vérités, si cohérentes, n'en étaient pas : l'été ne durait que deux mois et les Rois mages n'apportaient pas de jouets, ils n'existaient pas. En quel temps était tout cela ?...

Le collège où j'ai fait mes études, toujours à Burgos, était dirigé par des religieux et j'y eus un enseignement de qualité, très orienté, vous le devinez... Rigueur, discipline, maîtrise de soi, tels étaient les maîtres mots... Qu'en ai-je fait ?... Et puis arriva la guerre. D'abord des rumeurs, des complots, les premières échauffourées, bientôt la confirmation de véritables combats... Dans toutes les régions d'Espagne se répandit le feu, le sang et la mort... Je me souviens... Eduardo Caldon se tut, baissa la tête, reprit son souffle.

Au début, nous crûmes à l'éclatement d'un énorme pétard. De la rue subitement obscurcie par un crachin de poussière, montèrent les cris d'hommes, de femmes et de leurs enfants agrippés, qui fuyaient, certains trébuchant, loin du lieu où avait explosé la bombe. Ma mère, livide, me demanda de refermer la porte-fenêtre du balcon. Je me souviens, répéta-t-il… C'est à cette époque qu'on entendit dans les rues de Burgos les milices de Franco scander « *Viva la Muerte !* » Vous entendez ? « Vive la Mort ! »… Eduardo Caldon avait répété ces trois mots avec une brusque agitation, proche du cri, avant de se reprendre.

Rien de nouveau, me direz-vous, le *Gott mit Uns* du Kaiser qu'entendit la génération de mes parents n'était déjà pas plus rassurant. Lorsqu'on ne jure que par Dieu ou par le Diable, les absents redoutables… et avec des slogans qui, comme les virus en sommeil, se dissimulent habilement dans les sables mouvants de l'Histoire, méfiez-vous… car ils resurgissent un jour, plus violents, et aujourd'hui menaçant le nouveau monde, votre monde…

Il faut vous dire qu'en Espagne, la mort, la *Muerte*, nous est familière. J'avais douze ans lorsque mon père m'emmena à ma première corrida. Mon frère Alfredo, grand aficionado, m'en parlait sans cesse, il voulait devenir torero. Pour la première fois, m'apparurent ces taureaux que je connaissais si fiers et paisibles en nos campagnes, ahuris et humiliés sous les applaudissements… Ce n'est qu'un animal, me direz-vous, et tout est fait pour glorifier le courage et l'audace de l'homme qui risque sa vie avec talent… Après le passage des *picadores* montés sur des chevaux caparaçonnés, et armés de lances aigües, j'ai vu le taureau au dos ensanglanté ne plus pouvoir relever la tête, signe de noblesse, paraît-il…

ensuite les *banderillas* grotesquement emplumer le corps noir et luisant. Il y eut, tourbillonnant autour de la bête épuisée, les très nombreuses et audacieuses figures de danse du torero et de sa cape, scandées et acclamées par la foule réjouie. Après une sonnerie de trompettes, je vis surgir la lame d'acier de sous la muleta couleur de sang, briller sous le soleil déclinant, avant qu'elle ne s'enfonce sans bruit dans la nuque du héros condamné. Le colosse dresse la tête, tente une ultime charge, avant de s'écrouler. Le matador victorieux lui coupe les oreilles, les présente fièrement aux spectateurs qui l'ovationnent. Emporté par la foule en délire, j'ai, moi aussi, applaudi et crié, tandis que les chevaux entraînaient le cadavre innocent hors de l'arène… Très brièvement, je pensai que l'animal se murmurait « vont-ils me reconduire en ma ganadería et ses vertes prairies ? »… Eduardo Caldon se tut, pensif, reprit son premier récit.

L'atmosphère familiale changea rapidement. Nous nous sentions encerclés, nous les franquistes, avec au nord le Pays basque et au sud en direction de Madrid : tous des républicains. Mes parents criaient, ce qui n'était pas leur habitude. « Les communistes sont là, les communistes vont nous envahir !... ». Ils nommaient ainsi les républicains, les élus du peuple, car mes parents étaient royalistes, donc franquistes. Je résume, je résume… Renseignez-vous dans les livres d'histoire, ajouta-t-il, subitement las et agacé. Il se versa une nouvelle tasse de thé, la porta à ses lèvres, avala une seule et courte gorgée.

Au collège, nous étions naturellement tous franquistes, comme nos familles… Un jour, mon ami Alfonso, Alfonso Ridez, mon meilleur ami depuis l'enfance, ne vint plus au collège, ainsi que d'autres élèves dans d'autres classes qui disparurent à leur tour. Une rumeur se répandit : leurs parents, dont ceux d'Alfonso, étaient républicains, donc communistes… La honte, l'effroi, le malaise… Moi, je ressentais la perte d'un ami, le seul ami à qui je confiais toutes mes idées et ressentiments.

Enfants déjà, nous partagions les mêmes escapades, le jardin de ses parents avait un potager et, cachés par les buissons de groseilliers, nous nous y enfoncions comme dans une jungle, à quatre pattes entre les plants d'artichauts et d'aubergines, à la recherche des petits pois vert pré, d'oignons encore jeunes, de cornichons rugueux et de radis que nous croquions avec leur goût de terre. Et que dire des cerises disputées aux oiseaux et des framboises chapardées, toujours plus succulentes que celles servies au dessert. À dire vrai, nous n'avions nul besoin de ces gourmandises mais notre goût de la chasse clandestine nous mettait en union avec le corps et la matière du monde.

Nous aimions dévaler vers l'étang en deçà des jardins et, allongés parmi les herbes hautes, éblouis par le poudroiement de lumière, écoutions les trilles somnolentes des grenouilles. Plus d'une fois, munis d'un jonc complété d'un fil à nœud coulant, nous kidnappâmes les petites bêtes, hop, juste au moment de leur saut. J'aimais leur laideur visqueuse et, enfouies dans mes poches, je les emportais à la maison, provoquant les cris horrifiés de ma sœur qui les voyait gigoter sous le tissu, alors je les relâchais une à une dans le jardin, comme des orphelins perdus. « Petite grenouille » me surnomma Norah depuis ce temps, seulement quelques fois, juste pour me taquiner.

Si la chaleur des après-midi s'immobilisait, Alfonso et moi, sans plus l'envie de jeux, restions allongés au pied des champs, la tête entre les épis, le regard chaloupé par les vols souples et croisés des hirondelles. Même notre transpiration sentait le foin, et la boue séchée sur nos genoux nous assurait de notre intimité avec la terre maternelle et caressante.

Alfonso avait un lapin de compagnie qui mourut bien avant de grandir. Lorsque nous le trouvâmes immobile en son enclos, mou comme une poupée de chiffon, nous ressentîmes aussitôt le vide de la vie, échappée au plus loin, et le fruste abandon de matières inertes, des poils, des dents, les yeux noirs ayant perdu leur reflet, uniquement des souvenirs usagés, les oripeaux d'un lapin. De ces restes, nous décidâmes d'en faire bon usage : tannons la peau ! Impatients, nous montâmes notre entreprise avec beaucoup d'excitation. Après avoir improvisé une table de chirurgie sur la souche d'un arbre, après avoir nettoyé nos canifs de leurs traces douteuses, c'est, le souffle tremblant, que nous tranchâmes le ventre du cadavre, à la verticale depuis le cou jusqu'entre les pattes postérieures. Explorateurs, nous vîmes saillir la matière rouge et brillante, riche de formes et de reflets, découvrîmes le long et fin boyau roulé en boule, l'estomac d'où suintait une pâte d'herbe verte, devinions confusément d'autres petits accessoires, les reins, le foie, la rate, et plus haut la cage des côtes enserrant les poumons... Seule la vue du cœur, minuscule noisette, nous emplit d'un instant de faiblesse. Avec une fébrile agitation, ces petites choses molles et luisantes qui dégageaient une odeur sucrée, furent étirées, arrachées, coupées et découpées, formant sur notre table de travail un magma subitement dégoûtant. Ensuite nous entaillâmes chacune des pattes afin d'en extraire les os, même les plus fins menant aux griffes encore chargées de terre séchée. La tête nous parut trop complexe, trop impressionnante aussi, nous la séparâmes du corps d'un coup de lame vigoureux, il y eut un craquement effrayant. Nous apparut aussitôt, comme une indécence, la tranche humide et rouge du cou, symbole du martyr.

Il ne restait que la peau, but de notre massacre. À tour de rôle, de nos canifs nous raclâmes les restes de nerfs, tendons, taches de sang et glaires diverses, découvrant un cuir olivâtre, légèrement lustré, l'envers inconnu du pelage. Quelques clous et un marteau firent l'affaire pour étendre la peau, écartelée sur une planche. Ce jour-là, on eût aperçu deux petits d'hommes fiers de leur audace qui, le visage ébloui, admiraient leur trophée, dérisoire dépouille séchant au soleil.

Longtemps encore après cette séance joyeusement clandestine, je voyais dans la chambre d'Alfonso cette piécette de peau au pelage doux, minuscule tapis de poils blancs, beiges et noirs, et que nous caressions sans regret, une œuvre minuscule d'enfants conquérants...

Alfonso, le sourire malicieux, avait un talent pour conter des histoires étranges et interdites, sur le ton du secret, jetant autour de lui des regards furtifs. Il me fit peur avec des brigands assassins qu'il prétendait avoir surpris en plein pillage, me persuadait avoir affronté des revenants vaporeux ne s'éveillant que la nuit, il me fascina par la description de nains retors et tricheurs qui se cachaient sous les racines d'arbres géants, me vanta le cruel égorgement d'une poule, méfait dont il prétendait être l'auteur – je n'en crus rien –, me parla d'un orphelin heureux sauvé par un ours, me décrivit une jeune fille qu'il disait laide, sa nouvelle voisine – il l'aimait, je l'avais deviné – qu'il accueillit en lui lançant des pommes... Les variations de sa voix, soutenues par les mimes de son visage et de ses gestes, renforçaient l'audace de ses récits, parfois il fermait un œil, me jetant avec l'autre une lueur plus complice. Devant les insatiables méchancetés humaines ou les instants héroïques, sublimes ou aimables qu'il me contait, je m'indignais ou je jubilais. A-t-il été la première étincelle de mon destin d'écrivain ? Lui dois-je le goût de la narration, le plaisir des histoires inventées plus vraies que les vraies ? Et que me trouvait-il, à moi, tout ouïe ? Appréciait-il l'extase ou l'épouvante qu'il me transmettait ?

Un jour, Alfonso m'a embrassé, brutalement, brièvement, maladroitement, et j'en fus troublé dans tout le corps. Il est vrai que nous étions encore à l'âge d'être des petits David de Donatello, imberbes, à la peau douce et au cheveu vif, nous tenant innocemment dans des poses déhanchées. Une trace de pain ou de confiture débordant de ses lèvres brûlées de soleil lui donnait une désarmante beauté et, peut-être me trouvait-il un charme similaire ? Comme lui, je ressentais confusément les prémices de nos désirs, nous n'en avions pas vraiment conscience et notre éducation veillait à nous tenir éloignés de ce terrain fangeux.

À la fin de ses récits, effrayants ou exaltants, Alfonso marquait une pause, m'épiait du regard, avant d'éclater en un rire énorme et libérateur. Oui, nous étions complices dans notre amitié joyeusement criminelle, elle ne cessa qu'à la brusque disparition de l'ami. Alfonso ne m'avait rien annoncé, je n'avais rien deviné, avait-il un secret derrière ses secrets ?

Bien des années avant, je devais avoir entre huit et dix ans, rentrant d'une escapade avec Alfonso, ma mère en conversation avec une amie, murmura, mais je l'entendis, « mon fils, même crotté de boue, a une allure de petit prince… » De cette phrase charmante venant d'une mère amoureuse de son fils, je ne retins ni le prince ni la boue mais elle me forgea, sans qu'elle le sache, cette confiance intérieure qui, en bien des épreuves, me sauva : si je pouvais être présentable aux autres, je pouvais l'être à moi-même. Souvent dans ma vie, j'eus honte de mes actes, plus rarement de moi-même… Cela me sauva-t-il ?…

Mais à seize ans, le doute et les questions s'inscrivent en votre âme. Et si moi aussi j'étais, comme Alfonso, républicain ? mot dont je ne saisissais pas la portée. Pourquoi les républicains n'auraient-ils pas le droit d'avoir raison ?… On entendait bien qu'il y avait des massacres, et les deux camps s'accusaient mutuellement mais jamais, dans nos échanges se voulant encore enfantins, nous ne parlions de politique, ce domaine confus qui fâchait les adultes. À la radio, celle qu'écoutaient mes parents, on décrivait sur un ton alarmé les avancées et les reculs de l'armée républicaine et des forces royalistes, le nom des villes perdues, regagnées, détruites, incendiées, et mes parents avaient peur… La nuit dans ma chambre, les écouteurs sur les oreilles, je savourais les grésillements de ma minuscule radio, un « poste à galène », l'appelions-nous. J'écoutais Radio Pirenaica, la radio clandestine des républicains, une voix lointaine perdue dans les airs qui ne s'entendait que la nuit. Je connaissais par cœur *El Himno de Riego*, l'hymne républicain qui me vivifiait, tout le contraire de la *Marcha Granadera* aux sinistres paroles imposées par Franco. Quelle aurait été la réaction de mes parents s'ils avaient su que j'écoutais la radio interdite, que je préférais le chant de la République ?… Les lèvres d'Eduardo Caldon continuaient de remuer, sans plus émettre de son. Il se tourna brusquement vers moi, le regard étonné. Vous êtes toujours là ?… Et vous m'écoutez ?… Sans doute n'avez-vous jamais connu un tel divorce, un si grand déchirement...Nous étions tous concernés, amis, familles, voisins... Donc je disais que mes parents avaient peur... Ils furent rassurés lorsque Mussolini vint en aide à Franco avec ses chars et ses avions... Soir après soir, passaient au-dessus de notre ville les escadrilles du Duce et au loin, très loin, nous percevions le sourd bourdonnement des bombes larguées. J'imaginais les villes incendiées, les gerbes de lumière monter dans la nuit, et les survivants couverts de cendre et de sang s'échapper d'entre les amas de pierres, de poutres et hors des murs éventrés. Dans mon âme, ce fut pire encore : Mussolini, c'était l'allié d'Hitler, celui qui avait déjà envahi l'Autriche et la Tchécoslovaquie, pourquoi pas l'Espagne ? Je ne pouvais rien dire à mes parents, rien leur avouer de mon incertitude, c'eut été une trahison, mais je me rendais compte que j'étais né comme cela : avec une âme républicaine dans une famille royaliste. Une conviction encore sans argument, plus forte que moi, le point de départ de ma dérive, de mes errements... La voix d'Eduardo Caldon s'était brusquement chargée d'émotion mais, s'interdisant toute larme, il reprit son souffle. C'est comme... un homosexuel qui naît dans une famille homophobe, il est comme ça, il ne peut pas l'avouer et il ne changera pas.

Rentrant du collège, mon père me convoqua dans son bureau. Ma mère pleurait sans bruit dans un coin de la pièce. L'heure est grave, me dit-il, la guerre prend de l'ampleur et il faut s'engager. Ton frère Alfredo a été enrôlé ce matin, il était très heureux. Toi, tu auras bientôt dix-sept ans, l'âge de la formation militaire. Pour la patrie, pour Franco, il faut que tu t'engages. Ta mère est en larmes mais ton père est déjà fier de toi. L'armée t'apprendra la vaillance, la force d'âme véritable, et plus tard tu seras respecté et connaîtras le succès… Glacé par la décision de mon père, et tout autant surpris par ces mots, « vaillance… force d'âme… respect… succès… » que je croyais proches en mes jeux au sabre de bois, subitement soumis à conditions, je ne pus répondre que par mon silence. Fallait-il la puissance de l'armée et la cruauté de la guerre pour accéder à ces valeurs que la naïveté de mon âge imaginait familières ? J'espère au moins que tu partageras l'enthousiasme de ton frère ?... Tiens-toi prêt, car dans quelques jours un commandement de l'armée de Franco viendra te chercher… Il termina par la devise si souvent répétée au sein de notre famille consciente de sa lignée, et qui faisait la fierté de mon père : *Siempre ser digno de su nobleza*. Sois toujours digne de ta noblesse. Moi, j'étais encore à l'âge où je me voyais en chevalier séducteur, vêtu d'un pourpoint de cuir brodé de vermeil, m'élançant au delà de nos montagnes… et j'avais dessiné mon propre blason : soleil, forêt, champs d'or et au loin la mer azurée…

La nuit qui suivit, je rêvai qu'il neigeait sur la ville, était-ce un rêve ou un désir ? Les hivers se traînent à Burgos et lorsque la neige survient, elle se montre généreuse, enveloppe tout d'une épaisse couverture duveteuse, chuchote aux carreaux des fenêtres, arrondit les reliefs des maisons, abris et voitures, aussi les prés et les arbres… Les objets proches et aimés prennent une forme douce, conciliante, silencieuse. Planant haut par dessus les toits, les serres et les pelouses, tous devenus minuscules et soyeux, j'espérais que cette neige encouragée par le froid venu des montagnes, restât assoupie jusqu'au printemps… À la prochaine saison réapparaitraient, frais et lumineux, les témoins amicaux de la vie d'avant, d'avant la guerre, d'avant la peur et les cris, au temps de mon ignorance…

Le visage d'Eduardo Caldon se figea, absent, des images défilaient dans ses yeux égarés, ses mains tremblaient. Je suis épuisé, souffla-t-il… je n'ai plus la force de parler. Merci de m'avoir écouté.

4

Tôt ce matin, ma mère m'a téléphoné. Isabelle me dit que tu es à Venise ? Tu es parti sans elle ? Tout va-t-il bien ?... Ah, tu avais un rendez-vous. Avec un écrivain célèbre ?...

Une vie incroyable, exprimai-je, la voix émergeant du sommeil. Les récits et aveux de la veille étaient venus bousculer mes rêves, dans le désordre et à répétition. Aussi je décidai de ne pas en dire plus, de garder pour moi l'étrange impression qui m'avait envahi.

Ce nom ne me dit rien, regretta ma mère, il y a tant d'auteurs... Il a lu ton roman ? Il l'aime ? Je suis fière de toi, Pierre. J'espère que cette rencontre t'aidera et te fera connaître, tu le mérites.

Ma mère et moi, nous nous sommes toujours bien entendus, et respectés. Mais chacun chez soi, elle c'est elle, moi c'est moi. Et on s'aime ainsi, avec pudeur et discrétion. Pourquoi mon père nous a-t-il quittés ?... Je n'avais que quatre ans et il n'est jamais revenu. De lui dont j'avais cru, jusqu'à sa brusque disparition, à l'inébranlable présence, il ne m'est resté qu'un souvenir oppressant : un visage blanc, carré, immobile, au regard insistant qui m'observe et me questionne : « qui de nous deux a quitté l'autre ?... » Longtemps j'en ai voulu à ma mère, persuadé, mais sans preuve, qu'elle en était la cause, car un enfant réagit avec son corps et ses blessures, sans réflexion. Cette absence se transforma en silence, en une présence vide, en perte de mots. Je vis depuis lors avec ce regret vague, et s'il remonte à la surface, je l'écarte vivement sans chercher à le maîtriser. Ma mère non plus n'a pas connu son père, ceci explique sans doute cela, ce silence qui pèse sur elle, et sur moi, comme une fatalité, une répétition obligée. Alors on n'en parle pas.

Une pluie fine et silencieuse s'égrenait sur Venise, bienvenue au lendemain d'une journée engourdie de chaleur. Nous nous étions réfugiés au salon, sous une lampe avec abat-jour mettant nos deux visages dans l'intimité. Pour la première fois, m'apparaissaient toutes les rides d'Eduardo Caldon, comme les fragmentations d'un vieux rocher, le poids de sa vie se lisait dans les crevasses et ses yeux trop humides repoussaient leurs lourdes paupières. Lui, voyait mon visage lisse, candide, sans expérience.

Vous êtes la première personne à qui j'ai raconté cette histoire, je m'en veux… Suis-je obligé de continuer ? C'est difficile… tellement difficile… Il prit une longue respiration.

Notre formation militaire fut rapide, on nous flatta en nous attribuant un séduisant costume de fantassin, le paraître, c'est important en Espagne… Et chacun de nous reçut un fusil neuf à l'acier sentant l'huile fine. Franco pouvait compter sur des armuriers très généreux... les tanks de chez Ford, le pétrole abondamment livré par Texaco, les avions, mitrailleuses et explosifs venus d'Italie... Il est vrai qu'en face – et nous en étions convaincus, ne pouvant distinguer l'information de la propagande –, les républicains, élus par le peuple, se fournissaient auprès du dictateur Staline... Franco, Mussolini, Hitler et Staline, le quatuor de l'horreur et de l'absurde ne faisait que commencer...

Mes compagnons de caserne étaient fiers de leur armement, je devais l'être aussi, et chacun d'entre nous brandissait son fusil avec honneur et respect. Nous apprîmes à le démonter, à l'astiquer, à le remonter... Il y eut les exercices physiques et pratiques : notre bataillon fut mené comme un corps de ballet rude et mâle, nous apprîmes les positions du corps à l'attaque et à l'embuscade, le rampement dans la boue et la poussière, l'escalade, le saut et les chutes brutales, les tenues de l'arme au repos et en joue, l'art de la visée, la pose des doigts sur la gâchette, et le tir assourdissant qui nous décrochait l'épaule. À l'épreuve, nous déchirâmes bien des cibles, ensuite eûmes droit à des mannequins, hirsutes silhouettes fourrées de paille, déjà labourées par les tirs des jours précédents. « Visez les parties vitales, criait le caporal, ça économise des balles ! » Je devins bon tireur, j'étais apte à tuer...

Eduardo Caldon vida lentement sa tasse de thé, la reposa sans bruit sur la soucoupe. Je crus qu'il allait me remercier. Il leva sur moi des yeux surpris, se rappelant ma présence : vous êtes toujours là et prêt à m'entendre ?... et n'attendit pas ma réponse. Nous partions à la guerre, pour de vrai. Un groupe de républicains en déplacement avait été repéré, on nous embarqua dans des camions. « Une chance pour vous, disaient-ils, de faire vos premières armes, de connaître l'authentique feu de la guerre… » Je me souviens… Assis en doubles rangées, les uns en face des autres sous la bâche noire, le fusil au repos entre nos jambes, et ballotés sur des routes infâmes, nous nous observions en silence, incapables d'exprimer la fièvre qui nous envahissait, était-ce l'excitation ou la peur ? Un seul parmi nous, une gueule carrée mais aux traits encore enfantins, riait pour lui seul, si fort et sans retenue que je compris qu'il pleurait.

Arrivés dans une campagne aride, couverte de buissons desséchés par le vent, nous reçûmes l'ordre de nous cacher parmi les fourrés, de rester silencieux et d'attendre. On nous préviendrait du moment pour l'assaut. La chaleur était extrême et la lumière éblouissante, au delà de toutes couleurs, et ce n'était pas le blanc… Oserais-je vous dire que j'y ai vu l'éclair du noir absolu ?…

Au cri de l'officier, tout se passa si vite. Nous bondîmes hors de nos caches, tous courant dans une même direction, nous faufilant entre les rochers et les buissons vers un ennemi encore invisible mais dont les tirs avaient éclaté aussitôt. Et j'ai tiré, moi aussi, sur des nuages de fumée et devinai des ombres s'écrouler. Freinés dans notre course par un sol déjà labouré par de précédents combats, nous tombions et nous relevions sans cesse. Certains ne se relevaient plus… Un obus de mortier explosa à une quinzaine de mètres en avant, transformant un des nôtres en une gerbe de flammes, le souffle brûlant me plaqua au sol, me noyant sous une pluie de terre noire. Sans force pour me redresser, l'ouïe hurlante et déformée, je rampai, les mains glissant dans une boue tiède : c'était du sang. Je percevais l'éloignement de notre troupe, tandis que mon corps s'affaissait, tête vers le bas sur le flanc du cratère, avant de s'immobiliser... – Eduardo Caldon eut un hoquet, je compris que c'était un unique sanglot – contre un morceau de chair calcinée... Combien de temps restai-je ainsi ? Je ne sais pas, je ne sais plus... Pourtant je n'étais pas blessé... Ai-je dormi ? Étais-je assommé ?... Lorsque la conscience me revint, il n'y avait plus aucun bruit, pas même un lointain coup de feu. Je m'arrachai à la boue immonde où baignait mon visage, me hissai hors de la fosse, m'arrêtai, pétrifié, devant le regard ahuri d'un visage adolescent, déboité de son corps en bouillie. Et tout à côté, d'autres corps tordus dans des poses impossibles... J'ai vu le chaos, la face fendue, la bouche humaine ouverte sans plus de mots... Nulle autre trace alentour de mon bataillon, parti ou décimé, rien que l'angoissante désolation vibrant du murmure des mouches venues nombreuses, noires et gourmandes, et le vent tiède du soir, indifférent...

Durant tout ce temps d'absence, je n'avais pas lâché mon fusil : on nous avait tant formés à en prendre soin... Je titubais, incapable de crier, ahuri par ma présence somnolente en ce lieu de cauchemar. Sans préméditation, peut-être mû par l'instinct, je calai mon arme entre les deux troncs d'un arbre, la brisai d'un coup sec, et l'abandonnai. J'arrachai ce costume militaire imbibé de boue et de sang, et aussi mes bottines et le linge de corps. Je gardai le caleçon et partis droit devant moi, nu, pieds nus, au hasard... Je parle, je parle... Un tremblement secouait la voix d'Eduardo Caldon. Et j'oublie que vous êtes là... vous m'écoutez encore ? C'est comme si je me racontais à moi-même... Je revis ces instants... Pourquoi ne pas pouvoir oublier ?... J'espère au moins ne pas vous choquer...

Son histoire m'apparaissait grave, douloureuse, impudique jusque dans sa chair. Et il me la confiait, une troublante responsabilité. Je ruminais ce long aveu de souffrance, tandis que j'étais revenu dans ce bar d'un quartier calme du Cannaregio, là où le serveur avait compris que je n'avais pas beaucoup de moyens. Il me prépara un menu à sa façon et me l'apporta avec un clin d'œil amical.

La nuit qui suivit ne ressembla pas aux précédentes. Mon euphorie d'avoir rencontré Eduardo Caldon, le conteur unanimement admiré, s'était évanouie. Dégrisé, j'étais devant un homme, seulement un homme, sans plus de notoriété, solitaire et blessé. C'était beaucoup pour moi, trop peut-être. Mais j'étais engagé, il me fallait continuer.

5

IL m'avait donné rendez-vous à la terrasse du premier jour et, en m'attendant, s'était offert un verre de vin blanc. Je le trouvai guilleret. Comme si rien ne s'était passé entre nous, comme s'il ne m'avait rien raconté, il me tendit une main chaleureuse. J'ai relu, dit-il, quelques pages de votre jeune roman, elles m'ont ouvert une matinée de soleil, je vous en suis reconnaissant, mais… de vous je ne sais rien... Je peux vous appeler Pierre ? Sur la couverture de votre livre, j'ai lu que vous vous appeliez Pierre… Pierre Fabre, en effet, précisai-je, mon pseudonyme d'écrivain, en réalité je… C'est très bien ainsi, je vous appellerai Pierre, vous me le permettez ?... Appelez-moi Eduardo, c'est plus simple. Entendu… Monsieur Caldon.

Deux vins blancs, s'il vous plaît !

Il passait commande sans me consulter et me parlait comme on le fait avec une vieille connaissance. Je voyais un homme jovial, détendu, semblable aux touristes se délassant aux tables voisines. Tout ce qu'il m'avait conté la veille était-il vraisemblable ? Où était-ce issu de son imagination de romancier ? Cette incertitude m'amusait.

Aujourd'hui, reprit-il, j'ai décidé de ne rien vous raconter, il fait beau, je vous propose une promenade, cela ne vous dérange pas ? Non loin d'ici se trouve une petite église, peu connue mais très jolie, que je visitai il y a longtemps déjà, et j'ai envie de la revoir. Voudriez-vous m'accompagner ?

Le vin blanc l'avait rendu légèrement joyeux, d'une vivacité que je ne lui connaissais pas, et si, se levant, il profita aussitôt de mon bras, je compris que c'était plus par amicale habitude que par nécessité de son âge. Au cours de notre marche élégante et détendue, je remarquai que des passants se retournaient, réjouis à la vue de notre couple contrasté. Normal, me disais-je en cette cité, moi le jeune et imberbe Tadzio, et lui le vieux dandy, Gustav von Aschenbach, tous deux les bras mêlés comme ce ne le fut jamais – si ce n'est en leurs rêves – ni chez Thomas Mann ni chez Luchino Visconti… Oui, « Vivant à Venise », nous étions…

Eduardo Caldon se baladait en promeneur avisé, reconnaissait chaque place, chaque rue et ruelle, empruntait sans hésitation les ponts de traverse, d'étroits trottoirs longeant les canaux, même des raccourcis sombres et couverts, et nous arrivâmes sans détour devant une façade baroque aux jolies proportions, sans recul au milieu des maisons. C'est ici, dit-il, la porte latérale est toujours ouverte.

À l'intérieur, le silence et la fraîcheur. Vous entendez ? chuchota-t-il. On n'entend rien, le rien… Nous étions les seuls visiteurs, une veilleuse rouge tremblotait. L'église, de très petite taille, presque une chapelle, offrait le contraste entre des murs sombres et son ciel de lumière. Eduardo Caldon s'installa sur un banc, je m'assis à son côté. La tête relevée, ses yeux légèrement saillant admiraient le long tracé de la voute.

Si j'aime venir en ce lieu, me dit-il à voix basse, c'est parce que cette église ressemble beaucoup, et jusque dans ses proportions, à celle que j'ai connue dans mon enfance à Burgos. Voyez ces boiseries rococo rehaussées de couleurs, du vert, du rouge et de l'or... Et ces arcades finement taillées en pierre blanche ? Il y avait les mêmes dans l'église de ma vieille cité, en un peu plus chargé, à l'espagnole... Admirez les vitraux, leur lumière pourpre et bleu pâle, ces figurines au doigt levé et leur regard bienveillant... Mais ne pensez pas que je croie en Dieu... cela m'a toujours paru de la prétention, et plus encore s'Il se dit « un », unique, l'aveu de porter le chiffre premier, ce qui suppose l'existence des autres et anéantit sa totalité... Certes, les mythes ont le pouvoir de rassembler, apaiser, rassurer et plus encore sont sources des civilisations, mais au prix de combien de ravages ?... J'ai fait le choix de l'absence des dieux, un deuil assumé depuis longtemps... « Ces dieux que l'homme a faits et qui n'ont point fait l'homme », osa en un temps interdit Savinien de Cyrano, le joyeux turbulent. C'est pour le silence que je viens ici, et je prie... Il ferma les yeux et se tut.

Si vous ne croyez pas en Dieu, lui dis-je, qui priez-vous ?

Croire ou ne pas croire, souffla-t-il, les deux profils de la même indigence... Les humains sont plutôt enclins à croire à un monde de l'au-delà mais, par crainte, préfèrent ne pas y penser, pour moi c'est le contraire, il m'interroge mais je n'y crois pas... Puis-je vous avouer mon sentiment secret ?... si Dieu existait, il n'aurait pas eu besoin de créer le monde...

Pour qui je prie ? pour vous, pour moi, pour le soleil à l'aurore, le passant que je croise, le bruit de l'eau à la fontaine, l'oiseau qui pépie, l'entendez-vous ?... Par le coin cassé d'un vitrail, juste au-dessus du mur marqué d'une coulée de fiente, apparut un oiseau, aussitôt suivi d'un second. Tous deux tourbillonnèrent gazouillant sous l'abside, ils étaient chez eux.

Oui, je prie… pour tout, pour rien… surtout pour le rien… Le rien, dans le monde des formes, rejoint le tout… On devrait toujours garder ces églises, reprit-il sur un ton affirmé, ces temples des âmes. On n'y voit plus guère d'offices ni d'officiants, ni fidèles, ni plus de cérémonies, les stalles restent vides et les voleurs s'emparent des statues… Mais ces édifices, œuvres des hommes, il faut les conserver, ce sera notre dernier culte des morts… « *We need our deaths* », ajouta-t-il d'une voix à peine audible.

Le grincement d'une porte venant du chœur nous interrompit et nous vîmes passer, sans qu'il se soucia de notre présence, un abbé ou son bedeau, le visage gris et l'épaule bossue, un de ses pieds glissait bruyamment sur le sol... Les dieux illusoires sont exténués, murmura Eduardo Caldon, et ces cathédrales rendues à l'humain… J'ai de l'amitié pour la pierre, Pierre, ce beau nom que vous portez, l'essence des volcans, le sang de la terre, cette matière pleine et entière, qui est, sans le souci de penser… avec laquelle l'homme a façonné ces lieux de refuge pour son frère dans le malheur : l'esprit… cet insaisissable, insatiable, indispensable « petit homme qui est dans l'homme », disait Valéry. L'obligation de penser, serait-elle une exigence, ou une carence, de notre nature ? Peut-être que nous, les écrivains, égrenons-nous les mots par indigence ?

Assis côte à côte, nous étions les seuls visiteurs, et pourtant Eduardo Caldon avait haussé le ton comme s'il voulait que les bancs et rangées de chaises vides puissent l'entendre : pourquoi tous ces besoins de peindre, sculpter, chanter, bâtir, écrire… labourer, semer et récolter… inventer, chercher, trouver et ne pas trouver… et se perdre… et frapper, blesser et tuer… et réparer et soigner, et rire et pleurer !... Les mots s'échappaient de sa gorge sur le ton de la colère, une révolte intime qu'il ne pouvait réfréner. Pourquoi, heureux et malheureux, sommes-nous obligés de manger, boire, dormir et, suprême extase, forniquer ! Ce sexe, l'inépuisable réparateur de la nature défaillante !

Pourquoi criez-vous ? osai-je l'interrompre.

N'ayez crainte, reprit-il d'une voix subitement adoucie, seuls les ombres, et pas un seul dieu, peuvent nous entendre… Eduardo Caldon regretta ce brusque accès d'angoisse, aussi compléta-t-il par quelques mots, sur un rythme lent et paisible, exactement ceux que je souhaitais entendre et qu'inspiraient le lieu : le silence et la lumière… la lumière et le silence… et le temps qui se ralentit… L'âme se sent plus légère, vous ne trouvez pas ?... Au-dessus de nos têtes, une cloche sonna l'heure. Pouvez-vous me reconduire à mon hôtel ? dit-il avec un sursaut. J'ai rendez-vous avec mon médecin. Pourvu qu'il ne devine pas que j'ai bu du vin, il me l'interdit...

Reçu un SMS d'Isabelle. Elle dit qu'elle m'aime, tout simplement. Je la crois, malgré mon « vieux fantôme », enfantine solitude jamais éloignée, qui par vagues resurgit… Je lui réponds : « moi encore plus. » Elle me répond : « non, moi encore plus », suivi d'une volée d'émojis, visages rieurs et cœurs endiablés.

6

Combien de temps ai-je marché en cette plaine aride, bosselée de cailloux, pieds nus et sans ressentir la moindre douleur ? La voix d'Eduardo Caldon avait une sonorité rauque que je ne lui connaissais pas, il toussa à plusieurs reprises et grogna. Je ne cherchais aucune direction, le hasard me conduisait, je fuyais… je me fuyais peut-être, déconnecté du temps et des lieux… À la tombée du jour bordé d'un ciel de sang, je m'endormis – à moins que ce ne fût un évanouissement ? – à même le tapis d'herbes couchées par le vent.

Au retour des premières lueurs, je m'éveillai glacé et affamé. Malgré ma conscience entrecoupée d'absences, malgré le tremblement de mes membres et le ventre noueux, je repris ma marche sans but. Le paysage restait inchangé : la plaine et ses timides collines, parsemées d'arbres maigres et buissons assoiffés, et cette même brise tiède et continue… À chaque pas, le vide s'installait un peu plus en moi et autour de moi. Aussi, ce fut le brusque réveil lorsqu'un lièvre roux surgissant d'un bosquet déboula à mes pieds. Un instant immobile, et me fixant, avant qu'il ne s'efface à nouveau entre les herbes, j'eus le temps d'y voir la panique dans son œil sombre et brillant, cette glaçante peur de l'autre que je partageais avec lui, et nous n'y pouvions rien...

Après de longues heures d'une marche que je croyais immobile, je croisai un ruisseau se faufilant entre les pierres. J'y trempai les pieds avant de me laisser tomber à quatre pattes dans son eau glacée, elle me redonna de la force et je la bus comme un animal, la bouche lapant à même le courant. Les membres rafraîchis, je repris ma marche.

La journée finissait lentement, avec sa lumière rouge et les ombres allongées, lorsque je sursautai à l'entente d'une voix : *¿Quién va ?... « Republicano »*, répondis-je sans réfléchir. Qui va là ? résonna à nouveau, et je répétai plus fort encore : Républicain !

Des fourrés sortirent plusieurs hommes, à la démarche méfiante, leurs fusils dressés devant eux. Ils m'entourèrent, certains appuyèrent la pointe de leur arme contre mon torse et mon dos, se demandant si j'existais réellement, ce que pouvait bien être ce corps pâle, sale et nu au milieu des broussailles. Républicain, répétai-je encore à voix basse, comme un aveu, car c'en était un, pour moi fils de…, fils de franquiste. Je savais, en disant ce mot « républicain » que la trahison venait de s'accomplir, et que j'avais tout perdu…

À Venise, la lagune est belle chaque soir, incroyablement chatoyante avec son ciel en couleurs, de l'orange et du mauve qui glisse sur les vagues jusqu'aux silhouettes des îles. Assis sur le muret et mes pieds se balançant au-dessus du clapotis de la mer, je respire, bouche ouverte, ce mélange d'air et d'eau sombre au parfum capiteux. Ma tête bourdonne de tout l'aveu que, depuis trois jours, me confie Eduardo Caldon, vieillard qui ne ressemble plus au grand écrivain que j'avais désiré rencontrer.

J'avais lu tous ses livres et aucun n'avouait les étapes douloureuses de sa vie chahutée. Tout à l'opposé, ses romans parlent de courage, de générosité, proposent tant de situations riches d'espoir, tant d'intrigues attachantes autant que haletantes, souvent cocasses, parfois magiques, nourries d'inattendu et de rêves, et qui firent de lui un écrivain aimé et adulé. De même, les films adaptés de ses romans connurent un grand succès, ce qui lui valut encore plus de marques de reconnaissance et d'admiration. À moi, il dévoilait une vie douloureuse, blessée, fracassée.

Il n'a encore que dix-huit ans, songeai-je, j'ai peur de connaître la suite.

Ta grand-mère ne va pas très bien, me dit Isabelle au téléphone. Ta mère l'a conduite ce matin à l'hôpital pour des examens et elle est inquiète. Peut-être devrais-tu lui téléphoner ?

J'aime beaucoup ma grand-mère et, je ne sais pourquoi, tout petit déjà, elle me portait une attention particulière et j'en étais fier. Cela se voyait qu'il y avait une complicité entre nous. Un jour, où ma mère et ma grand-mère se tenaient côte à côte devant moi, ma mère me demanda : de nous deux, laquelle préfères-tu ?... Choix impossible pour un enfant. Toutes les deux, répondis-je, et elles rirent à l'unisson. Mais je savais que je préférais ma grand-mère.

7

ARRIVÉ à leur campement, ils m'enfermèrent dans une cabane constituée de tôles. Toute la nuit, je tremblai de froid. Le lendemain, ils m'apportèrent un paquetage de vêtements, propres mais fortement usagés : un pantalon, des sous-vêtements informes, des bottines que j'adoptai aussitôt et une veste de flanelle. Un de ses pans montrait un trou brûlé à mi-hauteur de la poitrine, et un autre identique dans le dos, au contour noir et brutalement déchiré. Je reçus en même temps un morceau de pain, une tranche de lard grillé, une tasse de café.

Habille-toi, on va t'appeler.

Dans la tente où ils m'introduisirent, plusieurs hommes en uniformes kaki élimés et poussiéreux m'attendaient, le regard fatigué et méfiant. L'un d'eux, plus grand que les autres, portant un béret sombre et la barbe sauvage, se tenait dans une posture de chef, cela se devinait comme… comme Che Guevara ! Oui, exactement comme Che Guevara… Une autre époque, plus récente… Même combat…

Toute la journée, ils m'interrogèrent, qui j'étais, d'où je venais, pourquoi je leur disais que j'étais républicain. Avec le nom que je portais, une famille bien connue à Burgos, ils ne me croyaient pas. Pourquoi je reniais les miens ? À leurs visages fermés, à leurs regards croisés et silencieux, je devinais qu'ils me prenaient pour un traître, ou un espion. Je savais que des phalangistes – les alliés redoutables de Franco – s'étaient discrètement introduits dans l'armée républicaine, et ils me prenaient pour l'un d'eux. Je me souvins subitement que mon meilleur ami s'appelait Ridez, Alfonso Ridez, leur dis-je, qu'il était mon ami et républicain, comme toute sa famille. Cela les troubla peu, ils me renvoyèrent dans ma prison de tôles. Ces allers et retours se répétèrent durant plusieurs jours.

Des coups de feu éclatèrent, plusieurs salves d'affilée. Que se passe-t-il, demandai-je inquiet à mon gardien de geôle. Un bataillon de franquistes nous a attaqués, des ennemis de la République, mais nous avons gagné. On ne fait pas de prisonniers, ils ont été exécutés. Un bataillon ? Mon bataillon peut-être ? Mes amis de caserne ? Jamais je ne le saurai. Et moi j'étais vivant, prisonnier mais vivant, fuyard et traître…

Prouve-nous que ce que tu nous dis est vrai, qu'est-ce qui peut nous faire croire que tu ne vas pas nous dénoncer ? Que tout ce que tu affirmes n'est pas pour sauver ta peau ? Que sais-tu de nos idées, de *la revolución del proletariado* ? As-tu lu Marx ? Non, je n'avais pas lu Marx, impensable dans ma famille. Tout ce que je leur répétais était naïf, sans argument, oui, je détestais Hitler, Mussolini, et Franco ; non, je ne connaissais rien du socialisme. À dix-huit ans, vous n'avez pas d'arguments, seulement des convictions. Je me mis alors à chanter devant eux *El Himno de Riego*, l'hymne des républicains. Je vis leurs sourires incrédules et l'un d'eux m'invectiva : « Tu peux te dispenser d'être poète, mais tu es tenu d'être citoyen [1] ! » Malgré mes efforts pour les convaincre de mon adhésion, ils me renvoyèrent dans la cage de tôles, brûlante le jour, glaciale la nuit.

Un matin, il y eut une agitation inhabituelle dans le campement, le geôlier me libéra. Nous devions tous partir rapidement et ils me demandèrent de les aider à démonter les tentes et à ranger le matériel d'intendance, ensuite nous arrimèrent les armes et caisses de munitions sur le dos des mulets. Ils n'avaient aucun véhicule, et il n'y avait pas de route non plus. Chacun de nous fut lourdement chargé, moi autant que les autres. À partir de ce jour, ils ne firent plus aucune différence, par nécessité ou par urgence, je devins un des leurs.

À travers des bois denses et loin de toute piste, nous rejoignîmes, après une journée de marche inquiète et silencieuse, une autre troupe plus nombreuse et mieux équipée. Je ne subis plus aucun interrogatoire mais j'avais remarqué qu'ils avaient apprécié, et noté, que je parlais plusieurs langues. Au collège, outre le latin, nous apprenions le français, l'anglais, et je me débrouillais assez bien en portugais.

Dans ce nouveau camp, je fus assigné aux tâches d'intendance au sein d'une équipe de cuisiniers aussi peu compétents que moi. À toute heure du jour et de la nuit, notre fonction était de donner de la force aux combattants, de les remplir d'énergie comme les moteurs ont besoin

[1] Nikolaï Nekrassov, poète et écrivain russe (1821-1877).

de carburant. Chaque matin, je voyais des soldats partir au front, silencieux, déjà penchés en avant, et le soir, ils revenaient le visage sale, et harassés, tandis qu'un autre bataillon était parti dans l'après-midi les remplacer pour la nuit.

Une inquiétude sourde, et même plus la peur, flottait en permanence dans cette garnison de première ligne, devenait une habitude, provoquait quelquefois des rires soudains et excessifs qui se transmettaient à tous, avant de s'éteindre, en larmes. La mort jamais éloignée, ombre furtive, serpentait autour du campement puis brusquement le pénétrait et frappait, prenait son dû… donnait un temps l'illusion d'être repue puis s'abattait à nouveau plus durement. J'évitais de me faire des amis, me contentais de nourrir des bouches, refusais de m'étonner des absents. Je commençais à m'accoutumer à ces tâches culinaires, au pain grossier que nous distribuions, non pas coupés en tranches mais par morceaux, à ces cuvées de viandes et de légumes toujours servies à la louche, et au vin noir accordé avec parcimonie, lorsqu'ils me convoquèrent.

Nos forces sont épuisées, me dirent-ils, et nous manquons de recrues. Mais nous avons des partisans au Portugal qui veulent nous rejoindre. Depuis l'Estado Novo instauré par leur Président Dictateur, ils se cachent dans la région de l'Alentejo, car ils sont traqués sans relâche. La police de Salazar soupçonne et surveille tout le monde, et les appels téléphoniques sont systématiquement sur écoute. Nous avons un correspondant sur place qui a besoin d'instructions et de notre aide pour pouvoir transférer, discrètement et de nuit, ces résistants jusqu'à la frontière, ensuite nous prendrons le relais.

Tous se turent un instant cherchant sur le visage des uns et des autres une commune approbation à poursuivre l'entretien. Nous voudrions, reprit « le Che »... (Savez-vous, Pierre, que « che » en argentin n'est qu'une banale ponctuation verbale, d'usage courant et sans aucune signification ? « Le Che », ironie de l'histoire...) je disais donc : Nous voudrions, reprit « le Che », que tu rejoignes ce partisan... tu présentes bien et parles le portugais, nous te confions cette difficile mission... Mon éducation ne m'avait jamais appris à dire non, à la moue affirmative que je fis, ils comprirent que j'étais prêt.

Le lieu de rendez-vous a été fixé dans une gare, la veille de ton départ, nous te communiquerons oralement les instructions et tu les retiendras sans les inscrire nulle part. Voici déjà ton passeport, dorénavant tu t'appelles : Felipe Jiménez. Mémorise tout ce qui y est écrit, ton nouvel âge, la date et le lieu de ta naissance... un village perdu dans la montagne où personne n'ira contrôler. Ton ancien nom n'existe plus, efface-le définitivement de ta mémoire. À la frontière, tu seras certainement contrôlé par la police politique.

« Votre nom ? Felipe Jiménez. »

Eduardo Caldon eut une ample et bruyante respiration. Il ne m'avait jamais parlé aussi longtemps et je crus que c'en était assez pour ce jour.

Mon vrai nom ? Mon nom de naissance ? Le nom de mes parents, de mon frère, de ma sœur ?... Je ne vous le dirai pas, jamais... Une famille trop importante en Espagne, et je n'ai pas le droit de leur faire ce tort, même après soixante-quinze ans… C'est moi le renégat, le sans âme… Le jour où on vous donne un nouveau nom, un faux passeport avec une vraie photo de vous, qui prouve que c'est bien vous, c'est comme une mort… Votre ancien moi, votre ancienne personne n'existe plus, a disparu pour toujours. Votre chair reste pourtant vivante, et vous la sentez se mouvoir et respirer mais, tout contre elle, s'accroche un fantôme déchu qui frôle vos pieds, essayant chaque jour de votre vie de vous faire trébucher… Pouvez-vous comprendre cela ? ce boulet invisible accroché à ma jambe ?… Je ne vous retiens pas… Peut-être aurai-je demain la force de continuer… Peut-être pas ?

C'est sérieux, me dit Isabelle. Ta grand-mère a passé les examens médicaux et les résultats ne sont pas bons. Elle devrait être opérée, mais vu son âge, il a été convenu entre ta mère et le médecin de ne pas intervenir, de ne pas la perturber avec une opération probablement inutile, de la laisser sereine le temps qui lui reste à vivre. Quelques mois tout au plus, nous a avoué le docteur, parce que nous insistions pour connaître la vérité. Nous l'avons reconduite chez elle et ta mère se charge de lui trouver une garde-malade. Je voulais aussi te dire que ta grand-mère ne cesse de te réclamer. Où est Pierre ? marmonne-t-elle sans arrêt. Pour l'apaiser, je l'ai assurée que tu rentrerais bientôt…

8

JE crois que vous avez eu tort de venir me voir, jeune homme… Monsieur le romancier…

Eduardo Caldon m'avait donné rendez-vous à l'heure de son petit déjeuner, et je retrouvais l'homme moqueur et cynique du premier jour. Sa voix se faisait molle, ses pensées confuses et ses gestes maladroits. Il se versa distraitement une tasse de thé, elle déborda.

Vous êtes venu me voir ?… Quelle drôle d'idée… Ses yeux devinrent glaçants, sa voix faussée : « Eduardo Caldon ne se sent pas bien aujourd'hui, il a mal au ventre. Il avait rendez-vous avec un jeune homme qui transpire encore le lait frais mais Felipe Jiménez a décidé de tout annuler et de se retirer… avec lui-même. »

Il eut un petit rire de derrière les dents, un rire enfermé. Vous croyez tout ce que je vous ai raconté ? Vous avez tort, parce que tout est vrai… Il rit à nouveau un peu plus longuement. Vous voudriez connaître la suite ? Elle ne va pas vous plaire… En tout cas, moi je ne la supporte pas…

jamais… À nouveau de sa voix agressive : pourquoi êtes-vous venu me questionner ? Je ne vous ai rien demandé et vous me faites mal. Pourquoi êtes-vous venu ouvrir la porte et libérer mes terreurs anciennes ? Partez maintenant, je ne veux plus vous voir. Son regard s'excusant déjà de sa colère, se radoucit. Revenez cet après-midi ? Après la sieste, il est possible que je me sente mieux ?

La journée débutait à peine et le vieil homme m'avait désagréablement reçu. Quelle comédie me jouait-il ? Je venais d'arriver à Venise, la cité que tout le monde admire, et n'allais pas gaspiller mes heures à écouter des histoires étranges et d'un autre siècle, me priver des merveilles de cette ville qu'ont dit magique. Et s'il me mentait ? S'il abusait de ma crédulité ? S'il ajoutait un nouveau roman à la longue liste de ses écrits ?…

Je pris le premier vaporetto qui se présenta, ensuite un autre qui me conduisit à la petite île de Murano. Venise en miniature, maisons plus basses et colorées, presque un village sur l'eau. Toute la matinée, je déambulai entre les ateliers et magasins de verreries scintillantes, encombrés de vases, luminaires, vaisselles de toutes tailles et toutes couleurs, statuettes, fleurs et petits chevaux élégants et fragiles, un débordement de lumières et de reflets qui affolaient les touristes américains. « *Amazing, so cute, funny, astonishing, wonderful, sweet, lovely…* » s'entendaient sans ordre devant chaque devanture. Rapidement distrait de mes rencontres avec l'étrange écrivain, mon esprit se mit à admirer d'autres vies, les vrais métiers de souffleurs et tailleurs de verre, des talents anonymes, anciens, transmis. Dans l'une de ces forges vrombissantes, je reçus le vent de chaleur éblouissant à l'ouverture des fours, vis le spectacle des cannes et de leurs boules de lumières issues de la fournaise qui se gonflent et se déforment, la cacophonie des pinces et spatules qui étirent, coupent, lissent, courbent et affinent la matière molle, et les couleurs translucides qui, refroidissant, s'adoucissent et se figent. J'oubliai un temps pourquoi j'étais venu là, en cette ville où se côtoient aimablement l'eau et le feu, j'oubliai le vieillard qui m'agaçait.

Et si ce n'était pas lui ? surgit dans mon esprit. Mais un homonyme, ou pire, un imposteur et voleur des œuvres d'Eduardo Caldon, le vrai, celui que je cherche obstinément.

Halte à ton imagination ! m'invectivai-je avec la force d'une gifle.

À midi, je repris le vaporetto en direction du Grand Canal, ensuite un autre jusqu'à la station de l'Accademia. Ne pas manquer mon rendez-vous, me répétais-je, sous aucun prétexte.

9

Voici ton billet de train, destination Lisbonne. En réalité, tu descendras bien avant, à Coimbra, mais nous avons pris le billet pour la capitale afin de brouiller les pistes et éviter tout soupçon lorsque tu seras contrôlé. Méfie-toi des Bufos, les indicateurs de la police politique, ils sont partout. Si on t'interroge, tu es représentant de commerce en accessoires ménagers. Pour cela on t'a préparé des catalogues ainsi qu'une liste des détaillants à Lisbonne auxquels tu es, en principe, censé rendre visite. Voici cette autre enveloppe, la plus précieuse, cache-la sous ta chemise et tenue par ta ceinture, il s'y trouve suffisamment d'escudos pour payer les frais de voyage des résistants qui veulent nous rejoindre. Notre correspondant t'attendra sur le quai de la gare de Coimbra, ta destination.

Comment vous reconnaître ? Toi, tu auras un feutre mou de couleur grise assez banal mais lui, il portera une casquette brune à carreaux écossais. Une telle casquette, tu la reconnaîtras entre toutes. Sur le quai, tu l'aborderas en lui demandant l'heure du prochain train pour Lisbonne. S'il te répond 21 h 10, c'est que c'est bien lui, car il n'y a pas de train pour Lisbonne à 21 h 10. De là, il te conduira dans l'Alentejo, la région où se cachent nos partisans. Sois prudent, la police du dictateur Salazar est partout.

Dans le compartiment prévu pour six personnes, je m'installai près de la fenêtre. À côté de moi vint s'asseoir un soldat blessé, bandé à la tête et au cou, mais le sourire heureux. Trois autres passagers s'installèrent sur la banquette d'en face, un homme et deux femmes aux visages fermés, ils ne se saluèrent pas. Au passage sur les aiguillages, je vis leurs corps se balancer à l'identique vers la gauche et vers la droite, leurs regards restant indifférents. Depuis le début du conflit, les voyageurs, jadis aimables et bavards, ne se parlaient presque plus de peur de se trahir, craignant leurs amis ou même leurs familles divisées. Contraint à la plus grande discrétion, ce silence me convenait.

Le soldat blessé descendit à une gare déserte, réjoui de rentrer au village, tandis qu'une femme toute vêtue de noir, une veuve me dis-je, s'installa à sa place. Le train venait de Madrid, destination Lisbonne, je le trouvai confortable. Le ciel était d'un bleu sombre, la campagne ondulée et harmonieuse, des oliveraies, vignes et champs de blé se succédaient sans ordre, je vis deux bœufs tracer la terre, ondulant sous le joug, j'admirais mon pays, l'Espagne. Plus rien ne laissait deviner que nous étions en guerre, que des amis, des frères, des voisins se tiraient dessus et mouraient en cet instant. Les chemins sillonnant, les collines couvertes d'arbrisseaux, les villages endormis, tout semblait éternel, un pays en douceur, un paradis de bien-être.

Arrivé à la frontière, dans une gare silencieuse et presque déserte, seulement dérangée par la lente respiration de notre locomotive, les policiers et douaniers montèrent dans notre train, certains en civil, les autres en uniforme. Chacun de nous fut contrôlé, mon passeport passa de main en main – furtif coup d'œil comparant mon visage à la petite photo en noir et blanc –, ils me le rendirent sans faire de commentaire. Après un sifflement aigu de vapeur, le train redémarra, j'étais au Portugal.

Même lumière, même paysage serein, vaste et solitaire, les villages laissaient apparaître des maisons plus blanches, le défilement rapide des amandiers créait des formes allongées qui fatiguaient le regard, avant de se perdre. Je m'endormis et fus pris d'un rêve. Ma mère me tenait sur ses genoux et chantonnait un doux refrain. Les yeux à demi fermés, je voyais les silhouettes de Norah, ma sœur, et de mon frère Alfredo, qui jouaient à se battre mais sans se faire mal, et ma mère leur chuchotait de ne pas faire trop de bruit, de ne pas me réveiller. Je faisais semblant de dormir et j'aimais ce petit vacarme de voix rieuses. À cet instant la porte du jardin s'ouvrit laissant entrer mon père. « Vos papiers, s'il vous plaît ! » Le policier en civil suivi d'un douanier se tenait debout tout contre moi. Je lui tendis à nouveau mon passeport. Que transportez-vous dans votre mallette ? Je présentai les catalogues commerciaux et la liste des magasins que je visiterais à Lisbonne. Le policier et le douanier inspectèrent chacun de ces documents, un à un, me les rendirent. C'est en ordre, excusez-nous de vous avoir dérangé, monsieur Jiménez.

Je suis né espagnol, je ne m'appelle plus… mais bien Jiménez, Felipe Jiménez. Je ne suis plus étudiant au collège, ni non plus un soldat de l'armée de Franco. Mon métier est représentant de commerce, spécialiste en articles ménagers et ma destination : Lisbonne. Mais je ne vais pas à Lisbonne.

Le train entra lentement dans la gare de Coimbra et s'arrêta après un long crissement de métal. Mes voisins se levèrent et s'éloignèrent dans le couloir. Je ne bougeai pas. Mon feutre sur la banquette, mes mains serrant la mallette, je regardais vers le quai ensoleillé où se croisaient les voyageurs allant et venant d'un pas déterminé. Un homme maigre et élancé, et dont le regard se tournait dans toutes les directions, semblait avoir un rendez-vous, il portait une casquette brune à carreaux écossais. S'approchant de la voie et se hissant sur la pointe des pieds, la main en visière, il se mit à scruter au travers des fenêtres du train, passant rapidement de l'une à l'autre. Il s'approcha de mon compartiment, s'arrêta tout près de moi – je ne le regardais pas mais sentis son visage à quelques centimètres de la vitre qu'il marqua d'un léger halo échappé de ses narines, y devinai mon propre reflet –, avant de s'éloigner vers un autre wagon. Sur mon billet était indiqué : destination Lisbonne. J'irai donc à Lisbonne ! Saisi par mon audace, tremblant d'une joie coupable, je me calai à l'autre bout de la banquette, loin de la fenêtre et des regards. Après un bref coup de sifflet, le train redémarra en douceur.

Ne me dévisagez pas comme cela, Pierre. Ne me jugez pas, j'étais plus jeune que vous quand cela est arrivé, un arbre frêle déraciné par la tempête ! En vous parlant, je m'effraye moi-même, je me fais horreur… Après soixante-quinze ans, pourrai-je un jour m'excuser, me pardonner ?…

Toute ma vie, ce fardeau de la honte… J'avais trahi ma famille, fui l'armée nationaliste et cette fois trompé la force républicaine, la cause que j'avais choisie. Je n'étais plus rien et ne pouvais plus compter sur personne… Une seule petite flamme survivait en moi, mais seule, si seule…

Vous ne voulez rien manger ? me demanda le barman qui déposait le verre de vin que j'avais commandé. Non merci, pas ce soir.

Et si tout cela était vrai, et s'il me racontait la vérité ? Sa vérité ? Pas un seul des romans d'Eduardo Caldon n'évoquait une semblable situation, trouble et douloureuse. Que du contraire, de son œuvre magique et chaleureuse et dont j'avais lu presque tous les romans, je ne pouvais oublier : *le Péché des amoureux*, l'*Espiègle*, *Judas à Rome*, *Une si belle femme*, *Déesse Barbera*, *Pauvre millionnaire*, *Vallées de lune*, *Un Chinois de Chine*, *Trouble en eau douce*, *Il sera lui*, *Retour sur mes pas*, et aussi, parmi ses très nombreuses nouvelles, *l'Îlot*, qui fut l'illumination, le révélateur et l'amorce de ma jeune vie d'écrivain.

Tous ces récits se bousculaient dans ma tête tandis que je me perdais, légèrement ivre et fatigué, dans les ruelles sinueuses à la recherche de ma *pensione*. Je n'avais plus vraiment envie de revoir monsieur Caldon, l'homme intimement blessé. Je ne pouvais l'aider, trop lourd pour moi, me disais-je. C'est avec obstination que j'avais désiré rencontrer l'écrivain, celui que je considérais comme le modèle et père de mon écriture encore tâtonnante. Loin de me parler de littérature, encore moins de ses romans, il m'avouait ses hontes et je regrettais de connaître ses lâchetés.

Mais pourquoi m'avait-il fixé rendez-vous, le lendemain à midi, piazza San Marco, à la terrasse du célèbre Caffè Florian ?

10

CELA faisait déjà cinq jours que je vivais à Venise et n'avais pas encore pu admirer la place la plus connue au monde. Vaste, majestueuse, orientale avec ses nombreux dômes, ouverte sur la mer et résonnant dans toutes les langues au milieu des envolées de pigeons, la place Saint Marc m'éclaboussait de sa lumière. Sous les arcades, je repérai immédiatement le Caffè Florian avec son orchestre ronronnant et sa terrasse animée de touristes. J'y cherchai Eduardo Caldon, ne le trouvai pas. Peut-être n'était-il pas encore arrivé, à moins qu'il se fût installé à l'intérieur ? Ne m'avait-il pas précisé, à la terrasse ?

Au-delà de la porte, m'apparurent de toutes petites salles aux murs lambrissés d'un vert fade et usé, meublées de minuscules tables avec leur plateau en pierre sombre et ovale. Les clients peu nombreux – un homme, entouré de trois femmes aux joues fardées de blanc sous leurs perruques argentées, vêtues d'amples robes de satin et aux manches prolongées de dentelles – se tournèrent en ma direction.

L'une, au visage très fin et assise le dos droit, me fixait avec une désarmante tendresse, « Sauvez-moi ! » me disaient ses yeux implorants. Tout le contraire de sa voisine, une beauté gourmande et me souriant à l'excès, « Je vous désire… » mimaient ses lèvres arrondies. La troisième ne me regardait déjà plus, soucieuse de cacher de son minuscule mouchoir une larme teintée de mascara noir. De carrure imposante, l'homme portant une veste de brocart à reflets sombres et rehaussée d'un jabot blanc, me lançait un sourire excessif : « Casanova, pour vous séduire, clama-t-il d'une voix doublée de son écho, jadis c'était mon choix et mon plaisir… mais l'histoire m'en a imposé le rôle et je ne puis plus en sortir…» Les trois femmes pouffèrent de rire, leurs corps se secouant, des rires saccadés plus proches du gloussement de poupées mécaniques au ressort tendu et brusquement libéré. Étourdi et me frottant les yeux, je rejoignis la terrasse, me mêlant à la faune des touristes, certains encore agités par leur tournée en gondole, d'autres comparant leurs selfies déformés, et tous détendus sous leurs casquettes à penne et T-shirts colorés, lorsqu'un homme d'âge moyen, installé à une table sous les arcades, panama sur la tête, me fit un signe de la main, je m'approchai : c'était Eduardo Caldon, il avait rasé sa barbe.

Ici à Venise, beaucoup de gens pourraient me reconnaître, me chuchota-t-il. Depuis mes nombreux passages à la télévision, mon visage est très connu, alors sans barbe, je passe incognito. Il poursuivit avec un sourire malicieux : d'ailleurs à dix-huit ans, je ne portais pas la barbe…

Peut-être, vous demandez-vous pourquoi je vous ai convié en ce lieu, au plus célèbre café de Venise ? Je vous le dirai plus tard… D'abord, nous allons passer la commande, c'est moi qui vous invite. En premier plat, nous choisirons leurs pâtes aux champignons, absolument succulentes, ensuite je vous conseille les fruits de mers, de tout premier ordre, insista-t-il avec enthousiasme. Et pour terminer en beauté, nous prendrons des pâtisseries comme vous n'en avez jamais vues ni goûtées !

Je voyais un autre homme, nettement plus jeune sans sa barbe, ses yeux pétillaient de ravissement. Je choisis les écrevisses, lui un plateau d'huîtres et autres petits coquillages. Il commanda du vin blanc, « *vino soave* », précisa-t-il. « Votre vin préféré comme d'habitude, monsieur Hemingway, conclut le serveur. » À peine eus-je le temps de m'étonner qu'Eduardo Caldon me signifiait par un clin d'œil amusé son plaisir à ne pas relever la méprise. La bouteille blonde nous fut servie plongée dans de la glace, le sommelier la déboucha devant nous.

C'est par cynisme que je suis ici, lâcha-t-il. Pour contrer ma honte éternelle. Ou plutôt non, pour revivre un moment de ma jeunesse, d'une autre façon. Car c'est vous maintenant qui êtes jeune, vous qui allez souffrir en ce monde, et peut-être connaître sa fin ?... moi je suis vieux…

Je le vis avaler ses pâtes avec gourmandise tandis que, m'interrogeant sur ses propos étranges et inquiétants, j'avais du mal à le suivre. Il essuya ses lèvres maculées de sauce, attendit qu'on lui retire son assiette pour reprendre la parole.

Vous souvenez-vous de moi ?... Je suis représentant de commerce, mon train roule vers Lisbonne. Et j'ai, caché sous la chemise, une enveloppe pleine d'escudos… Il s'interrompit à l'arrivée du plateau de coquillages luisant de reflets, servi tout en même temps que les écrevisses roses, dressées en forme de bouquet : notre petite table se trouva subitement envahie. Eduardo Caldon s'agitait à nouveau, toutes ces écailles sentant l'algue et la marée le faisaient trembler de joie. Il ne pensa plus qu'à manger. Sa gourmandise devint gloutonne, presque malséante, ses yeux brillaient entre chaque bouchée. Servez-vous, dit-il plusieurs fois, sinon je mangerai tout… Notre repas fut un joli spectacle, une petite orgie marine.

Lisbonne, gare de Lisbonne. Sur le quai, je suis seul. Personne ne m'attend, personne ne me rejoindra. Dans cette ville, je ne connais aucune adresse, je n'y suis jamais venu. Où vais-je ? Où donc se trouve ce que je ne suis pas venu chercher ?...

Lorsque vous débarquez pour la première fois dans une ville inconnue, vous ressentez ce besoin de limites, de contours. À l'entrée de la gare, j'achetai un plan des rues, ce genre de petit accordéon de papier qui, une fois ouvert, ne retrouve jamais plus les mêmes plis. J'y voyais une géographie qui ne m'apprenait rien. Où aller ? Que faire ? Pourquoi choisirais-je une route et pas une autre puisque je n'ai aucun but ?... Ici, poursuivit Caldon, sur un ton subitement dégagé, peut-être reconnaîtrez-vous certains passages d'un de mes livres, où le héros solitaire déambule bien malgré lui dans une ville qu'il ne connaît pas. Ville qu'il découvre comme un arpenteur, sans aucune maîtrise de la hiérarchie des lieux, empruntant des ruelles qui le ramènent à son point de départ, se fourvoyant dans des impasses, ignorant ce qui l'attend au coin de chaque rue et au-delà des places, avec la crainte de, peut-être, croiser un passant ivre, turbulent ou voleur, ou pire encore un Minotaure surgissant d'une grotte mal famée et, apeuré, il se perd…

À l'écriture, je m'inspirai de ce premier désarroi en cette ville qui m'était inconnue, en exagérant et en trichant toutefois…

Ce qui me frappa dès mon arrivée à Lisbonne, ce furent les tramways. Petits, jaunes, coquets comme des jouets, ils sillonnent toute la ville et grimpent même aux rues pentues. Ce fut ma première décision : monter dans un tram. Où allait-il ? Peu m'importait. Les quartiers défilaient, les uns grandioses avec leurs palais tout en pierre, et d'autres aux rues étroites et aux façades peintes, plus modestes, blanches, beiges ou ocres, et au loin le fleuve scintillant, vaste comme la mer. Arrivé au terminus, je reprenais le tram dans le sens inverse. Sans raison ni reconnaissance des lieux, je m'en échappais au hasard, pour monter aussitôt dans un autre tram s'éloignant dans une nouvelle direction.

Je pensai à me loger et trouvai un hôtel sans allure dans une ruelle calme et peu éclairée. J'étais un fugitif, non, un double fugitif... Dans un établissement discret, qui acceptait les chambres à la journée, je me disais que personne ne me retrouverait. Il fallait payer d'avance et on ne me demanda pas mon passeport. La chambre était laide, mal aérée, la couverture douteuse, et je trouvai des poils dans le lit. La première nuit, je n'entendis que des coups sur les murs et, au-dessus de ma tête, des gémissements et grincements de sommiers. Je me consolai en pensant que j'avais une belle réserve d'escudos dans les poches...

Un jeune homme de dix-huit ans, seul dans une ville inconnue, sans raison d'y être venu, sans ami, sans famille, et avec pour tout bagage des catalogues commerciaux d'aucune utilité, mettez-vous à ma place... qu'auriez-vous fait ? Si ce n'est vous installer dans les cafés, et attendre. Ce que je fis durant plusieurs jours, passant de l'un à l'autre, sans le début d'une solution, sans la moindre perspective, buvant sans goût, seulement pour compenser la forte chaleur qui pesait sur la ville.

Je me souviens plus précisément de l'un de ces établissements, le café Orquideo, un nom que je n'ai jamais oublié... Il n'avait pas bel aspect mais j'avais repéré qu'il était agréablement rafraîchi par de grands ventilateurs. Peu de clients en ce milieu de journée, une carte très simple, je commandai un *pregos*, ce sandwich mou et rond, garni d'oignons frits et de viande pimentée, le tout arrosé d'un zeste de citron, une recette que j'avais appréciée dès le premier jour. À la table voisine, un homme seul, de corpulence installée, mais le regard aux aguets, mangeait une omelette aux herbes et buvait de la citronnade. À côté de lui sur la table, un journal, le *Lisboa*, déjà lu et mal replié.

Vous semblez bien jeune pour traîner en pleine journée dans les cafés, me dit-il. Je suis représentant de commerce, répondis-je avec une fausse fermeté. Il me regarda par dessus ses lunettes. Trop jeune, vous êtes trop jeune pour faire ce métier, marmonna-t-il. La bouche encombrée d'un morceau de pain ou d'omelette, il ne pouvait plus me parler, mais ne cessait de m'observer. Après une gorgée de citronnade, il reprit : je parie que vous êtes ici pour une autre raison, est-ce que je me trompe ? Oh, ne vous inquiétez pas, ne croyez pas que je sois de la police, il y en a déjà suffisamment par ici... Non, je suis journaliste, seulement journaliste et encore, je ne m'occupe pas de politique, seulement des pages culturelles... Il continuait de mâcher tout en me jetant des regards. Puis-je vous donner un conseil ?... Il scruta mon visage désappointé avant de poursuivre : ne traînez pas trop dans cette ville, un jeune étranger comme vous est vite repéré par les Bufos, et vous aurez des ennuis, méfiez-vous... Éloignez-vous, aussi vite que possible. Il avait terminé son omelette, essuya l'assiette avec un bout de pain qu'il avala à peine mâché, vida lentement son verre de limonade et se leva. Tenez, prenez le journal, je l'ai déjà lu. Page 4, vous pourrez y lire mon dernier article, ça vous occupera… Il remarqua mon regard indécis et perdu, se pencha, posa brièvement une main sur mon épaule : si vous avez des soucis ?… téléphonez-moi à la rédaction ? Mon nom : Pereira.

Laissez-moi choisir les pâtisseries, Pierre, ce sont les meilleures au monde, rien que leur présentation vous fera saliver. À leur commande, monsieur Caldon ajouta deux cafés *venexiana* qui nous furent servis dans des verres, parfumés d'une liqueur et débordant de crème fraîche de teinte pistache.

Lisbonne… quel affreux et heureux souvenir… Toute la journée, je me promenais sans motif, sans but, sans maîtrise des lieux. De plus, ce journaliste, un certain Pereira rencontré par hasard, bien qu'aimable avec moi, m'avait désarçonné. Mon jeune âge me trahissait et mon métier de représentant ne lui semblait pas crédible, pourquoi serais-je à d'autres plus convaincant ?

En déambulant, j'arrivai dans le centre historique, le Chiado. Croyez-vous que j'aie visité les monuments, les palais, les musées, les théâtres ? Pas un seul ! Mais j'entrai dans le café A Brasileira, beau comme ici, beau comme le Florian ! Sans le savoir, je venais de pénétrer dans un des célèbres cafés de Lisbonne, moi le gamin âgé de dix-huit ans, en fuite, seulement rassuré par les billets d'escudos cachés au fond de mes poches. Un bar très long, des plafonds hauts et des boiseries sculptées sur chacun des murs, une ambiance turbulente, toute la jeunesse branchée de Lisbonne s'y donnait rendez-vous. Mais j'étais seul… seul au comptoir à vider vin blanc sur vin blanc. Pour la quatrième fois, je relisais le *Lisboa*, les sujets traités ne m'intéressaient pas mais les mots portugais me plaisaient, j'y reconnaissais ma propre langue, l'espagnol, mais s'accordant une musique nouvelle, un autre son, un autre tempo, et je fus séduit.

Absorbé par ma lecture, je manipulais distraitement un sous-verre en carton, lorsque je le retournai. Un inconnu y avait griffonné : « *O coraçaõ, se pudesse pensar, pararia.* » « Si le cœur pouvait penser, il s'arrêterait. » Qui a bien pu écrire cette étrange maxime ? me demandai-je. Si énigmatique que je ne l'oubliai pas…

Eduardon Caldon s'interrompit, se plaisant à lire mon regard intrigué. Il reprit : je dus patienter… un demi siècle ! pour comprendre que j'avais déchiffré le premier jet du journal intime de… Bernardo Soares, alias Fernando Pessoa : *le Livre de l'intranquillité*, œuvre parue bien après son écriture, en 1982. Lorsque je parcourus ces pages trop longuement inédites, je réalisai avec stupeur et joie que j'avais, à un âge encore innocent, posé mes coudes à même le comptoir où le poète avait tant de fois usé les siens !

Coïncidences… poursuivit-il sur le ton de la réflexion, ces petits points de hasard dispersés dans l'espace et le temps qui martèlent ou caressent nos vies, hors de toute volonté. Fut-ce un signe du poète, une bienveillance ?…

Je disais donc : rêvassant au bar, entre les feuilles du *Lisboa* et le sous-verre au poème griffonné, je me surpris à imaginer : et si, moi aussi, je me mettais à écrire ? Moi, journaliste ? ou même écrivain ?… L'idée me parut grotesque, s'évapora aussitôt car j'avais faim. On servait des cassolettes d'écrevisses, posées fumantes sur les tables, comme ici au Florian, mais préparées d'une toute autre façon, avec une sauce rousse et onctueuse typiquement lisboète… Mais la soirée s'étirait. Sans plus de raison de rester, fatigué et déjà dégrisé, je sortis quelques escudos et m'en allai.

Le lendemain, je revins. Et le jour suivant... Seul, dénué de tout horaire, je commençais à m'habituer à ce lieu résonnant du mélange des voix, bourdonnantes ou rieuses, des chaises déplacées, du tintement de la vaisselle servie et desservie, et au rythme incessant des jets de vapeur de la machine à café. Une femme d'une quarantaine d'années, assise au bar à côté de moi, commanda un apéritif de couleur rouge foncé, que je ne connaissais pas. Je lui demandai ce qu'était cette boisson. La *Ginja* ! répondit-elle étonnée… Vous, vous n'êtes pas d'ici !

C'est ainsi que nous avons commencé à bavarder. J'étais espagnol, représentant de commerce, de passage à Lisbonne. Vous êtes bien jeune pour faire ce métier, s'étonna-t-elle. Cette fois, je ne me laissai pas désarçonner. Oui, mon père n'a pas beaucoup d'argent… j'ai dû arrêter mes études… Et d'une voix assurée, je commandai deux verres de ce même apéritif au parfum de cerise. Elle me regardait avec une douce insistance et j'eus brusquement un sentiment de fragilité, mêlé de fièvre. Se réveillaient en moi mes songes adolescents où je m'enivrais pour des jeunes filles sublimes, confondant amour et désir, mais jamais – et notre éducation veillait à nous en protéger – je n'avais pu caresser, pas même frôler, une de leurs courbes étourdissantes. Cette femme inconnue, aimable et souriante, présence inattendue et si proche de moi, me brûlait. Oui, je ressentis la désirer, physiquement, malgré sa blondeur trop blonde et ses formes plutôt rondes, ses longues jambes m'excitaient…

J'ai toujours aimé les femmes un peu grosses, déclara Caldon d'un air dégagé. Peut-être espérez-vous que je vous raconte ma vie intime ? N'y croyez pas, mon instruction très chrétienne, bien que lointaine, me l'interdit… Il est des choses qui se font mais qui ne se disent pas, c'est plus élégant. Il eut un regard songeur, voyageur même, qui remontait le temps. En tant qu'écrivain, reprit-il, je n'ai jamais envié ceux qui étalaient avec mille détails les histoires de lit et les acrobaties intimes. D'abord, ils racontent tous la même chose, utilisent les mêmes mots plus ou moins crus, et ce n'est pas raffiné. À vivre oui, à raconter, je ne le pense pas… Mais je vais quand même poursuivre mon récit, avec retenue, car ce fut déterminant parmi mes tristes aventures.

Je m'appelle Yacinthia, précisa-t-elle sans que je le lui demande, à l'instant où je la quittai ce soir là, à regret et furieusement étourdi.

Le lendemain je la retrouvai installée à l'angle du comptoir, une cigarette fumant à la pointe de ses doigts. Devant elle brillait une boîte rouge illustrée d'un minuscule chat noir au regard intense, assis sur de grandes lettres tracées d'or et de noir : CRAVEN 'A'. Vous en voulez ? me proposa-t-elle, me présentant le paquet entrouvert, et pour la première fois, je fumai et humai une authentique cigarette anglaise. La musique, deux voix mélodieuses accompagnées de guitares et mandolines, résonnait depuis le gramophone posé à l'arrière du comptoir, mais avec une sonorité plus élevée que d'habitude, et plus encore lors des refrains repris en chœur par quelques clients légèrement enivrés. Aussi, étions-nous obligés de parler avec force : « *Dois vermelho de Porto, por favor !* », commandai-je au barman, omettant de consulter Yacinthia. Elle en fut amusée, ne me contredit pas. Vous comptez rester longtemps à Lisbonne ? me demanda-t-elle tout en agitant sa cigarette. Quelques jours ou quelques semaines, je ne sais pas, répondis-je, le temps de… Elle n'entendit que la moitié de ma réponse, semblant déjà oublier sa question. Elle me fixait de ses yeux attentifs – j'avais remarqué leur élégant contour souligné au crayon noir –, elle vérifiait si je la regardais, laissant échapper de ses lèvres de fins traits de fumée. La musique, de plus en plus envahissante, était un air à la mode que je connaissais pour l'avoir déjà entendu dans les autres bars et cafés. Lucília do Carmo, la *fadista* aux envolées langoureuses, et Fernando Farinha, le ténor à la voix enveloppante, constituaient le duo de fado dont tout le monde se plaisait à chantonner les mélodies. Brusquement Yacinthia se pencha vers moi : j'habite à deux rues d'ici, si vous voulez, nous pourrions continuer la soirée chez moi ?... La proposition était franche, directe, son sourire aimable, et je ne désirais que cela, moi le jeune homme sans expérience, moi qui admirais les femmes un peu grosses…

Botero… vous connaissez le peintre Fernando Botero ? me demanda Caldon changeant à nouveau de ton. Grand peintre… et aussi engagé politiquement, tout le contraire de moi… Ses lèvres tremblèrent un instant, sans plus de mots. Si j'aime ses toiles, ce n'est pas seulement parce qu'elles sont étranges et réjouissantes, mais aussi… parce les femmes qu'il y présente sont toutes grosses, même très grosses. Cela vous étonne ?... Je suis ainsi, je l'avoue… La première fois que je vins à Paris, j'eus la surprise de découvrir les sculptures de Maillol. Aristide Maillol, l'appréciez-vous comme moi ?... La plupart des femmes de Maillol sont joliment grosses, d'une lourdeur toujours élégante, si différentes des femmes que l'on croise aujourd'hui, souvent maigres, sans hanches, sans rondeurs... Je préfère ma génération...

Notre bouteille de vin blanc, vide depuis longtemps, dormait le goulot plongé dans la glace fondue. Je vous raconterais bien la suite, mais il me faut un peu d'audace... ne vous inquiétez pas, point d'horreur, rien que de la pudeur... Garçon, pouvez-vous nous servir deux verres de ce même vin ?

Je vous disais, Yacinthia... Nous sommes sortis du café A Brasileira et remontâmes une rue étroite, faiblement éclairée, elle me précédait d'un pas, parlant de sa ville qu'elle n'avait jamais quittée. Est-ce différent de l'Espagne, demanda-t-elle d'une voix naïve ? Oui et non, lui répondis-je trop troublé par son invitation inespérée, mon adhésion immédiate et la proximité de nos corps, mes jambes en chancelaient. Nous avons marché une dizaine de minutes, l'un près de l'autre, enveloppés par la moiteur de la nuit et plusieurs fois nos vêtements se frôlèrent. C'est ici, m'indiqua Yacinthia. La porte était ouverte, peignant le trottoir d'un rayon clair, j'entrai devant elle. À l'intérieur, sous une lumière rose, plusieurs femmes à demi nues : c'était un bordel. Je regardai Yacinthia, stupéfait. Ça ne te gêne pas ? minauda-t-elle avec le sourire, tu es mignon et rassure-toi, je ne coûte pas cher... Elle se dirigea vers le fond de la pièce et je la suivis sans un mot. J'étais fou de désir et plus encore lorsque je la vis balancer les hanches à la montée des premières marches...

Je ne vous apprends rien, je suppose, mais cette femme, somptueuse et douée, sculpturale, massive, molle et pesante m'a tout donné, tout confié, tout chuchoté, les gestes tendres et fougueux, les délices gourmands, les caresses indiscrètes, et toutes les audaces que je n'avais même pas imaginées. Le contraste entre les creux brûlants de son corps et les monticules frais me bouleversait plus que tout. Ses rondeurs m'enveloppaient, m'étouffaient, me rendaient ivre et délirant, ensuite je remontais, chevauchais et hurlais… La première fois, je crus à un séisme de l'univers… et il y eut plusieurs fois… au point que je restai jusqu'au matin. Surprise et amusée devant tant d'ardeur, elle m'apporta un petit déjeuner et je lui promis de la revoir. Le lendemain soir, malgré l'épuisement, j'étais devant chez elle, grimpais deux par deux les marches au tapis rouge et revivais de nouveaux tremblements de terre… Et à nouveau la nuit suivante, et encore celle d'après…

Sa pudeur brisée, il eut besoin de poursuivre : adolescent, c'est à Séville, l'andalouse, cité des désirs aux balcons cachés de soie écarlate, que j'avais découvert que les femmes pouvaient être belles, désirables et troublantes. Peu nombreuses dans les rues, elles marchaient furtivement, abritées de leur mantille ne pouvant cacher leurs yeux noirs et flamboyant, et au marché, d'autres filles superbes, le regard fier, la poitrine forte, l'épaule robuste, soulevant de lourds légumes gorgés d'eau.

Moi, l'enfant de Burgos, qui n'avais connu que l'inoffensif chant choral, c'est à Cadix que j'entendis la mélopée de celle qu'on surnommait *La Niña de los Peines*, Pastora Pavón, l'émouvante chanteuse qui ne savait ni lire ni écrire. Elle jouait de sa voix d'ombre, de cuivre en fusion, moussue, y mêlait les sursauts de sa chevelure aux éclats de vin noir, laissait dériver les résonances jusque dans des labyrinthes sombres et lointains. Les spectateurs enivrés, secoués d'un vent de sable, et j'en étais, se mouvaient comme une houle, prêts à se déchirer les vêtements.

Au hasard de rues nocturnes, au fond d'une impasse sans nom, je fus aspiré par les claquements de castagnettes doublés des talons durs qui martèlent le sol, par des salves d'applaudissements répondant aux flambées d'accords de guitares et aux voix fortes chantant le désir, la fièvre et l'amour. Je poussai une première porte, au bout du couloir rose la seconde porte s'ouvrit sur une salle illuminée de rouge, où des danseuses, le bas du corps entièrement nu, battaient le sol de leurs talons noirs. Au nombre de trois, elles se toisaient luttant de leur talent effréné puis subitement se plaisaient en de douces embrassades. Devant elles, claquant en rythme des mains, uniquement des hommes, tous de l'âge de mon père, et je les vis hurler lorsque les trois voluptés présentèrent à l'unisson leurs six fesses cambrées. Ivre et tremblant, je me retrouvai dans la rue, le corps à jamais fasciné par le spectacle qui venait de m'envahir… Mais ce n'est qu'à Lisbonne que je connus le vrai feu de mon éblouissement…

Tu es certain que personne ne t'attend, me dit Yacinthia. Non, personne, pourquoi ? La police est venue m'interroger, ici au Portugal les indicateurs sont partout, et ils t'ont vu passer la porte, plusieurs soirs de suite, et ils voudraient savoir qui tu es, qu'est-ce que tu fais ici à Lisbonne ? Tu as des ennuis ? On te recherche ? Tu n'as rien fait de mal au moins ?…

J'étais donc repéré, mais par qui ? Qui envoyait la police à mes trousses ? Ma famille désespérée avait-elle lancé des recherches ? Ou les agents de Franco, suite à ma disparition de mon bataillon ? Ni mort, ni vivant, ils ne m'avaient pas retrouvé. Ou encore les maquisards républicains que j'avais trahis et volés ?... La nuit qui suivit, l'homme à la casquette brune à carreaux écossais vint me hanter jusque dans mon sommeil, collant son visage contre la vitre du train, le regard en colère, la bouche déformée par ses cris, il gesticulait, soufflait et bavait, mais je n'entendais rien. Suffocant, je me redressai sur le bord du lit, le corps en sueur. Il faut fuir cette ville me dis-je, ici je suis foutu. Mais où aller ? criai-je en panique...

Eduardo Caldon vida le fond de son verre. J'espère que ce repas vous a plu ? Comprenez-vous pourquoi je vous ai invité ici, au Florian ?... Ce café, généreux, luxueux et historique me rappelle ma découverte, il y a plus de soixante-quinze ans, de cet autre établissement célèbre, à Lisbonne, le café A Brasileira, lieu grâce auquel j'ai vécu une des plus belles expériences de ma vie, et... où j'ai dépensé sans scrupules les escudos qui ne m'appartenaient pas...

Garçon, l'addition s'il vous plaît. Eduardo Caldon ne présenta pas de carte de crédit mais régla la note avec des billets ostensiblement déployés, en souvenir de ce même geste, au café A Brasileira.

Petite précision, Pierre... nous sommes en 2018, mais je vous ai invité au Florian de 1968, vous avez eu droit au menu de cette époque. Même si ce lieu connu dans le monde entier, fréquenté depuis des siècles par les poètes, artistes et célébrités respectables ou honteuses, conserve et mérite toute sa renommée, aujourd'hui, on ne vous aurait présenté qu'une carte plastifiée et parsemée de petites photos peu appétissantes sous-titrées en anglais et en chinois, comme dans tous les snacks, c'est le tourisme moderne qui exige cela. J'ignore s'il y a encore au menu des écrevisses et des pâtes aux champignons ? Vous avez été distrait par un orchestre jeune et énergique, par des valses au rythme soutenu. Aujourd'hui, ces musiciens sont âgés, leurs mélodies fatiguées … Moi, Caldon, je suis un personnage de roman, celui que vous écrivez, Pierre, vous l'écrivain imaginaire, auteur de ce roman de roman que vous lisez, cher lecteur… seule solution pour vivre en un autre temps… Nous sommes tous des fantômes, n'est-ce pas ? insista Caldon d'une voix subitement inquiète.

Après une courte absence et le regard voyageant, il reprit, murmurant plus à lui-même qu'à moi : à l'évidence, chacun d'entre nous se perçoit au centre de l'espace qui l'entoure mais si l'espace est infini, je dis « infini » et non pas « très grand »… l'est-il ?... il n'y a plus ni mesures ni distances, ni points cardinaux et nous ne sommes plus au centre de rien, et si nous sommes nulle part, où pourrions-nous aller ? Sommes-nous ? … Et pourtant je nous vois, tous les deux, ici à Venise !

Intrigué par sa propre question, il s'était penché en avant, souhaitant que je l'approuve, s'éloigna à nouveau. Et si le temps, lui aussi, affirme son infini, continua-t-il égaré dans ses pensées, point de début ni de fin, ni durée, ni saisons… Que deviennent nos années, nos naissances, nos amours et nos morts ?… Sont-ce des illusions ? Avons-nous encore un âge ?... Troublé mais convaincu par la justesse de son raisonnement, il ajouta d'une voix trahissant son agacement : alors pourquoi ne pourrions-nous pas être en 1968, cinquante années en arrière !... Il s'affaissa sur le dossier de la chaise. Le passé, murmura-t-il, est lui aussi imprévisible…

Précédé des trois jeunes femmes légèrement ivres et bruyantes, Casanova sortit du café. Remarquant la présence de monsieur Caldon, il s'immobilisa et, avec un

« *Caro collega…* » du plus bel accent, lui offrit une amicale révérence. « *Caro fratello* », lui répondit Eduardo Caldon, avec un geste ample et élégant, son panama à la main.

11

IMPOSSIBLE de m'endormir, beaucoup trop pour un seul jour… *Judas à Rome* ! m'écriai-je et je me relevai. Je m'en souvenais subitement : c'était dans ce roman, drôle et pathétique, qu'Eduardo Caldon décrivait un homme errant, bien malgré lui, dans une ville qui lui était inconnue. Je sortis ma tablette iPad de la poche intérieure de ma valise et cherchai sur e-book : Judas à Rome de Eduardo Caldon. Page 63, je lus ceci :

… « Lorsque Judas débarqua à Rome, il se sentit dans le désert. Une ville qu'il n'avait jamais visitée. Il est vrai que lorsqu'on habite Buenos Aires, on ne vient pas souvent à Rome. Sauf si votre patron vous y envoie »…

« Je veux que tu arpentes la ville d'un bout à l'autre, tu dois la connaître par cœur, pas une ruelle, pas un monument, pas une courette ne doit t'être inconnue. Tu la traverseras principalement à pieds pour que rien ne t'échappe, évite le métro qui ne t'apprendra rien sur les rues animées. Et n'oublie pas les grottes ! avait-il insisté, elles sont nombreuses et cachent bien des secrets, je le sais, je l'ai lu dans les livres d'histoire : déjà les anciens Romains, et avant eux les Étrusques, ce peuple incompris, fréquentaient assidument les grottes, ils s'y réunissaient dans le plus grand secret, pratiquant des rites étranges et peut-être d'infâmes sacrifices... Plus tard, ce fut au tour des chrétiens persécutés de se cacher dans ces antres sans lumière. Ils y priaient et enterraient leurs morts, y construisaient des ossuaires, des murs entiers de crânes, et tu seras saisi par leurs regards noirs, trop grands et privés de paupières... Ces antiques générations ont depuis longtemps rejoint la poussière mais ces grottes, nombreuses et aux circonvolutions incertaines, elles existent toujours. Visite-les toutes, car elles sont habitées par des siècles de prières...

Judas apprit à repérer ces lieux qui ne figuraient sur aucune carte, par de hasardeux tâtonnements dans les rues sombres et sinueuses. Jamais il n'y eut l'indice d'une vitrine mais une simple porte entrouverte sur un escalier de pierre disparaissant dans l'ombre. Judas y descendait et, ne pouvant rapidement plus apercevoir la pointe de ses pieds, avançait en se tenant aux parois, des rochers mal équarris et à certains endroits plus lisses, gras et noirs, là où d'autres mains s'étaient tant de fois agrippées, en même temps que leurs pieds hésitaient sur les marches glissantes.

Au bas de ces sentiers sinueux, Judas y retrouvait une vie faiblement éclairée : des estaminets, des bars à vins, des clubs de jazz ou de danse aux soubresauts inconnus résonnant sous des voûtes aux limites incertaines, mais jamais il n'y trouva de boutiques de bondieuseries, ni ne croisa le moindre touriste. Aux différentes tables ou appuyés aux bars se tenaient des jeunes gens presque tous habillés de noir, portant des vestes de cuir, certaines cloutées d'argent.

À son arrivée imprévue, des femmes lui souriaient, les unes aux cheveux rouge cuivré enserrant leur visage, d'autres, nuque rasée et la crinière de charbon hérissée au-dessus de la tête, dévoilant jusqu'à leurs épaules d'énigmatiques et fascinants tatouages. Certaines, félines, lui souriaient avec insistance, montrant leurs dents trop blanches entre leurs lèvres repeintes en noir. Et Judas s'en éprenait aussitôt…

Alors seulement, lui avait dit son patron, seulement lorsque tu auras une maîtrise complète des lieux, tu commenceras notre négoce, car toutes les boutiques auront été repérées et leurs adresses notées dans ton petit carnet. »

Et plus loin dans le texte : « Judas se sentit fatigué de marcher. Malgré ses relevés consciencieux, la ville lui paraissait démesurée, les rues tortueuses et confuses, et il désespérait d'en maîtriser la géographie. Plusieurs fois, il tenta de s'informer auprès des passants mais sa connaissance de l'italien était faible et ceux qui parlaient une autre langue étaient des étrangers en visite dans la ville du pape.

Découragé, il fit une pause au milieu du ponte *Sant'Angelo* et, penché au-dessus de l'eau glauque du Tibre, maugréa : « Qui suis-je ici ? ou nulle part ! », quand un agent de la circulation craignant de le voir, comme tant d'autres avant lui, sauter par-dessus la balustrade – ce qu'il n'avait même pas imaginé – le chassa, et il reprit sa déambulation hasardeuse.

À chaque croisement, Judas sortait de sa poche un calepin de skaï noir, y notait le nom de la rue parcourue et aussi le nom de la suivante, ajoutant des petites flèches vers la gauche ou vers la droite, se souvenant que depuis l'enfance il avait toujours confondu ses deux mains. De retour à la *Pensione di Bethléem*, affalé sur le lit, épuisé et les pieds douloureux, Judas relisait ses écritures déformées par le rythme de la marche. Mais ce soir-là, et ce n'était pas la première fois, il remarqua qu'il avait noté à trois reprises le même nom d'une rue. Tournait-il en rond ? … »

C'est l'histoire d'un représentant de commerce argentin, envoyé à Rome. Sa spécialité : les articles religieux. L'Argentine produit beaucoup de ces petits objets et son patron l'envoie dans la Ville éternelle parce qu'il y a, dit-il, de nombreux pèlerins, tous très pieux et très religieux, avides de souvenirs, de porte-bonheurs et amulettes précieuses à ramener au pays : des crucifix, des chapelets, des saints rieurs et des vierges en prière, des fioles d'eau bénite issue du Tibre vaseux. La boule à neige protégeant le buste du Pape et son doigt bénissant a aussi beaucoup de succès. Le coup de génie de son patron : « la main d'œuvre est moins chère en Argentine, donc nous serons compétitifs avec les produits locaux. » Mais il oubliait que ces bibelots « italiens » venaient tous de pays de l'Asie extrême, passés maîtres en contrefaçons. De plus, Judas condamné à rester à Rome tant que son voyage ne serait pas rentabilisé, commençait à se trouver démuni et son hôtel lui refusait tout crédit. Au lieu d'envoyer les acomptes des premières commandes à son patron, il se mit à les dépenser à son propre usage.

La suite s'avère scabreuse et drôle, les touristes ne sont pas du tout pieux et Judas, confondant finances et sentiments, s'enferre dans des idylles dont lui seul est l'amoureux, ses conquêtes ne pensant qu'à son argent… Tout le succès de ce livre tient dans l'émotion, l'humour et l'absurdité d'une vie juste humaine, mais non désirée.

J'éteignis ma tablette en pensant « Merci, monsieur Caldon, de nous apporter tant de bonheur »…

12

L'HÔTEL d'Eduardo Caldon disposait au salon d'un canapé profond et confortable. Asseyez-vous à côté de moi, chuchota-t-il, tout près de moi, maintenant que je suis recherché par la police, je dois vous parler très discrètement… Les indicateurs, les Bufos, sont partout dans cette ville de Lisbonne, en civil et impossible à repérer. Il me faut fuir. Après avoir rempli mon sac à la hâte, je descendis à la réception, rendis la clé de ma chambre sans même un mot au réceptionniste somnolent, m'échappai en courant vers des rues inconnues. Et je ne suis plus retourné voir Yacinthia.

Toute une journée, j'ai erré, passant d'un quartier à un autre, fuyant la foule, me méfiant de chaque individu que je croisais. Ne pas me retourner me disais-je, un regard inquiet ou une attitude agitée aurait pu me faire repérer car, à tout instant, je ressentais quelques yeux soupçonneux braqués sur mon dos. Même dans les rues désertes et silencieuses, je changeais de trottoir, me croyant observé et suivi.

Pereira ! pensai-je, le journaliste. Je l'avais rencontré par hasard au café Orquideo et il m'avait proposé de l'appeler si j'avais des ennuis. L'exemplaire chiffonné du journal, le *Lisboa*, se trouvait dans mes bagages. D'une cabine téléphonique, j'appelai la rédaction. Vous demandez monsieur Pereira ? Oui, il est bien rédacteur au journal, mais il ne vient pas souvent, et nous ne l'avons pas vu aujourd'hui. Peut-être pourrez-vous le joindre à son domicile ? C'est urgent ?... Voulez-vous son numéro ?... De la même cabine, je l'appelai. Bonjour, monsieur Pereira… J'attendais votre appel, monsieur Monteiro Rossi, dit Pereira, où êtes-vous ?... Je ne suis pas Monteiro Rossi, je… En ce cas, vous êtes son cousin ? Non, monsieur Pereira, mon nom est Felipe Jiménez… Vous devez faire erreur, ce nom ne me dit rien… Rappelez-vous, nous nous sommes croisés au café Orquideo et vous m'avez conseillé d'être prudent… Oui, je me souviens maintenant, le très jeune homme, le représentant qui ne l'est pas… vous avez des problèmes ? Je crois, oui… Il y eut sur la ligne un désagréable cliquetis aussitôt suivi d'un changement de résonance, plus proche du souffle, comme si un autre appel téléphonique, mais sans voix, s'était introduit dans notre conversation. Je n'ai qu'un conseil à vous donner, reprit Pereira d'une voix subitement rapide, éloignez-vous au plus vite de Lisbonne, c'est trop chaud en ce moment, vous n'y aurez que des ennuis. Je le regrette, mais je ne puis rien faire de plus pour vous. Et… oubliez le nom de la personne avec qui je vous ai confondu ! Pereira raccrocha.

Moi qui avais brièvement imaginé devenir journaliste, ce faible espoir s'évaporait… En m'éloignant du centre de la ville, les rues devinrent plus calmes. L'animation reprit lorsque j'arrivai au bord du vaste estuaire d'un bleu étincelant, ce Tage immense s'ouvrant sur l'océan, nourri des eaux de mon pays. Je m'approchai des embarcadères où se croisaient les navettes qui traversaient la baie – il n'y avait pas encore de pont à cette époque – et je les évitai. Trop de monde, me disais-je, avec cette même impression qu'ici aussi tous me regardaient, me repéraient, me soupçonnaient…

Je m'éloignai longeant le fleuve s'élargissant, dépassai de nombreux bassins encombrés de coques aux formes et teintes contrastées, arrimées pour la pêche, quelques unes pour la plaisance, certaines hissées hors de l'eau montrant leur ventre rouillé, en attente d'une réparation ou d'une couche de peinture. Plus loin encore, je marchai vers les zones industrielles et marchandes du port, le long des quais immenses et bordés d'entrepôts, là où accostent les grands bateaux, ceux qui partent en haute mer et vers d'autres continents. En cette fin de journée, les grues étaient à l'arrêt, plusieurs cargos avaient leurs moteurs qui vrombissaient de leur voix d'ogre, préparant leur départ. Un de ces géants chargeait encore quelques colis et je m'adressai à celui qui, casquette sur la tête, me semblait être un officier ou peut-être le capitaine. « *Sim*, me dit-il, *eu sou o capitão do cargueiro O Oeste.* » Pour où partez-vous ? demandai-je. Amérique du Sud, escale aux Açores, ensuite Brésil et Argentine. Vous prenez des passagers ?... Cela dépend, oui, parfois. Je voudrais partir avec vous… Vous avez de quoi payer ? ... et votre passeport ?... Dans ce cas, c'est en ordre, vous pouvez embarquer, nous levons l'ancre dans une heure.

Avec pour intime témoin mon sac dérisoire jeté sur le dos, je gravis, ivre de moi-même, l'interminable escalier métallique qui longeait la coque noire et puissante. Arrivé au premier pont, mes pieds ressentirent la sourde vibration du monstre, ce cargo au nom prédestiné, vengeur de mes peurs, *O Oeste*, « À l'Ouest », la direction de mes maîtres, le chemin du soleil.

Adieu l'Europe, adieu mon pays, mon nom, ma famille, je ne suis plus qu'un point sur l'horizon, mon passé confusément broyé dans le remous des hélices et je m'en vais dans le sillage de mes rêves enfantins, Cristoforo Colombo, Amerigo Vespucci, Magellan, Bastidas, Cabral, Pinzón, Mendoza, Córdoba et tant d'autres..., aspiré vers cette Amérique de tous les espoirs, sans même avoir convenu de l'escale où je descendrais. À partir de cet instant, je ne suis plus ni citoyen de Burgos, ni soldat de l'armée de Franco, ni non plus maquisard républicain, pas même représentant de commerce, rien, plus rien, je n'existe plus. Le basculement dans le vide... Pouvez-vous comprendre cela, cher ami ?

C'était la première fois qu'Eduardo Caldon m'appelait « cher ami », comme s'il voulait que je le rassure dans sa solitude, ces deux petits mots, signe de confiance d'un si vieux à un si jeune, me touchèrent. Il se tut une longue minute, le regard éloigné dans ses pensées, tandis que je mesurais le poids de ces dernières paroles : je n'existe plus... basculement dans le vide... rien, plus rien... Et pourtant, reprit-il, en me regardant avec un doux sourire, la suite est encore longue, mais le souffle me manque... À demain, si vous avez encore la patience de m'écouter ?...

13

Avez-vous déjà fait une longue traversée en bateau ?... Il est vrai que votre génération ne voyage plus qu'en avion. Tout va plus vite, même le temps... Une traversée de l'Atlantique, en cargo, est exactement ce qu'il me fallait, ce que je méritais... Au passager d'un bateau de marchandise, il n'est prévu aucune distraction. « Voici votre cabine, les heures de repas seront annoncées par une sonnerie et, sauf si le capitaine vous invite, vous mangerez avec les matelots. » Ceux-ci, de différentes nationalités, parlaient plusieurs langues, et les mélangeaient. Ils se comprenaient pour l'essentiel, avec des mots qui n'appartiennent qu'aux marins au long cours, suffisants pour la bonne conduite du bateau. Sans fonction sur ce cargo, et le plus jeune parmi eux, je ne leur étais d'aucune utilité, juste un intrus toléré. Plusieurs fois, assis à la table commune, je perçus quelques blagues et propos égrillards faisant allusion à mon jeune âge, à ma peau sans ride et mes cheveux abondants... mais cela ne dérapa pas plus loin que les mots. En dehors des nuits et des repas, le temps libre, totalement libre… Je me promenais sur le pont, respirais le trop plein d'air, retournais en ma cabine, dernière porte d'un couloir s'inclinant au gré des vagues.

Après une sieste sans sommeil, je repartais vers les ponts, contemplais à nouveau la masse liquide et soûlante, empruntais pour varier une autre passerelle me reconduisant à ma chambre, devant parfois m'appuyer aux cloisons et portes d'acier si je ne voulais pas chuter. Personne ne vous demande rien. Votre cabine n'est pas trop petite, juste l'espace suffisant pour un lit, une table étroite et une chaise, un hublot rond qui ne s'ouvre pas, rongé et blanchi par le sel – j'y percevais l'étendue grise et ses vagues qui se lèvent et se couchent en un rythme ordonné –, une « douche cabinet de toilette », exiguë et solide munie de poignées pour ne pas tanguer, avec quelques traces de rouille dans les angles et, bien en vue, le proéminent cube de savon, déjà usagé, où s'y lisait encore en les lettres creusées le nom de « Marseille » : l'outil indispensable, juste suffisant pour que le corps ne sente pas mauvais.

Pour toute vie en cette chambre, il n'y avait que moi et mon bagage informe, tous deux affalés sur le lit. Avec la lenteur du temps, s'installent l'ennui et les vertiges nauséeux, c'est à cause du roulis, me disais-je, ne voulant admettre mon total abandon. Aussi décidai-je de rassembler (de me rassembler,) et compter mes faibles biens : un pantalon de rechange, deux chemises, une veste défraîchie, une seule paire de chaussures, du linge de corps, un peigne, une brosse, un rasoir… des catalogues d'accessoires ménagers absurdement conservés, je ne les avais même pas lus… un journal chiffonné, le *Lisboa* que m'avait donné Pereira, mon passeport, un faux… qui avait tout l'air d'un vrai… des billets d'escudos, plus très nombreux depuis mes sorties au café A Brasileira… et mes nuits chez Yacinthia… Quant au coût de la traversée sur ce cargo, il m'avait privé de la moitié de ma petite fortune.

Seul et nu devant le miroir de la cabine, je me regarde : deux jambes maigres légèrement poilues, des pieds qui se souviennent de l'animal, des épaules encore adolescentes, un ventre lisse et clair, des yeux... vos yeux qui vous fixent avec gêne sous une mèche de cheveux sale et tombante, des mains aux doigts fragiles qui se croisent, qui touchent la peau, la découvre, et entre les jambes ce sexe endormi, le seul fidèle compagnon. Avant, c'était une décoration, un jouet, un gringalet périodiquement agité. Depuis Yacinthia, il était devenu une présence à part entière, avec son poids, sa proéminence, son volume un peu grossier, une autorité, une bite de mec. Voilà pour l'inventaire… Je me souvins d'une nouvelle d'Edgar Allan Poe lue dans la bibliothèque de mon père : un homme vivant dans les glaces du Nord se voit pour la première fois dans un miroir, horrifié, il tombe à la renverse… Pourquoi, je ne tombe pas ? Pourquoi, je ne m'écroule pas ?... On se donne tous une image de soi, poétique ou mensongère. Ce jour-là, le miroir m'en renvoyait une autre, seulement la mienne.

Le premier jour en pleine mer se passe sans heurt, tant vous découvrez, ébahi, l'horizon vide tout autour du bateau, sauf au rare croisement, toujours lointain, d'un autre navire résolu à ne pas dévier de son cap. Le vent frappe si vif et plein que les poumons suffoquent et, assailli d'un vertige, vous retournez dans votre cabine, votre refuge.

Le second jour, et les jours suivants, vous découvrez que l'océan reste inchangé, de couleur gris bleu, et plus ou moins agité de vagues massives et lentes. Encore s'il y eut une tempête, même pas… Le cargo avance à une allure toujours égale, et les heures s'étirent… Une nouvelle fois, je réintègre ma chambre et je m'assieds. Écrire mon journal, me dis-je en ouvrant le bloc de papier mis à disposition sur la table étroite. J'ai commencé à écrire : « Hier, 14 août 1939, départ de Lisbonne », à la ligne suivante : « 15 août 1939, premier jour en pleine mer. » Et puis plus rien.

Je n'ai rouvert le bloc de papier que le lendemain et, sous les deux lignes griffonnées de la veille, je notai : « 16 août 1939, deuxième jour sur l'océan, rien à l'horizon. »

Comprenez-vous ce vide intense ? L'absolue blancheur de ma vie telle que je la percevais en cet instant ? Pourtant, j'aurais pu évoquer mon passé déjà bien chargé, et que vous, Pierre, êtes le seul à connaître, des faits pas vraiment glorieux… sauf Yacinthia, un souvenir de triomphe, de victoire de fin du monde, trop intense que pour être conté… Mon cerveau effaçait la vie d'avant, ou tentait de l'effacer… À cet instant, devant tant de béance, ou vous décidez de mourir – c'est facile sur un bateau, il suffit d'un peu trop se pencher par dessus le bastingage qui appelle et provoque –, et personne ne remarquera votre chute rapide, pour vous longue comme un siècle, toujours plus proche du gouffre profond… Mais pour oser ce geste fatal, il faut du courage… Ou vous vous accrochez à cette âme, cette toute petite âme, qui bat en vous… Écrire, me dis-je : l'ultime espoir, et je m'assis pour la troisième fois devant le bloc de papier. « 17 août 1939, troisième jour en mer : Ma vie commence ici. » Cette seule phrase me sauva de la noyade. Je partis, intimement heureux, faire le tour des ponts envahis par les embruns.

Le lendemain, je me réveillai tôt. La mer dormait encore, le jour se levait à peine. Seul sur le pont luisant de brume, m'apparut pour la première fois un authentique lever de soleil, ce miracle du monde qu'on ne peut vivre qu'en pleine mer. L'immense horizon se couvre d'or et de pourpre tandis que l'eau de l'océan lui répond par des lumières confondues et changeantes. Les sens et l'esprit en sont éblouis totalement. Une vraie, rare et intense émotion, éloignée de toute pesanteur, un instant de conscience absolue qui vous marque pour la vie… À l'horizon pointaient, en silhouettes vert foncé, les premières montagnes des Açores, nous y ferions escale dans la journée.

Dans mon journal de bord, je notai : « 18 août 1939, quatrième jour en mer. » Suivi d'une simple phrase : « Aujourd'hui, j'ai vu le matin du monde. »

Quoi de plus banal, me direz-vous, que de rédiger un journal de bord, une occupation anodine et divertissante mais, au cours des longues journées sans événements, ce geste, cette attitude, se lia insidieusement à moi. Un filet aux mailles invisibles était venu m'enlacer sans que je perçus son approche. Le bloc de papier entrouvert sur la table de ma cabine affirmait de jour en jour un peu plus sa présence, il m'observait autant que je le voyais. À mes retours de rondes sur les ponts, je ne pouvais l'éviter, il me suggérait sans me forcer que je m'intéresse à lui.

Les jours s'égrenant, s'installa discrètement une habitude, bientôt un rituel : dès la porte fermée, je devais m'asseoir à la table, soulever le crayon, laisser naître les premiers mots… Si aucun phrasé ne surgissait, ce qui était fréquent tant mon cerveau s'appliquait au vide, je relisais les brouillons de la veille et plusieurs fois je crus que c'était lui, le bloc de papier, qui me les murmurait à l'oreille. En ce point de nulle part au milieu de l'océan, lire et écrire m'apportaient une identique consolation, un mélange de joie et de doute, une minuscule et scintillante lumière, là où il n'y en avait plus. En écriture, l'élan naturel et spontané est de décrire ce qui vient vers vous, ce que vous voyez et entendez mais, à l'époque, mon goût de l'observation et ma curiosité indiscrète étaient encore en sommeil, et les mots me manquaient…

Il ne se passe pas grand-chose en mer. Si vous êtes le capitaine, vous notez la vitesse du bateau, la force et la direction du vent, les positions et changements de cap, les appels radio, les problèmes techniques ou d'intendance, les messages à transmettre… Rien de tout cela pour le jeune voyageur que j'étais devenu par hasard, sans rôle, sans fonction sur ce navire, ce géant qui me berçait… Alors j'ai regardé les marins, leurs allées et venues, écouté leurs expressions très techniques et en toutes langues. Le soir, je notais : « Pedro s'est blessé à la main, il porte un pansement mal ajusté mais ne semble pas souffrir. » Ou : « Gunther, le visage en sueur, est arrivé en retard au repas de midi expliquant une panne de piston doublée d'un échauffement de la pompe, usant de mots et de chiffres que tous comprenaient, excepté moi. »

Le chef cuisinier, je l'aimais bien. Jovial, il proposait des repas goûteux et généreux. Ce fut celui qui me prêta le plus d'attention, avant le capitaine qui le fit plus tard. Il s'appelait Amadeo et était philippin. Cela ne l'empêchait pas de très bien cuisiner à l'européenne, parfois à la chinoise. Nous échangions en anglais, lui avec ses sonorités asiatiques, moi avec l'accent castillan, et nous nous comprenions sans effort. Son contrat ? Six mois en mer, ensuite deux mois de congé. Il en profitait pour rentrer au pays revoir sa femme et ses deux enfants. J'ai un fils de votre âge, me dit-il, et il me regarda avec attention, subitement inquiet et soucieux pour son enfant si loin de lui. Je vis les yeux d'un père, un frisson me secoua. Le rythme de son métier lui convenait et il m'expliqua que c'était toujours ainsi dans la marine. Il aimait ce qu'il faisait, il était fier de sa vie ballotée aux quatre coins du monde et j'admirais son enthousiasme malgré des conditions de travail qui me semblaient austères. Vous allez au Brésil ? me demanda-t-il. En Argentine, rétorquai-je, surpris par ce choix immédiat et involontaire car, dans mon errance, je n'avais pas encore pris de décision, et je craignais ce moment où mes pieds devraient à nouveau se poser sur un quai, dur et ferme.

Sa question avait forcé ma réponse, et je l'avais jouée aux dés. Qu'aurait été la suite de ma dérive si j'avais répondu : le Mexique ou les Caraïbes ou le Chili ou l'Uruguay ?... Pourquoi ce choix venu de nulle part ? Pourquoi nous, des êtres isolés, ne connaissons qu'une seule destination à l'exclusion de toutes les autres, et qui décidera sans retour de la suite de nos errements ?... Mes amicales conversations avec Amadeo mais aussi les troublantes questions qui se bousculaient en moi, je les notais dans mon journal de bord.

Au sixième jour de la traversée, je ressentis pour la première fois un plaisir intense et qui ne ressemble à nul autre : la découverte des mots, naïvement égrenés sur les feuillets de papier, s'éveillant soudainement comme des petites portes entrouvertes sur un monde en naissance, des suites de syllabes formant les phrases se parant de couleurs inattendues nées de leurs enchaînements. Une joie tout personnelle m'envahit : grâce à ces formes réunies, chargées d'images et de sons, j'existe ! Chaque soir, relisant, et à haute voix, mes notes du jour, je me plaisais à en percevoir la cadence et la musique jusqu'au point de m'endormir. Mais si, frappé d'un cauchemar indicible, mon corps se réveillait en sueur, je me rassurais sous la lampe de nuit et relisais, observé par l'œil noir du hublot, ces mêmes lignes un instant appréciées, avec un brusque sentiment d'inutilité, de futilité, de grand vide… Pourquoi suis-je ici, m'affolais-je, nulle part au milieu de nulle part ?

Le capitaine m'invita à la table des officiers. Ils me saluèrent en plusieurs langues mais aucun d'eux ne me posa de questions sur les raisons de mon voyage, ils avaient l'habitude de convoyer des passagers. Après le repas – une succession de saveurs agréablement présentées, signées Amadeo –, le capitaine m'invita au salon et me proposa un verre de whisky. Une première pour moi. Ça me brûlait la gorge, goûtait le carton, et je lui dis que c'était excellent…

Vous allez donc en Argentine ? Vous y avez des amis, de la famille ? Non, dis-je, j'y vais pour travailler… Réponse vague et imprévue, il n'insista pas. Il me fit part de son inquiétude quant à l'avenir de l'Europe. Les informations ne sont pas rassurantes, me dit-il, j'ai le sentiment que la guerre est imminente. Vous avez peut-être raison d'aller en Amérique, loin de cette folie qui se prépare…

« 28 août 1939, quatorzième jour en mer. Le capitaine m'informe que nous arriverons demain à Santos, le port de Sao Paulo au Brésil. Il me dit : vous avez donc choisi l'Argentine et pas le Brésil ? Sachez qu'à Sao Paulo, il y a de l'avenir pour les jeunes travailleurs, une ville en plein développement. Mais vous avez fait votre choix. »

Je ne lui ai pas répondu parce que je n'avais pas choisi ma destination et je ne me sentais pas concerné par l'expression « jeune travailleur ». Pas encore.

« 29 août 1939. Pour la première fois, la terre d'Amérique est visible à l'horizon : le Brésil. Le ciel est d'un bleu limpide, l'air marin et la chaleur tropicale se mélangent à l'approche des forêts qui bordent la côte. Cet après-midi, nous arriverons au port de Santos, je n'y descendrai pas. »

Eduardo Caldon n'aime pas raconter son arrivée en Amérique du Sud. Je le vois sur son visage, il parle en hésitant, prolonge les silences, me jette des regards inquiets, ses mains sur les tempes cherchent à le rassurer. La traversée fut pour lui une parenthèse hors du monde, un répit oublieux de ses fuites et dérives. Il aurait espéré que cette lente traversée vécue comme un bercement se prolonge, ne s'arrête jamais. J'insistai très gentiment pour qu'il poursuive son récit.

À l'entrée de l'estuaire argentin... – il s'interrompit, la bouche figée par les mots réveillant tout un monde –, à l'entrée de l'estuaire argentin, disais-je, si large que je ne voyais pas la côte, là où l'océan bleu profond épuise ses vagues et passe la main aux boues limoneuses du fleuve, nous croisâmes un paquebot, un grand bateau blanc qui s'en retournait vers le continent dont je m'étais évadé. Sur les ponts, beaucoup de monde et encore plus de valises et colis ficelés : on devinait des immigrés heureux de retourner au pays. Toute cette foule excitée par le départ s'amassait vers la proue, les premiers penchés au-dessus du bordage, comme pour aller plus vite que le navire, déjà plus près du rivage depuis trop longtemps attendu. Sur le pont latéral, un homme jeune, maigre et élancé, s'appuyait à la rambarde, formant un triangle de ses bras écartés et regardait en direction de notre navire, imaginant notre prochain débarquement tandis qu'il s'enivrait de sa propre échappée. Il me voyait et je le voyais. Les géants d'acier se rapprochaient l'un de l'autre, mélangeant leurs vrombissements. L'homme, à peu près de mon âge, et dont je percevais la mèche de cheveux voler au vent, m'adressa d'un geste de la main levée, un bonjour ou un au revoir, je ne sais, et je lui répondis par un identique mouvement, un salut d'amitié anonyme. Les deux navires furent tellement proches l'un de l'autre que leurs remous nous secouèrent jusqu'à l'émotion, ensuite les coques s'éloignèrent et nous nous perdîmes de vue… Eduardo Caldon inspira bruyamment et je devinai sous ses paupières subitement closes le défilement des images anciennes.

Si tant est que nous ne soyons pas oubliés, reprit-il d'une voix qui se donnait du courage, des biographes diront que ce jour là, deux écrivains encore inconnus… Hector Bianciotti et Eduardo Caldon, se sont croisés et salués dans l'estuaire du Rio de Plata, l'un fuyant sa misère, l'autre poursuivant son exil... Ce ne sera pas exact car j'arrivai en Argentine en 1939 tandis que Bianciotti ne quitta Buenos Aires qu'en 1955. Mais avec le temps qui s'éloigne et l'indigence de la mémoire, ces deux dates se réuniront et la légende dira, et deviendra vérité : deux jeunes écrivains encore inconnus et qui ne se connaissaient pas, se sont croisés, et innocemment salués, dans l'estuaire des espoirs et illusions, le Rio de Plata.

« Dans quelques heures nous arriverons à Buenos Aires, ma destination, l'Argentine, ensuite le cargo retournera en Europe. Il fait très beau mais le temps s'est rafraîchi. Remontée majestueuse du Rio de Plata. Mouvement exactement inverse à celui de mon départ : les deux berges du fleuve se rapprochent, tandis qu'à Lisbonne, les rives du Tage s'éloignaient. Avec un battement de cœur, ce parallélisme inversé m'effraie et me secoue, suis-je en train de retourner à mon point de départ ? Sur le pont je croise le capitaine, il me dit : un message radio vient de nous arriver : aujourd'hui, l'Allemagne d'Hitler a envahi la Pologne. »

Le matin même j'avais noté dans mon journal la date du jour :

le 1er septembre 1939.

14

Connaissez-vous la blague du juif qui ne se sent à l'aise nulle part ? Je tiens à vous la conter car elle m'interpelle. De nationalité polonaise, il souffre de plus en plus du racisme, des interdits et humiliations qu'il subit en son pays. La grande catastrophe n'a pas encore eu lieu. Devant ce climat inquiétant, il décide de quitter la Pologne et réserve une place sur le bateau qui le conduira en Amérique. Quelques mois après son installation sur le nouveau continent, ses amis abandonnés et sa terre natale lui manquent, aussi décide-t-il d'y retourner. Il prend un billet pour le prochain bateau qui le reconduit vers la Pologne. Le voilà à nouveau en son pays, heureux d'y retrouver ses compagnons. Les mois passent et le doute s'installe à nouveau, car il pense sans cesse à cette Amérique, tolérante et ignorant les humiliations polonaises, continent qui lui plaisait malgré l'éloignement de ses amis, et il conclut qu'il aurait dû y rester. Nouvelle traversée de l'Atlantique. Après quelques mois en Amérique, il ressent à nouveau le mal du pays et informe ses proches qu'il a l'intention de retourner en Pologne. Sa famille, quelque peu agacée par ces va-et-vient, l'interroge : *grandpa*, nous voyons que tu voyages sans cesse entre l'Amérique et la Pologne et tu n'arrives pas à te décider. Dis-nous finalement, où te sens-tu le mieux, en Amérique ou en Pologne ? Alors le grand-père répond : sur le bateau.

C'est exactement ce que j'ai vécu… Je ne voulais pas descendre du cargo qui me portait, son lent mouvement entre les vagues massives m'avait bercé, le rythme des jours et des nuits s'était écoulé hors du temps. J'aurais voulu rester indéfiniment sur l'océan, ne plus jamais revoir la terre grise et dure, celle qui me rappelait mes incohérences et mes souffrances, trop lourdes et trop nombreuses pour mes épaules de dix-neuf ans…

Lorsque l'*O Oeste* entra dans le port de Buenos Aires, entre les docks animés de grues bruyantes chargeant et déchargeant les cargos amarrés, j'eus le haut-le-cœur du brusque réveil après une nuit tourmentée. Quand je fus obligé d'emprunter la passerelle m'éloignant du ventre du monstre, et que mes pieds touchèrent le quai dur et mat, mon corps, encore ivre du roulis sur la masse liquide, et que j'avais adopté, me pesa bien plus qu'une tonne.

Ville immense. Moi tout petit. L'Amérique, du Nord ou du Sud, a des dimensions que la vieille Europe ne connaît pas, que je ne connaissais pas. Je ne sais combien de jours et de nuits d'égarement je vécus dans ce port démesuré, moi et mon maigre bagage, déambulant sans destination, sans projet…

Un Indien au regard intense me parlait, penché au-dessus de mon corps affaissé entre les sacs de maïs, et me secouait pour me sortir du sommeil. « *De dónde sos ?* » me disait-il, avec un accent qui m'était inconnu. Je compris qu'il se faisait du souci pour moi et il m'expliqua qu'il n'était pas permis de dormir dans les entrepôts, que si son patron m'y voyait, il me chasserait ou appellerait la police. Je lui dis que j'avais faim et ne savais où me loger. *La Boca*, me dit-il, c'est le quartier où nous, les dockers, nous habitons tous. Tu y trouveras une chambre pour pas cher. Et il m'indiqua la direction.

Je me souviens de son visage calme et sombre, lui, l'Indien qui m'aida à me relever, avec sa voix grave et nasillarde si différente des sonorités sifflantes à l'italienne, l'accent de Buenos Aires et que je ne n'avais pas encore entendu. Béni soit cet inconnu, issu des plus anciennes générations, maltraitées par mes ancêtres, et qui, le premier, me prêta attention.

Je n'étais pas encore entré dans la grande ville. Longtemps je marchai avant d'atteindre les premières rues bordées de maisons basses et colorées, avec quelques magasins et des charrettes fumantes sur les trottoirs. J'achetai un *taco*, le premier de ma vie, crêpe de maïs fourrée de viande pimentée, et aussi un jus d'orange que je bus dans une tasse en fer blanc. Je n'avais pas de pesos, le vendeur, plus pauvre que moi, accepta quelques escudos. Ce simple repas me vivifia. Je continuai ma marche vers la grande cité, croisant entre voitures et camions, des chariots à grandes roues tirées par des chevaux fatigués, une fin de western de mon enfance existait encore… Mais où donc se trouvait ce que je n'étais pas venu chercher ?

Ville démesurée aux quartiers bigarrés, étirée le long du fleuve et animée de tramways jaunes comme à Lisbonne, à leur vue, j'eus la brusque angoisse d'un retour à mon point de départ… Au-delà des rues étroites bordées de maisons d'un seul étage, lointain héritage des colonies, avec balustrades en fer forgé et murs badigeonnés de pourpre, ocre, jaune, vert… m'apparurent de plus vastes avenues bâties d'immeubles hauts et confortables, stylés, d'allure parisienne, et j'y reconnu une trace de mon âme européenne que je croyais évanouie. Je me laissai errer, et respirer, sur les larges trottoirs lorsque qu'un panonceau accolé à la porte d'un immeuble attira mon regard : « Chambre à louer ». D'abord passer à une banque, me dis-je, et je changeai mes escudos en pesos.

La concierge accepta de me faire visiter la chambre. Espagnol ? me demanda-t-elle dans l'ascenseur tout de bois verni qui montait au septième étage. Ici on n'aime pas cet accent, essayez de l'oublier… Même cela, je devais l'abandonner. La chambre de bonne se trouvait sous les toits, un petit escalier permettait d'y accéder. Je payai le loyer pour un mois. Lorsque la concierge eut refermé la porte, je m'assis sur le matelas sans draps ni couverture, écoutai le silence, légèrement oppressé par le plafond bas et pentu, percé d'une fenêtre qui ne donnait à voir que le toit de l'immeuble voisin. J'ouvris l'armoire, deux battants de bois maigre dont l'un garni d'un miroir, y disposai mes vêtements qui n'occupèrent qu'une seule étagère, les cintres se balançaient, vides. De mes poches, je sortis toutes les pièces de monnaies, pesetas et escudos, désormais inutiles, et les billets dont je venais de faire le change, les étalai sur le lit, les comptai, me surpris à les recompter : je n'avais presque plus de pesos.

Une grande frayeur traversa le visage d'Eduardo Caldon. Il but lentement et entièrement sa tasse de thé, la reposa sur la soucoupe avec un léger tremblement, reprit sa respiration.

La concierge était partout présente. Dans sa loge, dans les couloirs et à tous les étages, dans l'ascenseur qu'elle astiquait à l'excès, sans cesse je la croisais. Vous n'avez pas de draps ni couverture ? remarqua-t-elle. Je peux vous en prêter, moyennant un petit supplément… Quelle que soit l'heure, même la plus tardive, elle observait mes allées et venues, et je n'aimais pas son regard soupçonneux. Il est vrai que rien n'occupait mes journées si ce n'est l'obligation de me nourrir. Des tacos, des fajitas de bœuf ou de poulet, des tortillas de légumes, tous des mets diversement pimentés, que je goûtais pour la première fois.

Poursuivre l'écriture de mon carnet de bord ébauché sur le cargo eut pu être une occupation, un réconfort. Mais à quoi bon écrire ce que j'avais déjà écrit : je n'aurais bientôt plus d'argent et ne pourrai demander de l'aide à personne. Ce bloc de papier resta abandonné sur la table de chevet, ouvert sur la page blanche.

Vous ne travaillez pas ? me demanda insidieusement la concierge. Aurez-vous de quoi payer le prochain mois de loyer ? À mes silences, elle comprit mon désarroi. Mon fils travaille dans une plantation d'orangers, il m'a dit que le patron engageait, cela vous intéresserait-il de le rencontrer ?

15

Once de Septiembre, gare centrale de Buenos Aires, *Plaza Miserere*... Sa haute façade baroque me regardait de son œil unique, une horloge aux aiguilles verticales indiquant exactement six heures. Au-dessus d'elle, un fronton en arcade décoré de lettres dorées sur fond bleu pâle : FERRO CARRIL DEL OESTE, une inscription en des teintes si virginales que je me crus devant un sanctuaire aux miracles, j'y pénétrai entouré de nombreux dos se hâtant et aux épaules courbées. Le train, direction Rosario, attendait au quai n° 4, et je m'assis sur une des banquettes de bois foncé, parmi d'autres lève-tôt, certains poursuivant leur sommeil. Après un trajet d'une quarantaine de minutes, je descendis à une gare de campagne, sans architecture mais murmurante de vies et de couleurs. Sur la place, attendaient des bus garés dans le désordre, fenêtres ouvertes. Je montai dans l'un d'eux, et ne croisai que des regards paisibles, peu gênés par les poules encagées qui bavardaient bruyamment.

Le chauffeur connaissait ses escales, il s'arrêta devant l'entrée de la plantation. Nous fûmes nombreux à descendre et je notai que plusieurs parmi nous avaient fait le même trajet que moi depuis la capitale.

Mon allure, mon jeune âge, mon origine, inquiétèrent le patron. J'insistai, en écrasant mon accent chuintant de l'ancien envahisseur. Et je lui rappelai la recommandation d'un certain Sebastian, le fils de ma concierge, cela l'apaisa. On paie à la journée, me dit-il, tant que tu viendras, tu seras payé. Si tu ne viens plus, il ne faut même pas te représenter.

Mon premier emploi : ouvrier agricole dans une plantation d'orangers dans la campagne argentine, moi, fils d'une respectée famille castillane, promis à de beaux diplômes et à un avenir honorable. Un ministère ? L'Armée peut-être ? Avocat dans une grande entreprise ?... Ma réalité : sept heures du matin, les pieds dans la terre avec devant moi des rangées d'orangers alignés jusqu'à l'horizon…

Eduardo Caldon me jeta un regard interrogatif, mêlé d'une infime quête de compassion. Il se reprit : cette vie liée à la terre et à ses fruits allait durer plusieurs années, je ne le savais pas encore… Je n'avais pas choisi ma vie, elle avait décidé pour moi. Ce travail me nourrissait, et je pouvais payer mon loyer.

Un seul luxe, et plaisir, consolait mes soirées : après les journées épuisantes en compagnie de paysans plus pauvres que moi, et après avoir enfilé des vêtements frais, ceux que je m'étais offerts dès ma première paie, je me baladais dans le quartier élégant de Buenos Aires où j'avais trouvé à me loger. Poussé par une instinctive curiosité mais à la recherche de rien, de soir en soir, et profitant aussi des rares jours de congé qui m'étaient accordés, j'élargissais l'étendue de mes rondes. Ces promenades solitaires en une ville inconnue, menées sans but, par des rues étroites ou sur les trottoirs de larges avenues, enjambant des ponts, traversant des parcs ou des places animées, me permettaient d'observer les va-et-vient des habitants : certains seuls et pressés, d'autres en groupes et riant bruyamment, des hommes et des femmes s'arrêtant aux étals des marchés, les livreurs déchargeant leurs tonneaux de bière ou de vin, des mères sereines poussant le landau, des vieillards peu pressés bavardant sur les bancs publics… Seul aux terrasses des cafés, j'écoutais les conversations des tables voisines, apprenais les mots locaux, des expressions inconnues en ma terre d'Espagne. Avec tous ces anonymes je partageais, sans qu'ils s'en doutent, leurs soucis, joies et souffrances, leurs intrigues et désirs. Il m'arrivait de suivre un passant, curieux de sa destination, scrutant ses chaussures, sa nuque ou son dos, à la recherche d'un indice qui eut pu m'en apprendre plus, un détail, une scorie, une faiblesse… Un mendiant à qui je tendis une pièce apprécia ma générosité mais ce n'était qu'un prétexte pour mieux m'en approcher et lire à faible distance son visage veiné de bleu, au nez gonflé et piqueté comme une fraise… Je me joignis à un cortège funèbre, observant les larmes des vieux et les sourires niais des enfants, et chez tous, leurs vêtements sombres et trop chauds pour la saison. Les endeuillés me lançaient des sourires compatissants, et je leur répondais par un triste regard, chaque famille me croyant appartenir à l'autre… C'est au cimetière que je crus devenir un des leurs, après l'oraison funèbre égrenée entre le monticule de terre fraîche et la fosse béante, lorsque je jetai à mon tour une rose sur le cercueil de celui qui m'était inconnu.

Il arriva que les personnes observées ou écoutées de trop près me demandent le motif de ma curiosité, ou même mon nom, que j'inventais aussitôt. Ne pouvant cacher mon accent castillan, je me créais de justes raisons d'être en voyage. Plus d'une fois, je me présentai comme le *Corporate Executive*, cela sonnait bien, d'une multinationale en pétrochimie, ou comme l'agent d'une compagnie maritime – je décrivais l'unique paquebot que j'avais emprunté – ou encore je me faisais passer pour l'avocat d'une riche famille d'émigrés... Par forfanterie, je m'attribuai même le nom de « O'Connell », nom d'une chanteuse à la mode lu par hasard sur une affiche de music-hall, avouant avec coquetterie être espagnol mais de souche irlandaise... Parmi mes nombreuses et innocentes comédies, je fis une erreur : lorsque j'affirmai avec assurance être un diplomate espagnol, au même instant où je voyais mon interlocuteur, intrigué et soupçonneux, observer la terre noire des collines aux orangers accumulée sous les ongles de mes doigts...

Prétextant être le cousin d'un des musiciens de l'orchestre, je m'invitai à un concert privé. À l'entracte, dans la bousculade devant le généreux buffet qui semblait avoir plus de succès que le spectacle, j'eus la surprise d'être chaleureusement complimenté d'avoir un si grand virtuose en ma famille...

Une nuit, m'étant introduit dans un club de billard, ignorant qu'il était réservé à ses membres, je m'installai au bar et commandai un café. Me tournant vers la salle où flottait un brouillard bleuté, je vis que les joueurs, certains gros et le crâne chauve, d'autres efflanqués et la mèche en désordre, mais tous rayés de bretelles assurant leur pantalon, avaient interrompu leur partie et me toisaient en silence. L'un d'eux me défiait de son œil unique, et peut-être plus encore de l'autre camouflé par un bandeau noir de pirate. Étais-je tombé dans un repaire de voleurs ou même de mafieux, m'inquiétai-je ? Allaient-ils me ligoter et me fourrer sans ménagement dans le coffre d'une voiture, ainsi que je l'avais vu dans un film angoissant de gangsters newyorkais ?... Je partis sans attendre le café, émoustillé par ma brève frayeur.

L'inattendu me rejoignit dans un autre salon, de thé cette fois. À peine y fus-je installé, qu'une dame âgée, d'allure digne et élégamment vêtue, portant bagues, bracelets et collier d'or, s'assit à la table voisine, me sourit avec insistance, se présenta, me questionna sur mon âge et mon accent, « Ah, l'Espagne... », soupira-t-elle sans je pusse deviner s'il s'agissait d'un reproche ou d'un désir. Elle m'invita, sans gêne et le sourire aidant, à ce que nous ayons de plus amples conversations, « *mucho más confortables...* », précisa-t-elle, parmi d'autres mots choisis que l'on réserve à un gigolo. Surpris mais flatté par son offre, brièvement tenté mais surtout effrayé, je la remerciai et quittai l'établissement, légèrement étourdi.

C'est à San Telmo, un des quartiers animés de la vieille ville, avec ses nombreux cafés, magasins de brocante et musiciens dans les rues, que j'avais repéré quelques galeries d'art à la mode. J'y relevais les dates de vernissage et, le soir venu, me mêlais aux invités légèrement éméchés et, pillant avec eux les plateaux de tapas, je me pâmais devant d'absurdes sculptures... Eduardo Caldon eut un petit rire satisfait et je vis dans ses yeux défiler de savoureux souvenirs.

Le seul endroit... oserais-je vous l'avouer ?... le seul endroit où je ne pus tricher, où je ne pouvais qu'être moi-même, ce fut... au bordel... « Une fois le pantalon tombé sur les chevilles, m'avait affirmé la maquerelle, les hommes, tous les hommes, riches ou pauvres, jeunes ou vieux, gros ou maigres, mineurs ou ministres, ils sont tous les mêmes... »

Ne me jugez pas, Pierre, ces expériences... ces rencontres et indiscrétions, n'avaient qu'un but : m'enfouir dans l'oubli, éclipser ma propre conscience, l'effacer jusqu'à la dernière trace. S'y introduisaient d'autres vies, plus tendres ou émouvantes, comiques ou absurdes, souvent inattendues, quelquefois hurlantes de passion... Je revivais l'amour des uns et les larmes des autres, même mon corps se sentait démultiplié. Le soir en ma mansarde, mon carnet de notes se remplissait page après page de ces saynètes empruntées, devinées, vécues, ou complètement inventées.

Je n'aimais pas beaucoup Sebastian, le fils de la concierge, ou du moins je ne percevais pas les raisons de son étrange attitude à mon égard. De caractère vif et imprévisible, il était souvent de mauvaise humeur et certains jours je devais supporter son haleine avinée. Mais je lui devais mon emploi, sa position de contremaître au sein de la plantation m'obligeait à le respecter, et souvent nous nous retrouvions dans le même train. Ma présence le perturbait : je n'étais ni indien, ni argentin, pas même né d'une famille de paysans, cela l'intriguait et il me le faisait sentir, malgré ma discrétion sur mon passé dont il ne sut jamais rien. Certains jours, il m'attribuait les tâches les plus pénibles, que je réalisais sans rechigner ni montrer de fatigue et cela l'agaçait encore plus. Il n'exprima pourtant jamais de paroles humiliantes. Me détestait-il ou m'aimait-il ? Je ne compris son déchirement que plus tard.

N'êtes-vous pas fatigué de m'écouter ? Depuis des heures, je vous vois silencieux et assidu à m'entendre. Que diriez-vous d'une distraction, d'une promenade en mer ?... Appréciant mon enthousiasme immédiat, il ajouta : demain, nous prendrons le bateau pour une petite île inhabitée, nous y serons plus à l'aise pour bavarder.

16

EDUARDO Caldon m'avait donné rendez-vous à un quai éloigné, et m'attendait, un panier à ses côtés. Un pêcheur et sa barque se tenaient prêts à partir.

Je vous présente mon vieil ami Pheo, un des derniers pêcheurs de Venise, il va nous conduire là où plus personne ne va…

Lorsque Caldon enjamba le bord de la barque, celle-ci se mit à vaciller et je vis le corps âgé secouer excessivement le panier, et perdre l'équilibre. Je le secourus aussitôt en le soutenant par les coudes mais à mon tour, emporté par le va-et-vient de la coque, je me mis à tanguer. Caldon, dévissant, se raccrocha à mes bras. Tous deux amplifiant la bascule, et nous voyant déjà chavirer, n'eûmes qu'une solution : nous laisser tomber lourdement sur une des deux banquettes se faisant face. Un duo de rires fusa, nos faiblesses se croisaient.

Tandis que le moteur ronronnait sur la lagune d'un bleu laiteux, Eduardo Caldon ne put s'empêcher d'entrouvrir le panier posé entre ses jambes. Voyez le délicieux pique-nique que nous a préparé mon hôtel, nous allons nous régaler… Ses yeux malicieux brillaient sous son chapeau de toile légère agité par la brise du large, derrière lui s'amenuisait la silhouette de la cité. Notre bateau semblait fendre un liquide épais, un instant moussu, et le regard d'Eduardo Caldon s'y plongea longuement. J'aime cette masse insaisissable et puissante, déclama-t-il, me prenant pour témoin, malgré l'opacité des sables secoués, je la vois profonde, si profonde, une infinitude qui apaise… Que ne cache-t-elle un autre monde ? Où l'imaginaire serait Roi ?... L'eau, cette amie…

Pheo ralentît le moteur, le coupa, la barque glissa sur le sable de l'île, encore plus minuscule que je ne l'avais imaginée. En son milieu une cahute délabrée et, à ma grande surprise, deux fauteuils transatlantiques ouverts, face à nous, comme s'ils nous attendaient. De ses yeux amusés, Eduardo Caldon observait mon étonnement. À ce soir, Pheo, ne nous oubliez pas ! La barque s'éloigna au milieu des reflets, nous laissant en compagnie du léger clapotis de la vague.

La veille au soir, Isabelle m'avait téléphoné.

Ta grand-mère ne se plaint pas mais semble de jour en jour plus épuisée. Elle dort la moitié du temps, se nourrit de moins en moins et s'amaigrit. Si tu ne rentres pas prochainement, je crains… que tu ne puisses lui dire au revoir. Dilemme en ma conscience, quoi de plus important, le grand écrivain Caldon qui m'attirait et m'intriguait, ou ma grand-mère à qui je devais tant d'affection ? Isabelle comprenait mon hésitation.

Lorsque nous nous installâmes sur les chaises longues, entourés de la mer outrageusement belle, ce souci n'avait pas quitté mon esprit et j'en fis part à Eduardo Caldon, qui s'en émut. Ainsi donc vous avez une grand-mère ? Vous avez cette chance... Moi-même je n'en ai jamais connue... Vous l'aimez ? Beaucoup, et depuis mon enfance, répondis-je, un rempart contre la solitude... À ce mot qui le perturba, il serra brièvement, et avec un peu trop de force, sa main contre la mienne.

Cette fois, reprit-il, c'est sans détour que je vais vous confier la suite de mon histoire, si tant est qu'elle en vaille la peine... Car à mon âge, je le sais, nous ne nous reverrons plus... Et le plus difficile, oui, le plus difficile reste à avouer...

Comme je vous l'ai dit, me voilà tout le jour ouvrier agricole dans une plantation d'orangers. Tandis que le soir, après mes déambulations entre les bars et cafés de la ville, je m'attelais à transcrire, dans ce que j'appelais encore « mon carnet de bord », des histoires empruntées aux inconnus que je croisais, des anecdotes comiques ou surprenantes captées au hasard, en partie vécues, souvent déformées, exagérées ou mélangées. Je revivais au travers de mes fables, cela me sauva de moi, ce moi que je tentais d'oublier...

Au septième étage de mon immeuble, celui situé juste en dessous de ma chambre sous les toits, il y eut beaucoup de vacarme. Un nouveau locataire vient d'arriver, me dit la concierge. Une famille d'étrangers, précisa-t-elle, ils n'ont pas de meubles mais de nombreuses valises.

Au retour de mes journées à la plantation, je remarquai plusieurs soirs de suite, à la sortie de l'ascenseur, que la porte de l'appartement du septième restait entrouverte. Personne de visible dans l'entrebâillement, mais s'en échappait une langue que je ne connaissais pas, la voix d'un homme et des voix de femmes. Dans mon « Carnet de bord », je notai :

« Une famille, venue d'on ne sait où, a envahi mon immeuble, du moins c'est ce que prétend la concierge. On entend des voix mais je ne vois personne, des locataires invisibles ? Cette concierge qui m'épie à tout instant, sans que je sache jamais d'où elle a surgi, serait-elle, elle aussi, un fantôme ? Aurait-elle logé toute une famille de revenants ? L'autre jour, elle me parlait debout au milieu de ma chambre, sans que je la visse entrer, et lorsqu'elle disparut de la pièce, je constatai que la serrure était fermée à double tour. Il est vrai qu'il y a beaucoup de fantômes dans ce pays. Et personne ne semble s'en émouvoir, ni s'inquiéter...»

Il s'interrompit, comme s'il venait de lever la plume devant son cahier ouvert, eut un regard étourdi au rappel des années effacées, déclama tout de go : j'ai quatre-vingt-dix-huit ans aujourd'hui. Préférant que je m'abstienne de le complimenter, il poursuivit aussitôt.

C'est à cette époque que mon cerveau a commencé à hésiter, à douter, à se voir éloigné de lui-même... La cause ? Je ne sais... La fatigue après mes journées physiquement épuisantes ? L'amnésie volontaire de mon passé méprisable ? Le déni de moi-même ? Une maladie confuse – peut-être l'avez-vous remarquée, Pierre, à la lecture de mes romans –, dont je ne me suis jamais totalement guéri... Mais peut-être les fantômes existent-ils réellement ?...

Le soleil s'était levé haut et nous éblouissait par son reflet sur les vagues. Voudriez-vous aller à la cabane qui est juste derrière nous ? me demanda Caldon. Elle n'est pas fermée, au milieu du capharnaüm des filets de pêche, nasses et bouées, vous y trouverez un parasol. Pourriez-vous l'apporter ? Entre nous, je plantai parmi les galets la frêle ombrelle, au mat rouillé et à la toile délavée. Dès qu'il fut à l'abri, le visage d'Eduardo Caldon exprima la joie de se trouver en cette petite zone protégée, juste pour nous deux, entourée de toutes parts de l'immensité le l'eau et du ciel. L'îlot, pensai-je. Votre nouvelle *l'Îlot*, lui demandai-je, c'est ici que vous l'avez écrite ? Peut-être… s'amusa-t-il. Tout Venise est une île et nous en sommes les îlots… et notre conscience esseulée construit le radeau…

Les fantômes, vous disais-je. En fait, ce n'en étaient pas, simplement des gens discrets. Un soir, à mon retour de la plantation, à l'ouverture de l'ascenseur au septième étage, ils étaient là devant moi : un homme d'une soixantaine d'années accompagné de son épouse et d'une très jeune femme, leur fille peut-être. Ils s'engouffrèrent dans l'ascenseur en me disant un bonjour murmuré avec un drôle d'accent. Mes fantômes n'en étaient pas, seulement des étrangers, et dont j'ignorais la provenance. Ces croisements brefs se répétèrent, dans le couloir, à la porte de l'immeuble, parfois faisions-nous le même trajet de descente ou montée dans l'ascenseur. Des gens bien vêtus, comme on s'habille dans les pays du nord, un peu trop chaudement pour le climat argentin. Je devinai leur langue : c'était du néerlandais, ils venaient de Hollande.

Longtemps mes journées furent ainsi rythmées, l'ascenseur du matin, toujours vide à cette heure engourdie, bonjour à la concierge, ne dormait-elle donc jamais ? La gare, le train, mes journées harassantes à la plantation, à nouveau le train, mes rêveries dans l'un ou l'autre café, l'ascenseur toujours vide aux heures tardives, des voix mêlées au travers de la porte du septième, le petit escalier vers ma mansarde, mon carnet de bord qui m'accordait parfois de la joie, plus souvent de l'agacement ou de la colère, et les heures de la nuit trop longues pour mon faible sommeil, mes brusques réveils en sueur, et le cœur qui bondit... Tu as de quoi te loger, te nourrir, te vêtir, me consolais-je. Mais qui es-tu ? Que fais-tu ici ? Qui suis-je ?...

Par la concierge j'appris leur nom : la famille Van Heelen. Au travers de leur porte, plusieurs fois je perçus le prénom de Maria. Maria ? Maria ! Leur fille s'appelait donc Maria. Mon âme curieuse était satisfaite et ce soir là, je notai ces nouvelles informations dans mon carnet.

« Mes voisins ne sont pas des fantômes mais une famille de hollandais, ils parlent une langue que je ne comprends pas. Leur fille s'appelle Maria, un nom qui lui ressemble : douceur et fraicheur du visage et, tout en contraste, des yeux d'un noir intense. »

Quelques mois plus tard, ils avaient tous les trois fait des progrès en espagnol et osaient quelques phrases courtes et aimables : vous habitez ici depuis longtemps ? Ah, vous êtes espagnol, nous, nous sommes hollandais. Très belle ville, Buenos Aires, nous nous y plaisons bien... Mais rien de plus, rien sur la raison de leur présence en Argentine ni non plus de questions sur la mienne. Vous travaillez dans une plantation ? Des orangers ? Notre fille, elle, vient d'obtenir un emploi de secrétaire au consulat des Pays-Bas, nous en sommes très heureux. Bonsoir, monsieur.

Le lundi, le travail à la plantation débutait à huit heures, une concession du patron conscient des fêtes tardives du dimanche. En début de semaine suivante, lorsque je descendis le petit escalier venant de ma mansarde, je vis monsieur et madame Van Heelen, immobiles sur le pas de leur porte, et leur fille légèrement agitée attendant devant l'ascenseur qu'elle venait d'appeler. Au revoir, et bonne journée ! insistèrent ses parents au moment où nous entrâmes dans la cabine éclairée. L'ascenseur descendait doucement, marquant d'un cliquetis le passage aux étages. C'est... mon premier jour au consulat, murmura-t-elle avec un sourire timide, tandis qu'elle réajustait son béret joliment incliné. Je la félicitai pour son nouvel emploi, et nous nous séparâmes devant l'entrée de l'immeuble.

Ces croisements à l'aube se répétèrent les lundis des semaines suivantes et parfois d'autres matins si la surcharge de travail au consulat l'y exigeait, mais jamais le soir, lorsque je rentrais après mes balades nocturnes. Maria encombrait de temps à autre mon esprit et son nom apparaissait quelques fois dans mes carnets.

Pour quelle raison suis-je un jour revenu de la plantation sans m'arrêter dans les cafés de la ville ? Le hasard est-il innocent ?... J'arrivai devant mon immeuble tout juste en même temps que Maria qui revenait du consulat. D'où m'est venue mon audace imprévue ? Il fait beau, lui dis-je, il y a une terrasse un peu plus loin dans cette même rue, puis-je vous inviter à y prendre un verre ? Elle dit non en agitant la tête, rougit, puis dit oui, avec le sourire.

Assise devant le guéridon, elle enleva son béret découvrant sa chevelure brune, dorée par la lumière du soleil de fin d'après-midi. Nous commandâmes deux cafés.

Je m'appelle Felipe Jiménez, lui dis-je. J'ai vu votre nom sur la boîte aux lettres répondit-elle, se reprochant aussitôt cette indiscrétion. Sa connaissance de l'espagnol avait beaucoup progressé et elle le prononçait avec l'accent argentin que je n'avais pas. Nous sommes venus de Hollande, me dit-elle.

Depuis le début de la guerre, la vie y est devenue très difficile et dangereuse. Sans cesse des arrestations, beaucoup d'amis ont disparu… Mes parents ont donc décidé d'émigrer. Un voyage pénible, nous avons eu très peur… D'abord pour quitter le pays envahi et surveillé sur toutes ses frontières, ensuite pour arriver à monter sur un bateau à destination de l'Amérique. Le nôtre partait pour l'Amérique du Sud, alors que mes parents espéraient rejoindre l'Amérique du Nord… Le hasard a choisi pour nous… La traversée fut, elle aussi, extrêmement périlleuse. Partout des sous-marins allemands sillonnaient l'océan et nous savions qu'ils n'hésitaient pas à tirer sur tout ce qui bouge, même sur les bateaux civils. Certains jours, le capitaine faisait couper les moteurs et nous dérivions en silence pour ne pas être repérés. À cela s'ajouta une houle, presque une tempête, qui nous rendit tous malades. De peur, ou assaillis de nausées, nous ne mangions plus. Le soulagement vint après le passage de l'équateur, l'Atlantique sud semblait moins dangereux et en même temps nous apporta cette chaleur tropicale inconnue dans le nord.

Maria s'arrêta de parler, me jeta un regard interrogatif. Je suis désolée de vous faire part de cette aventure, ajouta-t-elle avec une petite voix, mais c'est la vérité, celle que j'ai vécue… Emigré, je l'étais aussi, Maria ne me posa pas de questions quant à ma présence à Buenos Aires. Elle se leva subitement, rajusta son béret légèrement de travers embellissant l'ovale de son visage, me remercia pour l'invitation tout en me lançant de ses yeux sombres un éclair à la fois contrarié et amical. Je restai seul devant le guéridon et commandai un verre de vin blanc.

La meilleure chose qui puisse vous arriver devant une orange, c'est de la manger, marmonna Eduardo Caldon. Elle est ronde, jolie, diversement colorée, jaune, verte, orange ou presque rouge, sa chair juteuse, sucrée, toujours fraîche. La tenir en main, caresser sa peau douce et grumeleuse, tout un plaisir… Mais derrière cette saveur simple et entière se cachent tant d'efforts, tant de sueur… Une identique réalité pour la plupart des aliments, me direz-vous, et j'en suis conscient chaque fois que je contemple une table garnie, chaque fois qu'une boisson coule dans ma gorge… Travailler dans une plantation, si belle soit-elle, et quel que soit le produit né de la terre, demande de la force, ténacité, patience et rigueur, de la sagesse aussi, celle du paysan, celle de tous les paysans du monde… J'ai du respect et de l'admiration pour tout ce qui vient dans mon assiette...

Eduardo Caldon avait ouvert le panier à provisions et, après avoir déplié une minuscule nappe carrée sur la caisse qui nous servait de table, sortit une à une les gourmandises confectionnées en son hôtel. Il les offrait lentement à ma vue, heureux comme un magicien sûr de ses effets. Voyez ces pâtes, susurra-t-il avec délice, pas n'importe lesquelles, des *bigoli* de Vérone à l'encre de seiche et – ouvrant une cassolette – humez ces petits crabes roses, des *moleche*, marinés au *prosecco*, tendres et frais comme s'ils venaient de sauter de la mer… admirez ces jolis sandwichs ronds, fourrés de salami haché gros, spécialité de Crémone… Surprise, chantonna-t-il, tirant une bouteille de sa housse glacée : *il vino bianco Soave !*, des mots qu'il épela avec un sourire assoiffé. Eduardo Caldon, jouant le séducteur et sur l'instant oublieux de son âge, m'offrait ce jour-là le plus exquis et réjouissant des repas vénitiens, dans le plus bel espace de la lagune.

Le vin Soave ne le rendit pas joyeux mais soudainement morne et accablé. J'avais promis de vous conter la suite de mon histoire, murmura-t-il. Je n'y arrive pas... Vous ai-je déjà dit que j'ai travaillé plus de cinq ans dans cette plantation ? Pourquoi si longtemps ?... Combien d'arbres ai-je plantés, taillés et soignés ?... Combien de milliers d'oranges avons-nous cueillies durant toutes ces années ? Peut-être était-ce ma seule réalité, celle qui me faisait oublier ma vie d'avant ? Ce passé qui chaque soir venait me bousculer à l'instant où je tentais de rédiger quelques lignes plus heureuses en mes carnets... Car ceux-ci s'étaient multipliés... Dans mes romans, je n'ai jamais écris la moindre ligne sur mon passé miséreux, tout au contraire, je racontais les vies des autres, ou j'inventais tout ce qui pouvait exister à mille lieues de moi-même. Contre mes tristesses, je développais des scènes de joie et de rires, contre ma peur je montrais le courage, contre ma désespérance je n'ai conté que du bonheur... Mais je n'ai pas été tout le temps sombre et amer, rassurez-vous. Les années passant, je m'étais appliqué à m'éloigner de mes souvenirs, à ne plus y croire, à douter même que les faits aient eu lieu... Mais c'était sans succès lorsque ma famille se réveillait en moi, avec des sursauts de douleur.

Les journaux et la radio nous tenaient au courant des développements de la guerre en Europe, mais aussi sur le front asiatique, plus effrayant encore, dominé par le Japon... la terrible humiliation des américains et leur déclaration de guerre... Envisageraient-ils des débarquements ? Où et quand ?... Et mes parents dans tout cela ?... Je n'arrivais pas à oublier ma mère, encore moins ma sœur, Norah... Elle a toujours été tendre avec moi, enfants nous avions beaucoup de jeux en commun... Les yeux gris de Caldon se firent subitement lointains.

À plat ventre sur le sol de notre chambre de jeux, reprit-il, je dessinais des tigres, des lions, des monstres préhistoriques, jusqu'à m'endormir sur les feuilles de papier et, tout à côté de moi, Norah peignait des aquarelles en chantonnant. Elle aimait dessiner des fenêtres vues de l'intérieur, aux volets fermés à l'heure de la sieste laissant filtrer des raies de lumière, et s'ils étaient ouverts, s'engouffrait un bain de blancheur, l'image éblouie de notre jardin. Égaré sur cet autre continent, je ne pouvais même plus écrire à ma sœur, souffla-t-il, moi le frère indigne, le déserteur…

La plantation et son travail ardu m'ont-ils sauvé ? Une tâche sans fin, physiquement épuisante. Les pieds contre la terre, l'air des collines, le vent chaud dans les feuillages vert sombre et luisants, les fleurs d'orangers au parfum lourd qui me saoulait… Et les fruits… j'en ai cueilli des milliers, des dizaines de milliers ! Mais chacun, oui, chacun de ces fruits m'a caressé le creux de la main.

Sebastian, le fils de la concierge et mon contremaître à la plantation, était un solitaire. Je ne lui connaissais pas d'amie, et il sut que nous étions tous deux célibataires. Souvent, à la descente du train du soir, il me proposait d'aller prendre une verre, juste un seul, me disait-il. Il avait ses habitudes, préférait l'intérieur des bars aux terrasses, et buvait plus que moi. Sebastian m'apprit à jouer au *truco*, ce jeu de cartes fourbe et menteur, aux enjeux complexes, et il en profitait pour gagner contre moi… Devinant, à certaines de ses phrases aimables mais confuses, qu'il voulait que je sois son ami, je faisais semblant, et je ne sais pourquoi, de ne pas m'en apercevoir sous le prétexte qu'il usait de mots qui m'étaient inconnus, du *lunfardo*, l'argot des bas quartiers de Buenos Aires. Né dans une famille de planteurs, jadis

« chasseurs-cueilleurs », avait-il eu besoin de me préciser, il avait le sens du concret, respectait plus que tout la terre nourricière, la Pachamama, Terre-Mère, déesse essentielle en ce continent jadis tout indien. « Du sang Guarani coule encore dans mes veines, m'avait-il affirmé avec une amère fierté, notre tribu… disloquée, mélangée, effacée par les guerres et les gringos voleurs de nos terres… » « Un jour, je retrouverai mes ancêtres », avait-il marmonné dans un demi sommeil, les coudes affalés sur le bar. Entretemps, il acceptait, et n'avait d'autre choix, de travailler sur ses territoires perdus, comme « esclave rémunéré » me disait-il cyniquement… Moi, je lui cachais les lambeaux de mon ancienne vie, les souvenirs heureux et sereins en ma ville natale, tous les spectacles que j'avais applaudis au grand théâtre de Burgos… J'aurais pu lui décrire le premier opéra où mes parents m'emmenèrent, le *Carmen* de Bizet. Chantée en français, je n'avais rien compris à cette épopée immodérément espagnole, ni à ses mots, ni à ses crimes et passions. Sur l'instant je m'étais laissé étourdir par les cantatrices aux voix puissantes, capables de vous briser, par leurs gorges gonflées jusqu'à l'émotion, femmes se mouvant et dansant avec des poses suggestives au milieu d'une foule de soldats, de gitanes, de faux ânes et chevaux et, devant elles, tout près de moi dans la fosse sombre : l'orchestre démonté et en sueur… De ce souvenir d'un autre monde, qui n'existait plus, – avait-t-il jamais existé ? – à Sebastian si loin de mon histoire incertaine, il m'était impossible d'en parler. J'aurais pu évoquer la bibliothèque du bureau de mon père, tapissée des couvertures rouges et dorées des mille livres adroitement rangés, les uns lus et d'autres encore en attente de ma main indiscrète… J'aurais voulu, mais ne pouvais pas, lui avouer mon vrai nom… lui décrire ma famille, digne et aimée dans notre cité, Burgos, fière de sa haute cathédrale et capitale de Castille…

Durant ces évocations qui planaient en son cerveau, je voyais le corps d'Eduardo Caldon s'affaler un peu plus sur lui-même jusqu'à une pose somnolente.

Les seuls liens qui nous réunissaient, se ressaisit-il, étaient le travail de la terre, notre vie d'ouvriers, notre subsistance quotidienne. Si parfois Sebastian me questionnait sur l'Espagne que j'avais quittée, je lui répétais que j'étais parti à cause de la guerre, rien que la guerre. Il comprenait, n'insistait pas. Mais ce qui l'agaçait plus que tout était qu'un lointain descendant de conquistador, symbole de l'armée, du pouvoir, de la richesse, de l'aristocratie, puisse s'abaisser, comme lui, à accepter la vie de cul terreux, de sans chemise. Lui était né sur le sol de pierre et de glaise, source de toute subsistance, moi pas, et il le devinait malgré ma discrétion. « Tu as des mains comme on en voit dans les bureaux, me dit-il un jour, pas pour brasser la terre ! » Je quittais le bar tandis que sa tête lourde s'affaissait au-dessus de son troisième ou quatrième verre.

À ma grande surprise, Maria m'attendait à l'entrée de l'immeuble. « Excusez-moi pour hier soir, dit-elle, je vous ai rapidement quitté car mes parents se seraient inquiétés. Ce soir, ils sont partis au théâtre, j'ai un peu plus de temps. » Surpris par sa proposition, je l'accompagnai au même Café que la veille et nous nous assîmes à la même table.

« À l'exception de mes nouveaux collègues au consulat, je ne connais personne à Buenos Aires, aussi cela me fait plaisir de vous parler. » Et elle eut un sourire gêné. Elle me raconta sa vie en Hollande, son enfance insoucieuse, ses parents attentionnés mais sévères. « Ici, tout est plus détendu, me dit-elle. En Hollande, l'esprit calviniste, austère, régit toute la société, la famille, les affaires, l'argent… Le catholicisme argentin est une surprise pour moi, tout me semble plus joyeux… Rien qu'à voir ces belles préparations culinaires, si imaginatives et savoureuses, tout le contraire de nos repas fades et que nous mangeons en silence… ». Tant d'aveux en quelques minutes me réjouissaient. À noter ce soir dans mes carnets, pensai-je. Des plats de tapas encombraient le comptoir, j'en commandai un assortiment et Maria se servit avec gourmandise.

Ces petites scènes au Café se répétèrent de nombreuses fois, mais seulement les jours où ses parents s'absentaient, allant au cinéma, au théâtre, ou chez d'autres compatriotes émigrés, et j'apprenais chaque fois un peu plus sur ses goûts, son caractère, ses rêves…

Dois-je vous dire que je suis tombé amoureux ? Vous l'avez deviné, je suppose. La lumière de ses yeux sombres, les expressions vives accompagnant ses paroles, ses silences attentifs brusquement suivis de rires sans retenue, tout me charmait chez elle… une émotion que j'avais déjà subtilement ressentie dès notre premier croisement devant les portes de l'ascenseur. Maria aussi, par l'insistance de ses regards, le maintien de son sourire, quelques mots trop aimables, m'exprimait une discrète mais franche sympathie. À la sortie de la gare, j'avais repéré un coiffeur et j'arrivais à nos rendez-vous, élégamment tondu, frais, légèrement parfumé…

Un soir, ayant voulu goûter de ce vin noir argentin, le Malbec, si rare en Europe, nous nous sentîmes plus aimables et confidents que d'habitude, et lorsqu'au septième étage nous sortîmes de l'ascenseur, je la suivis jusqu'à l'entrée de son appartement… Écoutez bien la suite, je vous dirai pourquoi : elle ouvrit la porte, se tourna vers moi, me regarda avec son visage clair et radieux, passa un bras langoureux par dessus mon épaule et m'embrassa d'un seul baiser pointu au milieu de la bouche. Maria se retourna sans attendre, referma la porte qui s'arrêta à quelques centimètres de mon nez. Son rouge à lèvres avait teinté les miennes… Sacré Hitchcock ! il m'a piqué la scène, dit Caldon sur un ton râleur. Je l'avais décrite très précisément dans mon premier roman, *le Péché des amoureux*, et il l'a filmée, à l'identique, dans *la Main au collet*. Souvenez-vous, Cary Grant et Grace Kelly au moment où elle entre dans sa chambre d'hôtel… M'a-t-il copié ? En tout cas, je l'avais écrite bien avant lui, en 1949. À moins que les scènes d'amour se ressemblent toutes ?…

C'est à cette époque que le patron à la plantation nous fit part d'une nouvelle importante : son fils, Anton, tout juste revenu des États-Unis où il avait suivi une formation, travaillerait désormais à l'exploitation. Son rôle : le développement. Les plans de culture, la répartition des tâches, la logistique et les rendements, tout allait être réorganisé, en outre, le travail serait moins pénible. Anton et son père avaient obtenus des crédits et attendaient la livraison de machines neuves et performantes. Nous qui faisions tout de nos mains, seulement aidés par les chevaux qui tiraient nos charrettes, nous allions être motorisés. Plus besoin de creuser à la pelle pour planter les jeunes arbres, ni non plus pour arracher les plus malades ou déjà morts. Nous aurions des tracteurs et d'autres outils conçus pour excaver la terre, désherber les allées, tailler, récolter, emballer, transporter… Même la cueillette, étape délicate pour ces fruits à l'écorce fragile, allait être assistée. « Moins d'effort pour plus de rendement », telle était la nouvelle règle et… plus de bruits aussi…

As-tu lu mon texto ?... Je n'ai rien reçu, que disait-il ? Isabelle m'appelait tandis que nous étions, Eduardo Caldon et moi, sur le vaporetto qui nous ramenait vers le centre de Venise. Le bruit du moteur rendait sa voix peu audible et nous nous mîmes tous les deux à parler d'une voix forte. Juste pour te dire, Pierre, que ta grand-mère semble mieux se porter aujourd'hui, un répit normal d'après le docteur. Elle insistait tellement pour te voir, que je lui ai dit que tu étais à l'étranger. Il est à Venise ? m'a-t-elle demandé. Comment le savait-elle ? L'avais-tu informée ? Oui, je le lui avais dit, peut-être l'avait-elle oublié ? Elle m'a répondu qu'elle était heureuse pour toi. Je voulais te faire part de cette amélioration, même si elle n'est que temporaire, ne te sens donc pas obligé d'abréger ton voyage... J'embrassai Isabelle avec des mots tendres, brouillés par les saccades du moteur.

J'ai cru comprendre que vous avez reçu des nouvelles de votre grand-mère, se permit Eduardo Caldon… Elle va donc mieux ? j'en suis content pour vous… Très âgée ? Quatre-vingt-quinze ans. Oh, une jeunette, murmura-t-il aimablement.

J'allais donc pouvoir prolonger mon séjour, et ma carte de crédit se viderait un peu plus…

17

Au jardin de l'hôtel, il choisissait toujours la même table, avait ses habitudes, cela me convenait d'avoir juste derrière moi le bruissement de la fontaine. Eduardo Caldon bafouilla quelques mots que je ne compris pas, toussa à deux reprises cherchant à libérer sa voix enrouée, inspira. Vous… attendez probablement de connaître la suite ? À propos de Maria ?... À nouveau il émit un ronflement de fond de gorge, suivi d'une respiration bruyante. Excusez-moi, mais parler de Maria, jeune et lumineuse, mériterait une voix limpide… Il fit une nouvelle pause, son regard demandant de l'indulgence.

Nous nous sommes revus, souvent, à la même terrasse et à la même table, mais son baiser, vif et volontaire, avait tout bouleversé. Il faut vous dire qu'à mon époque l'amour était très policé, du moins selon notre éducation, et que le temps de l'approche pouvait prendre beaucoup de temps. Une progression non moins excitante… Les parents de Maria devaient évidemment tout ignorer, notre discrétion fut totale. Chaque matin, le long trajet pour rejoindre la plantation m'obligeait à me lever aux premières heures et je me retrouvais seul dans l'ascenseur qui glissait d'étage en étage. Le soir, seulement certains soirs, si je rentrais tôt et sans avoir accompagné Sebastian dans l'un ou l'autre café, je croisais Maria qui revenait du consulat, ou encore je la voyais patienter faisant des petits pas sur le trottoir de notre avenue. Un sourire traversait son visage et nous nous dirigions, complices, vers notre café habituel et sa terrasse illuminée par le crépuscule doré. Notre coin secret ? Dans l'ascenseur, tandis qu'il montait lentement vers le septième étage, nous nous embrassions follement… Cela devenait intenable… Un soir, ne la voyant pas, je pris l'ascenseur comme d'habitude. Arrivé à mon étage, au moment de rejoindre l'étroit escalier accédant à ma mansarde, je fus saisi par une ombre blottie sur les premières marches : Maria ! Elle me fit signe de ne pas parler ni faire le moindre bruit et elle me précéda jusque chez moi. Vous devinez la suite…

Que d'étreintes torrides… chaque fois que cela était possible, chaque fois que ses parents avaient quitté l'immeuble. Jamais elle ne voulut me recevoir dans leur appartement. Trop risqué, me disait-elle, mes parents pourraient s'en inquiéter et me questionner. Et je ne pourrais que leur avouer la vérité, ma joie, notre folie… Notre nid sous les toits lui plaisait. L'interdit qu'elle bravait l'excitait, nous excitait… Ces rendez-vous secrets, ces événements de la chair et du cœur, durèrent trois années !

Entre-temps, tout avait progressivement changé à la plantation. Le fils du patron y tenait un rôle de plus en plus important et nous devinions qu'il prendrait un jour la place de son père. Finis, les simples outils comme des bêches, pelles, échelles, brouettes et sécateurs. Les chevaux dociles tirant les charrettes, des hongres ou des juments partageant nos efforts et que nous appelions par leur nom : Nono, Doris, Basco, Pila..., partirent pour l'abattoir. Toutes les étapes dans notre travail, de la plantation à la cueillette, de la taille aux traitements, devinrent mécanisées et motorisées. Les rangées de fruitiers s'allongeaient d'année en année et nos déplacements ne se faisaient plus qu'en tracteurs. Moins fatigant ? Détrompez-vous, car le rendement était devenu le maître-mot. Planter plus vite, tailler plus vite, cueillir plus, de la quantité, toujours de la quantité…

Mon collègue Sebastian n'appréciait pas ces nombreuses et rapides évolutions, peinait à s'y adapter. Le fils du patron ne lui reconnaissait plus son rôle de contremaître, le traitait à l'égal des autres ouvriers, et Sebastian en était humilié. Plusieurs matins, je le vis arriver en retard, la voix pâteuse, puant l'alcool…

À l'entrée de la plantation, le patron – dorénavant accompagné de son fils Anton qui lui chuchotait à l'oreille – fit ériger une barrière à double battant enserrée entre de hauts murs et tout à côté une cahute où il installa le bureau du gardien. À ce guichet, matins et soirs nous étions tenus de pointer, comme à l'usine. À ce même emplacement, j'avais connu un monticule de pierres surmonté d'une statuette ressemblant à la Vierge, à moins que ce ne fût la déesse Terre-Mère ? Les cultures se confondent, se mélangent… Cet autel, toujours fleuri et garni de fruits, de bouteilles d'eau, de colifichets, de billets colorés cachant des aveux, des secrets, des souhaits, et glissés entre les pierres, suffisait à protéger la plantation, et notre travail… Pour les besoins du nouveau mur, le tertre et sa statue avaient été déplacés, mais conservés, on ne sait jamais…, dans un coin sans chemin, et personne n'y apportait plus ni fleur, ni fruit, pas même un billet de couleur… Un soir, tandis que nous prenions un verre au buffet de la gare, Sebastian m'avoua sur un ton de colère rentrée, ne plus reconnaître sa terre. Qu'était devenue sa Pachamama ?…

Si la mécanisation modifiant nos habitudes était en soi un progrès, elle s'accompagna d'un désastre : les produits phytosanitaires. Un hangar fut construit pour entreposer non seulement les engrais que nous épandions chaque année en plus grande quantité, mais aussi les nouvelles inventions de fongicides, insecticides et pesticides, dont le DDT, redoutable dévastateur inventé par l'armée nord-américaine. Je me souviens du nom scientifique, difficilement prononçable, que nous lisions sur l'étiquette des bidons, le *dichlorodiphényltrichloroéthane*, mot aussi toxique que ce qu'il désigne, et toujours accompagné de l'icône peu rassurante : un crâne humain posé sur deux os croisés…

La grande crainte dans une plantation est la minuscule et ravageuse mouche des orangers, la *ceratitis capitata* qui, par ses pontes dans les fruits, peut ruiner la récolte d'une année entière. Anton, déterminé et formé pour l'avenir, avait donc importé, outre les tracteurs et outils mécaniques les plus modernes, la panoplie des produits les plus puissants de la chimie. À cette époque, leur extrême nocivité n'était pas connue, ou du moins n'en étions-nous pas informés. Le rendement, toujours plus de rendement, vous disais-je, était devenu la règle première. Sans cesse nous arrosions, au début avec des pulvérisateurs manuels et des bidons fixés sur les épaules, mais l'étendue de la plantation ne cessant de s'élargir, ce fut avec les tracteurs que nous épandîmes par nuages entiers entre les allées d'orangers. L'odeur des produits nous écœurait et, en fin de journée, nous avions les yeux cernés de rouge. Soucieux de nos plaintes et de nos malaises, le patron nous avait fournis des masques, gants et combinaisons de corps mais sous lesquels, écrasés par la chaleur du jour, l'air venait à manquer et la sueur nous coulait jusque dans les bottes. Malgré le savon et les nouvelles douches mises à notre disposition, ces odeurs de chimie nous poursuivaient comme un halo invisible, à la gare, dans le train… au café les voisins changeaient de table et… jusque dans mon immeuble. Discrètement, Maria m'en faisait la remarque et je reprenais une douche dès l'arrivée dans mon appartement. J'avais confié le nettoyage de mes vêtements à la concierge, toujours ravie de percevoir un petit complément, et elle me les rendait propres, pliés et repassés, posés devant ma porte. Mais jamais, et malgré le parfum de ses lessives, elle ne parvint à ôter l'aigre et nauséabonde odeur de mauvaise pharmacie. Maria ne s'y habitua pas mais, devant l'absence d'une solution, elle cessa de m'en parler, elle m'aimait.

18

JUIN 1944. La Libération ! Entendez-vous ? La Libération ! répétait à tue-tête le père de Maria, jusque-là si réservé. Délaissant la porte ouverte de son appartement, il gambadait dans le couloir, chantait d'une voix résonnante au-dessus de la cage d'escalier et il aurait, s'il l'eut pu, serrer dans ses bras tous les habitants de l'immeuble. Son mélange d'espagnol et de néerlandais faisait rire Maria et sa mère qui le regardaient hurler sa joie d'une façon si inhabituelle. Dans son délire, il secoua ma tête et l'embrassa maladroitement. Mère et fille rirent encore plus.

Quelques jours plus tard, Maria m'informa que son père envisageait de retourner en Europe. Elle était effondrée. Je ne veux pas, répétait-elle… Je veux vivre avec toi… Nos vies à tous les deux sont dorénavant ici en ce pays. Et en même temps, je ne peux pas abandonner mes parents…

Les semaines qui suivirent furent pénibles et torrides… Nous échangions nos sentiments à en perdre la voix, faisions l'amour jusqu'à l'épuisement comme si nos derniers enlacements étaient comptés, vivions, l'un et l'autre, des instants de fulgurances, des étincelles d'éternité qui nous surpassaient. Qu'y cherchions-nous, si ce n'est l'au-delà de nous mêmes ?

Un fait inattendu bouleversa la situation. Maria revint du consulat, excitée et enthousiaste, me rejoignit sans passer par l'appartement de ses parents. Je suis nommée, disait-elle en riant et en pleurant. Le consul m'a demandé d'être sa secrétaire personnelle ! Moi, la nouvelle, et la plus jeune de toute l'équipe. Et... j'ai accepté ! Te rends-tu compte ? Je vais rester ici, avec toi, à Buenos Aires ! Fou d'elle, je m'agenouillai et l'embrassai au creux de son ventre.

Cris, larmes et douleurs lorsqu'elle annonça sa nomination à ses parents, et sa décision de rester en Argentine. Elle calma leur souffrance lorsqu'elle leur promit de profiter de ses prochains congés pour revenir en Europe. Les jours passèrent et la résignation s'installa. Maria resterait à Buenos Aires, conserverait l'appartement de ses parents tandis qu'ils s'en iraient d'ici quelques mois, dès que la libération de l'Europe serait complètement achevée.

Je demandai à Maria si ce n'était pas le moment de leur annoncer notre liaison. Elle me regarda avec des yeux immensément grands. Impossible, tout à fait impossible, avoua-t-elle... Rappelez-vous, Pierre, cela se passait en 1944, il y a plus d'un demi-siècle, et à des années-lumière des comportements d'aujourd'hui... Apprendre que leur fille eût pu avoir une liaison hors mariage les aurait choqué et humilié au plus haut point... Maria eut la maladresse d'ajouter : pour moi, tu es mon amoureux mais pour eux, tu es un ouvrier agricole... À Amsterdam, mes parents sont des personnes connues et respectées, des intellectuels, mon père, professeur honoraire à l'université d'Utrecht... Ces mots me pétrifièrent. Sans le vouloir, elle m'avait remis à la seule place que je pouvais revendiquer : un espagnol émigré pour cause de révolution, ouvrier agricole dans la pampa argentine, j'étais un péon, et non plus, plus jamais, le fils d'une estimable famille dans la fière ville de Burgos. Elle ignorait tout de ma vie en Espagne, de ma famille, de mon éducation castillane. Je ne pouvais rien dire, rien avouer, mon passé devait s'effacer à jamais.

Cher ami, le réveil de tous ces souvenirs m'épuise jusqu'à la nausée. Vous m'avez provoqué et je me confesse, ce que je déteste le plus… Ce n'est pas de votre faute mais la mienne. Me pardonnerai-je jamais ?...

Ma *pensione*, voyant que je prolongeais mon séjour au-delà de ma réservation, me demanda d'en régler la note. Ma carte de crédit fut acceptée, un nouveau délai m'était accordé.

Les habitués du bistrot voisin de mon hôtel, aux visages ridés comme de vieilles pommes, m'avaient pris en sympathie, me saluaient, m'offraient des verres, réjouis par ma présence presque adolescente accoudée à leur bar. Nous bavardions sans vraiment nous comprendre, échangions des sourires chaleureux, plus importants que les mots. Une radio grésillait derrière le comptoir, un bruit de fond que personne n'écoutait, et soudain j'y reconnus l'air mélancolique, *Vivere*[1] de Vasco Rossi. « *Vivere è passato tanto tempo… Vivere è un ricordo senza tempo…* » De circonstance, me dis-je, songeant à ma présence, insolente, réveillant des souvenirs d'un autre âge. Je commandai un plat simple et

[1] *Vivere*, paroles de Tullio Ferro, Vasco Rossi et Massimo Riva. © Sony/ATV Music Publishing LLC.

le moins cher et le serveur m'en apporta un peu plus. Une amitié discrète, entre gens anonymes…

19

Le patron à la plantation nous annonça une bonne nouvelle : avec la fin de la guerre, les exportations allaient pouvoir reprendre et même s'intensifier. L'Europe manquait de tout, même d'oranges. Les terres à cultiver allaient s'élargir et la production se diversifier. Nous entendîmes pour la première fois le mot « soja », le nom d'une graine exotique qui, paraît-il, nous enrichirait… Le rendement, la diversité, produire toujours plus… Nous devenions les accessoires de nos machines et vivions de l'aube au coucher, non plus sur la terre molle et crayeuse, mais au milieu de bidons remplis de liquides irritants, de poudres aux couleurs – bleu, turquoise, mauve –, étrangères à la nature : les engrais, pesticides et fongicides.

De jour en jour, le moral de Sebastian déclinait. Lui qui, quelques années plus tôt, chantonnait au haut de son échelle durant les cueillettes, travaillait dorénavant enfermé dans le silence. De toute façon, avec nos masques… Ma souffrance était similaire à la sienne mais je me réconfortais avec le bonheur que je ne lui avouai pas : mon amour secret avec Maria.

La veille du départ de monsieur et madame Van Heelen, je vins leur souhaiter un bon voyage mais, et c'était convenu avec Maria, à une heure où elle serait absente afin qu'ils ne nous voient pas l'un à côté de l'autre, pour éviter tout doute, toute imagination de leur part. Le lendemain matin, j'étais déjà parti à la plantation lorsque les déménageurs arrivèrent.

Mon appartement est presque vide, s'esclaffa Maria. À moi de tout remeubler à ma façon. Entre, viens voir ! Elle avait ouvert les fenêtres, laissant la brise du fleuve souffler un air neuf, frais, de premier jour. Elle me supplia de conserver la mansarde afin que la concierge n'ait pas de soupçon… Avec sa mentalité d'espionne, aurait-elle l'audace d'en informer ses parents ?… Je logeais néanmoins de plus en plus souvent chez Maria, dans des pièces à demi meublées, un espace baigné de clarté, tout le contraire de ma mansarde basse de plafond et faiblement éclairée qui devint mon bureau, le lieu de rendez-vous avec mes carnets. Aucune ambition d'écriture, juste le plaisir de laisser libre cours à mes fables et de griffonner sur le papier. Plus guère de tête-à-tête au café voisin, et moins de folies en secret dans ma chambre sous les toits, notre couple vivait un amour comblé, juste moins fou…

Le dimanche, nous flânions bras dessus, bras dessous, dans les parcs ou au bord de la baie. Couchés sur l'herbe, côte à côte sous un bosquet de jujubiers, Maria me demanda : as-tu des rêves ?... Après un court silence, je lui répondis : « Je suis le grand Khan d'un pays extrême et je vis avec toi en un palais de mille pièces aux murs de marbre blanc tapissés de soie scintillante, où partout règnent la douceur, la fraîcheur et le désir. Au milieu de l'édifice, tu te délasses à l'ombre du promenoir entourant un vaste jardin, avec en son centre une fontaine qui bruisse au-dessus du bassin scintillant de carpes blanches, tandis que les milles gouttelettes murmurantes dispersent et allègent la lumière… Des paons bleus te regardent longuement et le petit peuple des cailles chinoises picore le gazon, indifférent au renard assoupi à tes pieds. Entourant ce jardin, des arbres adroitement taillés offrent leurs fruits, mauves, roses ou jaunes, prêts à être cueillis d'une main tendue sans effort. Au détour du premier mur, s'étend un parc ombré de cèdres et sycomores argentés, y paissent sans heurt sous leurs branches des cerfs, chameaux, girafes et gazelles… Sitôt franchie la seconde enceinte, s'étend une plaine humide et herbeuse, peuplée de moulins agitant sous le vent de midi leurs ailes tendues de toiles éblouissantes. Et au-delà de l'ultime muraille, malgré la chaleur torride, coulent sous les palmes des ruisselets en quinconce, abreuvant des champs de blé vert. Les rumeurs d'un sanglant et cruel combat sont parvenues jusqu'aux oreilles de la foule, inquiète et grondante. Mais déjà, avec sonnettes et clairons, s'annoncent les caravanes épargnées des pilleurs, chargées d'épices, de pierres précieuses, de soieries et d'or… »

Vrai ?... Elle s'était levée sur ses coudes, me regardait, amusée, surprise. Peut-être, continuai-je, ai-je un corps d'adulte mais en moi je me vois en enfant. À dix ans déjà, j'exprimais des fantasmes et désirs impossibles et mon frère me traitait de sot. Maria se recoucha, tous deux nous écoutions les perroquets bavardant au-dessus de nos têtes. Et toi, lui dis-je, as-tu des rêves ?... Après un long silence, elle me répondit, d'une voix à peine audible : un enfant… Je ne dis rien. Elle se redressa à nouveau sur ses coudes. Toi pas ?... Pas vraiment, pas encore… Je dois d'abord grandir… Les perroquets s'envolèrent en jacassant, nous abandonnant au silence. Il faut d'abord, poursuivis-je, que je quitte ce métier, je ne suis pas né pour être ouvrier agricole ! Que ferais-tu ?... Je soupirai : je n'ai aucun diplôme, aucune compétence… Souvent, je te l'ai dit, Felipe, tu es un merveilleux conteur, pourrais-tu être écrivain ?... Ah oui ? Et nous vivrions misérables, au crochet de ton seul salaire ?... Je me retournai, la serrai dans mes bras, l'embrassai avec passion. Nos rires mouillés se mélangeaient. Vite, rentrons, lui dis-je.

La cadence à la plantation devenait chaque jour un peu plus exigeante et pénible. Les vergers s'étendirent encore à d'autres variétés d'agrumes, ce qui nécessitait l'apprentissage de nouvelles techniques et le maniement de machines performantes. Le patron se retira progressivement des affaires, laissant la place à son fils. Anton ne s'intéressait guère aux ouvriers de son père. Sebastian et moi, bien qu'encore jeunes – je n'avais que vingt cinq ans –, étions déjà considérés comme des anciens, les nouveaux ouvriers sortaient d'écoles d'agriculture, prétendaient en savoir plus que nous malgré leur inexpérience.

Déprécié le jour et soûl presque chaque soir, Sebastian

avait les traits du visage de plus en plus tirés et des cernes alourdis. Le voyant morose et m'inquiétant pour sa santé, plus d'une fois je lui suggérai de modérer la boisson mais il n'appréciait pas du tout, s'énervait même, que je lui en fasse la remarque. Et quand à la sortie de la gare il insistait pour que nous prenions un verre, par pitié ou par faiblesse, j'acceptais de le suivre. Un verre, deux verres, parfois trois… Lors de mes rentrées souvent tardives à l'appartement, Maria me voyait légèrement ivre, et s'inquiétait. Je lui expliquai que mon ami, mon compagnon de travail, avait des problèmes et que je devais lui tenir compagnie, l'encourager… Elle accepta difficilement, préféra ne plus en parler. Son nouveau travail au consulat l'enthousiasmait. Elle me décrivait les personnes si diverses qu'elle était amenée à rencontrer, les cas particuliers à résoudre, l'administration des passeports, des permis de travail et documents de douane, et aussi les négociations économiques dont elle était chargée de rédiger les rapports. Je l'imaginais vêtue d'un de ces tailleurs à la mode qu'elle affectionnait, passant d'un bureau à l'autre au rythme léger de ses chaussures à talon haut, et conversant avec des hommes en complet veston, cravate et chemise blanche, tandis que moi, aux mêmes heures, je me voyais en salopette et sous un masque étouffant, à demi aveuglé par les épandages… De la jalousie ? Pas vraiment, mais la conscience d'une distance si grande entre nos deux formes de vie. Et très peu à lui raconter. Les résidus de produits chimiques lui en disaient déjà trop…

Garçon, veuillez m'apporter un cognac ! Je ne peux pas en boire, me souffla Caldon, mon docteur me l'interdit… Mais si je dois vous raconter la suite, tellement triste… Vous m'accompagnez ? … Garçon, non pas un, mais deux cognacs !

Ne croyez pas que je cherche des excuses, le seul responsable, c'est moi..., toutefois, l'évolution de la plantation n'est pas étrangère à mes erreurs. J'avais commencé comme ouvrier agricole dans des vergers d'arbres fruitiers et, cinq années plus tard, nous étions devenus des techniciens de l'industrie alimentaire. Fini le contact charnel avec la terre, avec le bois des arbres et nos bras au milieu du feuillage. Collés à nos machines, nous manipulions de la marchandise, rien que de la marchandise... Cela me déprimait, certes pas autant que Sebastian, car le bonheur de revoir Maria tous les soirs me sauvait...

Eduardo Caldon s'arrêta de parler, avala une gorgée de cognac. Plus aucun mot ne sortait de sa bouche. Une deuxième gorgée fut nécessaire pour qu'il eût la force de poursuivre. Sebastian, celui qui voulait être mon ami... chaque fois que nous sortions de la gare, me proposait de nous arrêter dans un bistrot. Je ne le lui refusais pas, cela devenait une habitude. Notre travail harassant était la cause de sa déprime et elle devint contagieuse. Moi qui buvais rarement plus d'un verre, je pris goût pour un deuxième, troisième, et quatrième verre ... Il y a un grand choix de bières en Argentine, et aussi ce vin sombre, le Malbec, et des alcools secs et parfumés... Maria m'accueillait toujours avec la même joie mais n'hésitait pas à me dire : tu as encore bu... et s'éloignait en me lançant son joli regard noir. Cela dura des semaines, des mois, et parfois lorsque je rentrais tard, Maria était déjà couchée.

Seul le dimanche devenait à nouveau un jour tendre et serein. Je me savonnais plusieurs fois sous la douche pour ne plus laisser place au moindre relent de pesticide, et Maria, insatisfaite des lessives de la concierge, relavait vigoureusement mes vêtements. Nous partions nous promener dans les parcs, parfois vers les faubourgs désertés, et durant notre marche je lui promettais d'arrêter de boire, de ne plus rentrer après le coucher du soleil… Le lundi, le cycle infernal reprenait : les odeurs de chimie, mon haleine avinée, et la tristesse de Maria… La suite, je ne peux pas vous la raconter, c'est trop… méprisable… Eduardo avala d'un trait ce qui lui restait de cognac, le mien était à peine entamé. Je disais donc, Sebastian… Il se mit à parler fort comme s'il était en colère : oui, Sebastian, m'avait entraîné dans l'alcool… Combien de Quilmes, notre bière nationale, ai-je avalées dès notre descente du train ? Combien de Fernet-Branca, l'apéritif au goût d'herbes amères, et que je n'ai jamais aimé, ai-je ingurgités chaque soir un peu plus ! Tout est de sa faute ! Non… la mienne… Eduardo Caldon eut un hoquet, renifla, me lança un regard gêné de lui-même.

Un soir, toujours avec Sebastian et tous deux éméchés à l'excès, nous déambulions dans les rues et je le suivais de cafés en cafés, ignorant où il me menait. Nous arrivâmes dans un autre bar où il avait ses habitudes. L'éclairage y était discret, la musique mielleuse bien que soutenue par un rythme obsédant. Avant même que nous ayons pu passer commande, on nous servit de *l'espumante* et très vite les filles nous entourèrent… Quelle force avez-vous lorsque vous êtes bourré jusqu'à l'os ? Aucune. Et quand une jolie femme à peine vêtue, surchargée de parfum, après vous avoir discrètement caressé l'entrejambe, vous entraîne à l'étage ? Aucune. Et quand elle vous déshabille ?… Vous vous laissez faire comme un bébé. Même lorsqu'elle se sert dans votre portefeuille, vous êtes d'accord. Ensuite elle fait son petit travail… qu'on ne peut pas refuser… L'homme est faible là où il se sent le plus fort ! Pauvre femme somptueusement douée, pauvres toutes les femmes obligées d'œuvrer et nous, les hommes, pauvres tous les hommes, obligés de quémander…

Quelle heure était-il lorsque je rejoignis l'appartement ? Trois heures ? Quatre heures ? Maria dormait et je me faufilai sous les draps, elle se leva, passa dans le salon et ne revint pas de la nuit... Une histoire peu glorieuse et très banale, me direz-vous. Un cliché de bêtise que je n'aurais pas même osé conter dans un de mes romans… Une aventure quelconque qui n'en gênerait pas d'autres. Mais pour moi, pour ma conscience qui n'avait pas oublié son éducation, ces valeurs que sont l'honnêteté et la fidélité… l'erreur était honteuse, écœurante, avilissante… Je vous l'ai dit lors d'une de nos premières rencontres : c'était une autre époque, à mille lieues de la vôtre…

Le lendemain, Maria eut la décence de ne rien me demander. Tout était dit et compris. La vie continua comme avant, je m'efforçai de moins boire, et jamais plus je ne passai la nuit à l'extérieur. La promenade du dimanche dans les parcs ou au bord de la baie resta notre rituel paisible, amnésique de toute douleur, jusqu'au jour où…

Pierre, vous en savez déjà trop sur moi, et vous êtes le seul. Puis-je vous demander de garder ces confidences pour vous, de n'en rien dire à personne ?...

Écran de mon portable, le nom d'Isabelle.

Ton éditeur a téléphoné ce matin, entonna-t-elle d'une voix chantante, il a essayé en vain de te joindre, je lui ai dit que tu étais à l'étranger. Il souhaitait te faire part d'une bonne nouvelle, la devines-tu ?… un deuxième tirage de ton livre est en cours, la première édition est déjà épuisée !... Où en es-tu dans l'écriture de ton nouveau roman ? a-t-il aussi demandé. Il est impatient d'avoir de tes nouvelles et je l'ai assuré que tu rentrerais bientôt. Sais-tu quand ?...

Monsieur Caldon est un homme étrange et vite fatigué, lui affirmai-je. À chacune de nos conversations, ma crainte est que ce soit le dernier rendez-vous, mais à chaque fois il me propose un nouvel entretien. Je ne peux pas le décevoir. Peut-être rentrerai-je demain ? peut-être la semaine prochaine ? Je ne sais pas.

Cet appel d'Isabelle me réjouissait, non seulement en raison des bonnes nouvelles venant de mon éditeur, mais du simple bonheur de reconnaître sa voix. Un délice intime et enveloppant, qui me disait que j'existais, que je n'étais pas seul, et je me sentis encore plus amoureux.

20

Jardin de l'hôtel, dix-sept heures, Eduardo Caldon m'y attendait non loin de la fontaine. La chaleur de la veille avait été excessive et des fleurs d'orangers tapissaient le sol, desséchées. Après avoir commandé deux citrons pressés, Eduardo Caldon se mit à parler d'une voix apaisée, détachée de lui-même, comme s'il avait préparé un discours. J'ai si souvent revécu en ma mémoire, murmura-t-il sur le ton de l'aveu, la suite dont je vais vous faire part, que je suis dorénavant au-delà de la douleur, dans l'indifférence qui protège. Si ce n'avait pas été le cas, je serais, et depuis longtemps, mort, écrasé sous un train ou englouti par le fleuve… Écoutez-moi si vous le souhaitez, ce n'est peut-être pas du roman…

Je rentrais de la plantation quand la concierge sortit de sa loge et me remit une lettre. Mademoiselle Van Heelen, la locataire du septième, m'a demandé de vous remettre ce message. Aujourd'hui, elle est retournée dans son pays. Les déménageurs sont venus ce matin et ont vidé l'appartement.

En ce moment, elle doit être sur le bateau en partance pour l'Europe... J'ai ouvert la bouche et l'ai refermée, sentis un vide glacial envahir mon ventre. Vous n'étiez pas au courant ?... La concierge faisait une désagréable grimace, un sourire qui me montrait deux dents de rongeur. Je sais que c'est vous qui avez la deuxième clé de l'appartement, susurra-t-elle, voudriez-vous me la remettre ?... Nouveau sourire de celle qui savait tout. Son fantôme se réveillait, elle nous avait épiés, traversé les murs, observé nos ébats... Sur le palier du septième, vous trouverez un carton avec vos affaires personnelles, remontez-le dans votre mansarde...

Lorsque j'ouvris la porte de ma chambre me bondirent au visage l'absence et la présence de Maria, le parfum de son corps, de ses robes, du léger peignoir oublié sur le lit... Si je ne me suis pas jeté dans le fleuve ce jour-là, c'est parce que j'étais résolu à le faire dès le lendemain. Qui d'autre qu'elle aurait pu me consoler des sanglots qui m'étouffaient ? Il ne me restait que la lettre.

Mon très cher Felipe, mon amour fou,

À l'heure où tu liras cette lettre, je serai sur le bateau parti pour l'Europe, vers mon pays du nord où je suis née. Je devine le choc, l'immense douleur que tu ressens en cet instant. Je pleure en t'écrivant, ma tristesse est aussi grande que la tienne. Je t'ai aimé plus que de raison, et cet amour ne me quittera plus. Nous avions atteint le sommet du bonheur et de notre découverte réciproque, au-delà de tout ce que nous pouvions imaginer. Mais le réveil après nos nuits de folie, la redescente vers la vie réelle, laisse apparaître tout ce qui nous sépare : sauf notre passion, tout nous différencie. Ma terre natale me manque, ainsi que ma famille, mes habitudes, la mer du Nord... En Argentine, tu es presque chez toi, un pays qui parle ta langue, moi j'y serai toujours une étrangère. Il est vrai que nous sommes tous deux européens et cela nous rapproche, mais la culture du nord, protestante, m'a forgée, si distante de ton éducation catholique. Des forces auxquelles il est difficile, voire impossible de se soustraire, nos cerveaux sont ainsi formés. Ma vie professionnelle est plus intellectuelle, la tienne plus proche de la terre, et nos conversations divergent en ces domaines, même si tu m'a toujours séduite lorsque tu me racontais des anecdotes vécues ou inventées, ou que tu me proposais la lecture de tes carnets. Je te l'ai souvent dit : tu as un vrai talent de conteur... Je rentre donc aux Pays-Bas, terre de mes ancêtres, et je te souhaite que tu puisses un jour revoir l'Espagne de ton enfance, retrouver ta famille, en particulier ta sœur, Norah, dont tu m'as si souvent parlé. Ne me recherche pas, oublie-moi, vis ta vie, j'essaierai de vivre la mienne. Comme la toute première fois, dans l'entrebâillement de la porte, je t'embrasse sur la bouche. Et, comme si souvent je l'ai fait, et j'ose le dire à haute voix, je t'embrasse sur le bout de ton sexe.

Je t'aimerai pour l'éternité, et au-delà.

Amour,

Maria

Eduardo Caldon leva les yeux et je vis ses mains refermer une lettre invisible. J'ai été un simple ouvrier qui dormit dans le lit d'une reine, murmura-t-il. Je me croyais protégé par la caresse de l'amour et me retrouvais assis sur le bord du trottoir. Depuis toutes ces années disparues, l'aimée continue de s'inviter en mon sommeil, brièvement, son visage est doux... ses lèvres remuent, semblant prononcer des mots mais jamais je n'entends le son de sa voix... Les joies et souffrances en ce monde ne seraient-elles que des ombres passagères, des rêves ou des cauchemars ? Sa voix tremblait. C'est assez pour aujourd'hui, vous ne trouvez pas ? Ses yeux humides me fixaient, interrogateurs. À demain, même heure ?

21

Le matin suivant, à mon arrivée à la plantation, Anton, le nouveau patron, me convoqua. Ces derniers temps, me dit-il, vous arrivez de plus en plus souvent en retard. Notre entreprise ne peut se permettre la moindre erreur dans son organisation, cela perturbe, n'est pas rentable. Aussi, je vous annonce que vous êtes licencié. Passez à la comptabilité, on vous paiera votre semaine, et il ne faut plus vous représenter. Stupéfait, j'insistai : je tiens à mon travail, ma seule subsistance, je connais le métier !... Il me fixa, le regard glacial : vous êtes espagnol, je crois ? La guerre est finie dans votre pays, pourquoi n'y retournez-vous pas ?... Le corps tremblant d'émotion, je lui demandai de pouvoir faire mes adieux à quelques collègues, en particulier à Sebastian, grâce à qui j'avais obtenu cet emploi. Il n'y a pas de Sebastian ici, il n'y en a jamais eu, me répondit-il. J'insistai, Sebastian, le contremaître ! Il n'y a pas de contremaître ici, c'est moi le patron et je dirige tout...

Un fantôme… Mon collègue de travail durant ces cinq années, n'existait-il donc pas ? L'avais-je inventé ? Ou sa présence n'était-elle visible que de moi ?... Pays de fantômes, vous ai-je dit… À moins que mon pauvre cerveau ne différencie plus ce qui est, de ce qui est né de mes romans ? Qu'est-ce qui est réel ? Pouvez-vous me le dire ? Le réel est-il un complot ?… Suis-je bien vivant ? Ou le fantôme de moi-même ? Ou d'un autre ? Et qui a écrit mes livres, tous mes romans ? Ont-ils été écrits ? Ou seulement imaginés dans mes rêves ? Dites-le moi, vous qui prétendez avoir lu mes livres ? Les avez-vous seulement tenus entre vos mains, et tourné leurs pages ? Oui ?... vous me rassurez… Jeune homme, je ne sais même pas qui vous êtes, d'où vous venez, pourquoi vous êtes là, pourquoi je vous vois assis devant moi. Existez-vous réellement ?... Laissez-moi vous toucher. Eduardo Caldon se pencha au-dessus de la table, posa sa main sur mon avant-bras, le marqua d'une petite pression. Oui, je sens que vous êtes en chair, cela me rassure… Il tâta son propre bras, son épaule, sa poitrine. Je suis ici, et maintenant, souffla-t-il, la fatigue et mes douleurs me le confirment.

Pauvre monsieur Caldon, son cerveau s'affolait de plus en plus. Depuis notre première rencontre, me racontait-il la vérité ? Ou simulait-il dans tous ses aveux ? J'avais des doutes, mais des doutes fabuleux, ceux qui m'avaient réjoui, page après page, à la lecture de tous ses romans.

À l'entrée de mon immeuble, je vis que le bureau de la concierge était sans lumière et la porte fermée, ce qui était inhabituel. Un feuillet se trouvait affiché à la fenêtre du guichet. Avis aux locataires : « Nous avons le regret de vous informer que votre concierge a dû quitter précipitamment ses fonctions, en raison d'un décès accidentel dans sa famille. Elle est retournée dans son village et nous a remis sa démission. Chers locataires, soyez assurés que nous recherchons dès à présent un ou une nouvelle concierge. Avec nos excuses pour cet inconvénient qui ne sera que temporaire. »

Signé : Les propriétaires

La concierge avait disparu, elle ou son fantôme qui m'épiait depuis le premier jour... Disparus aussi les locataires du septième étage, disparue, Maria, ma folie, mon unique amour, elle, dont chacun de ses rires et sourires m'étaient une œuvre d'art. J'aurais dû le crier haut et fort ! Mais aimer ne vous donne aucun droit... Disparu, Sebastian, mon collègue de travail qui recherchait mon amitié, et que je lui refusais. Le seul compagnon pourtant, avec qui j'avais peiné et sué durant toutes ces années dans les forêts d'orangers, et aussi tant de fois accompagné, peut-être même consolé, au cours de nos lamentables virées. Et à son tour, sa mère insupportable, meurtrie... Disparu tout autant, mon travail à la plantation, mon unique revenu !... Le vertige du vide en à peine trois jours, le gouffre de l'abandon... Mais au fond, tout au fond, un sursaut, une lueur... On n'est jamais seul, me rassurai-je, puisqu'on ne peut se quitter soi-même. À noter dans mes carnets, les seuls à m'entendre...

Je comptai les pesos de ma dernière paie : de quoi me nourrir durant une semaine. Mais comment payerai-je le prochain mois de loyer ?

Ma seule force fut de marcher, errer sans raison, sans but, jusque dans des faubourgs inconnus. À force de déambuler, vous n'avez plus envie de vous arrêter, l'ivresse que connaissent les coureurs de fond. Je découvrais de nouvelles rues aux maisons difformes et colorées, des magasins illuminés jusque tard dans la nuit, des ateliers, des entrepôts… Des librairies aussi, car il y en a beaucoup à Buenos Aires, j'y entrais, regardais les couvertures, aimais l'odeur du papier, lisais des premières pages puis ressortais sans avoir rien acheté.

Le soir, les bruits de la ville étaient à la fête, des bouffées de tangos s'approchaient et s'éloignaient dans le va-et-vient du vent chaud, des hommes et des femmes sortaient des bistrots, parfois un verre coloré à la main, gracieux, joyeux, d'un pas dansant. Se croisaient langoureusement de longues voitures, vitres ouvertes, d'où s'échappaient des rires et des mouvements de mains, avant de s'éloigner vrombissantes vers d'autres délices. Loin des rumeurs, perdu dans une rue déclinante et miséreuse, je croisai un mur rose marqué de l'ombre d'un sombre figuier, tous deux, arbre et tableau, exhalaient une lumière, j'en ressentis la présence, l'immobile éternité, une conscience sans plus de frontière, l'en dedans dépassant l'au-delà, de l'infini intime. Celle ville si diverse deviendrait-elle, un jour, mienne ? Adopterait-elle l'étranger dans son dénuement ? Mon pauvre corps y déambulait sans horizon et mon cœur se réchauffait de liberté…

Attiré par les lumières du Café El Colonial qui débordaient jusque sur le trottoir, j'entrai et commandai une bière. Je ne connaissais personne mais me voyais partout. Les murs et le plafond, tapissés de miroirs disposés dans des angles variés, se renvoyaient une mosaïque de reflets. Mon visage déformé, multiplié, fragmenté, se perdait dans la géométrie cassée des lieux, au point que je ne sus plus où se cachait la sortie. J'osai un sourire, mille sourires, tous distincts, me répondirent. Je fis un geste de la main, mille mains me saluèrent, et je crus qu'elles allaient m'applaudir. Mais quel est le bruit d'une seule main qui applaudit ?... « Où es-tu, petit frère ? résonna de loin la voix de Norah, perdue comme moi dans le minuscule labyrinthe d'ifs installé au fond du jardin. Reviens-moi !... par où ?... tu es loin, si loin… j'entends tes pas... rapproche-toi… je te perds à nouveau… où es-tu ? dis-le moi… je ne sais pas, ne sais pas… pas… » Plus nos rires se cherchaient, plus nos petits corps zigzaguant s'égaraient… Un labyrinthe, me dis-je étourdi, et me réveillant au milieu des miroirs : c'est moi cela, une forêt de moi-même éparpillé par le hasard, sans avant, sans après, sans devant, sans arrière, et je vis. Ma vie serait donc ce chahut imprévisible ?… Et je m'y sentis bien.

Au hasard, je passai devant les bureaux du quotidien s'annonçant au fronton en grandes lettres lumineuses : Diario del Rio. Sur la porte d'entrée était fraîchement accolé : « On engage un coursier. Se présenter entre 8 h 00 et 16 h 00. » Il était quinze heures trente, j'entrai, le portier me fit attendre, revint. Il n'y a plus personne à l'administration, me dit-il, c'est le rédac chef qui va vous recevoir. Assis derrière son bureau, il m'accueillit à demi caché par des piles de papiers en broussaille. J'entends que vous êtes espagnol, remarqua-t-il, mais pour le poste à pourvoir cela n'a pas d'importance. Notre coursier a eu un accident avec sa moto et, vu la gravité de ses blessures, il n'est pas près de revenir, nous devons le remplacer. Savez-vous conduire une mobylette ? Je dis oui, je pensai non. Depuis mon vélo d'adolescent sillonnant les rues de Burgos, je n'étais jamais plus monté sur un engin à deux roues.

Nous avons commandé un modèle d'un tout nouveau genre, poursuivit le rédacteur, plus sûr parait-il, un scooter Vespa. Pourriez-vous commencer cette semaine ? Je dis oui. Pour votre contrat à l'essai, passez demain matin à la comptabilité, ensuite revenez me voir, je vous expliquerai votre tâche.

22

Depuis hier, me dit Isabelle d'une voix chagrine, nous ne comprenons plus ce que dit ta grand-mère. Le médecin a diagnostiqué une attaque cérébrale, cause de sa confusion de langage, un accident vasculaire assez fréquent chez les personnes très âgées, a-t-il précisé. Depuis lors, elle parle sans arrêt, avec des mots et des sonorités qui ne signifient rien pour nous, comme si elle mélangeait plusieurs langues. Elle s'étonne que nous ne la comprenions pas, ce qui laisse à penser que pour elle son expression reste claire et cohérente. Tu devines que ta mère est très perturbée, elle se rend compte que le contact est définitivement perdu. Mais nous avons toutes deux décidé de répondre à ta grand-mère comme si nous la comprenions, du moins, on essaie, afin de ne pas l'inquiéter ni la peiner. Sais-tu qu'elle a cité plusieurs fois ton nom ? On a aussi perçu le mot « amour » perdu au milieu d'une phrase inintelligible, ce qui nous a touchés. Que voulait-elle exprimer ? Parfois, elle se parle à elle-même, en riant ou en pleurant. Je suis si triste pour toi,

Pierre, de devoir t'annoncer cette pénible dégradation car je sais combien tu l'aimes et que vous comptez l'un pour l'autre.

Merci Isabelle, venant de toi, je supporte la nouvelle. Toi seule comble ce vide noir que je ressens… Je respirai bruyamment, elle l'entendit. Dis à ma mère que je l'embrasse, repris-je la gorge nouée, et que je lui téléphonerai. Dis-lui aussi que je rentrerai sans tarder.

Je n'ai pas fait part à Eduardo Caldon de ce malheur, ni de ma tristesse, ni du réveil de mon fantôme, l'hurlante solitude. À quoi servirait-il de lui rappeler les souffrances et déchéances de la vieillesse, à cet homme si vieux, dernier de l'ancien monde et conscient de sa propre fin ?

Vous aussi, vous avez vos souffrances, peut-être très anciennes et enfouies au fond de vous, m'avait-il dit lors d'une de nos premières rencontres… Il avait vu juste. Aussi je me tairai. De plus, monsieur Caldon est particulièrement en forme, aujourd'hui. J'ai beaucoup à vous raconter, exprima-t-il avec le sourire.

Vous savez conduire une Vespa ? me demanda le portier chargé de me la présenter, le journal vient d'en faire l'acquisition en remplacement de l'ancienne mobylette irrécupérable depuis l'accident. Jamais je n'avais vu tel un engin, une moto équipée d'une pédale de frein au plancher, comme sur une voiture, habillée d'une carrosserie tout en rondeurs, de couleur bleu pâle, garnie de chromes sur toutes les arêtes, et deux sièges l'un derrière l'autre, larges et confortables. Superbe. C'est le véhicule tout dernier cri, m'affirma le portier. Je l'ai essayé hier soir, voulez-vous que je vous explique comment il fonctionne ?

Vous irez un peu partout, m'avait dit Manuel Pinero, le rédac chef. Ici, vous êtes à la rédaction, mais l'imprimerie se situe deux rues plus loin. Il arrive que les journalistes ou nos correspondants écrivent chez eux des articles en urgence, il faudra aller chercher ces billets et nous les apporter. Les photographes sont des paresseux, ils font des photos mais oublient parfois de les faire développer. Vous déposerez donc ces films au laboratoire, et vous nous rapporterez les tirages. Je ne peux pas vous citer toutes les tâches que vous aurez à accomplir, sachez qu'elles seront très diverses, et pour un journal quotidien tout est urgent. Partout où vous irez, suivez les instructions, ce qui compte c'est que les textes, photos et documents arrivent à temps et à bonne destination. Comprenez que votre tâche est exigeante et je fais appel à votre sens des responsabilités. À vous d'organiser vos journées, seul le résultat m'importe. Mais cette liberté qu'on vous accorde a un prix : chaque lundi vous me remettrez la liste complète et détaillée, jour par jour, de tous vos déplacements de la semaine écoulée.

J'avais un travail, et la liberté… Les premiers jours furent comme des grandes vacances : la découverte d'un véhicule inconnu, la tendance du moment, le dernier cri, paraît-il. Un engin aux formes avenantes, doté d'une agréable suspension, offrant des prises de tournants souples et gracieuses qui me rappelaient mes descentes en patins à roulettes dans les ruelles de mon quartier de Burgos, et le vent qui siffle dans les cheveux… j'en oubliais le travail… Les noms de la plupart des rues m'étaient inconnus, le portier me prêta un plan de la ville et de ses faubourgs et avant chaque rendez-vous, je le consultais, préparais mes circuits. Rien de bien exceptionnel, me direz-vous ? Pour moi, oui. Fini le travail de la terre, tout le monde sait qu'elle est basse, elle l'est...

C'est ainsi que je découvris pour la première fois une imprimerie, celle du *Diario del Rio*, une immense salle encombrée de machines assourdissantes, sentant dès l'entrée l'encre, le papier, l'huile chaude et le plomb. Ricardo, le chef d'atelier, un homme affable et courtois, me la fit visiter. Il était fier des récentes acquisitions, des rotatives, ces géants qui déroulent le papier, en remplacement des vieilles Heidelberg, presses à plat pour feuilles découpées. Je fus surpris par les machines linotypes au chahut saccadé et devant elles les typographes tout attentionnés à reproduire et ajuster les billets des journalistes aux mesures des colonnes et des pages. Voulez-vous une plaquette avec votre nom ? me demanda Ricardo avec amusement ? Vous faites partie de la maison... J'hésitai un instant sur le nom qui me désignerait, lui donnai à regret celui inscrit sur mon passeport.

Ensuite il me guida à la fonderie où refroidissaient les cylindres de plomb, et où s'y lisait à l'envers les textes et images floues du journal du lendemain. Vers la fin de la visite, un ouvrier apporta une barrette de plomb de la largeur d'une colonne de journal, encore tiède, qui portait, en miroir, les lettres de mon nom : Felipe Jiménez : une nouvelle lecture de moi-même, la culbute nécessaire à tout écrit s'il veut montrer son visage initial. J'ai toujours conservé cette dérisoire plaquette, heureux de m'y lire, malheureux que n'y soit pas inscrit mon vrai nom... J'ignorais encore que cette découverte, ce premier pas dans le monde de la lettre et de la ligne, du texte et de la page, de l'encre et du papier, allait un jour m'aspirer, m'emporter et prendre toute sa place dans ma vie.

Mes journées ressemblaient désormais à mes soirées et à mes nuits : vivre dans la ville, voir le monde, écouter les conversations, observer les passants, leurs postures, leurs gestes amicaux ou agacés. Traverser des quartiers inconnus, sonner aux portes de maisons, de bureaux, ateliers… Prendre des messages, en donner, être appelé par mon nom, oui… par mon nom, bonjour monsieur Jiménez, content que vous soyez venu… pourriez-vous dire à un tel… à demain, au revoir et merci ! À l'imprimerie ainsi qu'à la rédaction, je fus rapidement adopté comme un de leurs collègues et tous m'accueillaient avec le sourire : bonjour Felipe ! Et moi je leur disais : bonjour Mateo, salut Isaias, bonne journée Malena, Brian, Sofi, Leandro… Exister pour d'autres…

Débutant, sans bonne maîtrise de mon véhicule, sans connaissance des nombreuses rues où je m'égarais, mes journées étaient trop courtes pour répondre à toutes les demandes, à tous les rendez-vous. Mais le bonheur à deux roues me ravissait au point que j'amorçais mes tournées dès l'aube naissante et les poursuivais bien au-delà du retour de la nuit. Manuel Pinero, le rédac chef, ignorant mes horaires surchargés, ne voyait que le résultat, m'exprimait sa satisfaction : peu ou pas d'erreurs, des messages arrivés à bonne destination, des articles ou photos livrés dans les temps… Oubliant ma fatigue, je savourais ces heures de déambulation, ce voyage incessant au milieu des vies, hommes et femmes de tous âges, de toutes attitudes, riches ou frimeurs, joyeux, fatigués, bavards, drôles, râleurs, sérieux, rieurs, aimants aussi… je les croisais dans leurs métiers divers et nouveaux pour moi… Une moisson de bonheurs…

Le dimanche, seul jour de repos, était aussi celui que je réservais à la rédaction de mes rapports, à présenter le lundi. Une corvée, me direz-vous. Ce le fut, au début. Des longues listes ennuyeuses : Lundi 8 h 30 Jorge Cortis, 9 h 00 à la rédac. 9 h 30 labo photo Swing, reprendre tirages. 10 h 00 chez Mario Giro, 10 h 30 l'imprimerie, 11 h 00 récupérer machine à écrire en réparation, etc. Manuel Pinero était satisfait de mes rapports, moi, pas vraiment…

Entretemps, la concierge de mon immeuble avait été remplacée par un couple de pensionnés. Je ne les voyais presque jamais. Dès huit heures du soir, plus aucune lumière ne filtrait de leur loge, et la porte, jusqu'il y a peu toujours ouverte aux regards de l'indiscrète, était résolument close. Les nouveaux concierges s'absentaient le dimanche, unique jour où je restais chez moi, sans plus d'espion ni fantôme dans l'immeuble, isolé dans ma mansarde et entouré de mes carnets, avec pour seule obligation : la rédaction du rapport de la semaine écoulée.

Devinez-vous la suite, la confusion ?... Ces longues listes de rendez-vous effectués du lundi au samedi, et jusque tard dans les soirées, devenaient lassantes à consigner. Tout à côté, mes carnets dormaient, en attente que j'y conte des histoires, vraies, volées, imaginées… Après quelques semaines, je cessai de me limiter à l'énumération des rendez-vous. Si je citais Jorge Cortis, j'ajoutais une petite note : « 9 h 30, Jorge Cortis avait oublié de se raser la moitié de la barbe et avait encore une trace de savon sous l'oreille, il me parlait si sérieusement que j'avais envie de rire ». « 10 h 00. Mario Giro a perdu sa casquette emportée par le vent et, avant qu'il ait pu la récupérer, il la vit disparaître sous les roues d'un camion. Décontenancé, il la déplissa du mieux qu'il pût, la remit, fripée et sans allure, sur son crâne dégarni...» « Retard à mon rendez-vous de 11 h 30 : un accident entre deux voitures obstruait la rue. Dispute musclée entre les deux conducteurs. Un passant généreux, voulant les apaiser, s'interposa mais reçut à son tour une volée de coups de poings ...» « 16 h 00, en sortant de l'imprimerie, je croisai un vieillard qui me lança : "*¡Hola, mi amigo!*", avec un large sourire. On se connaît ? lui demandai-je. Non, pas du tout ! répondit-il, et il continua son chemin. »

Amusantes, vos anecdotes, me dit Manuel Pinero. Encouragé par son compliment, je continuai ce petit jeu, le développai même, dans les rapports des semaines suivantes.

Connaissez-vous, Pierre, les films de Dino Risi des années cinquante ?... Évidemment non, vous n'étiez pas encore né... *Poveri ma belli*, cela ne vous dit rien ?... Eduardo Caldon s'arrêta de parler, cherchant ses mots, un sourire aux coins des lèvres et des souvenirs dans les yeux. Je reprendrais bien un vin blanc, vous m'accompagnez ?... Quelques minutes plus tard, deux verres frais se présentaient devant nous, à la terrasse où il avait ses habitudes, celle de notre première rencontre. Eduardo Caldon but une gorgée, me regarda avec un trait de bonheur qui le rajeunissait, pensant déjà à ce qu'il souhaitait me conter.

Donc, vous n'avez jamais vu *Poveri ma belli* ? Ni non plus *Vacances romaines* de William Wyler, je suppose, avec Gregory Peck et la lumineuse Audrey Hepburn, la coqueluche du moment. Rien à voir avec *Poveri ma belli*, un tout autre style... Qu'y a-t-il de commun entre ces deux films ? La Vespa, le fameux scooter Vespa, une invention imaginée juste après la guerre par un avionneur italien, d'où sa silhouette avenante, conçue pour l'air qu'elle traverse et oublieuse de son poids. Les images d'Audrey Hepburn tenant Gregory Peck à la taille, tous deux aimablement installés sur le scooter déambulant dans les rues de Rome, firent le tour du monde. Pas de plus belle publicité pour cette moto, pour les nouveaux couples, et la liberté… Quoique ce n'est pas mon film préféré, d'un romantisme trop éduqué…

Les années cinquante, c'était donc l'après-guerre, le réveil de la jeunesse, et j'en étais… Je n'imaginais pas qu'avec ma Vespa, tout allait se bousculer. Comme à mon habitude, le soir, je courais les terrasses et cafés de la ville. Jusque sur les trottoirs, coulaient les tangos aux mélodies diverses mais si proches dans leurs cadences obsédantes… Le jour où je garai mon scooter devant l'un de ces établissements, ma vie prit un nouveau sens. J'étais observé par des hommes jaloux ou admiratifs et des femmes pétillantes et affolées. Nous avions tous vu Marlo Brando porter des t-shirts dans *Un tramway nommé désir*, et aussi James Dean en veste de cuir dans *la Fureur de vivre*, des vêtements que j'avais adoptés, si pratiques et agréables pour rouler en scooter. La Vespa, le t-shirt, et le blouson de cuir : je portais les trois canons du moment et, à l'inverse de ma vie d'avant, tous les regards se portaient sur moi… De vieux films, me direz-vous, je vous suggère de les revoir, vous me comprendriez…

La présence des femmes avaient également changé : oubliées les jupes sombres et les cols fermés, remplacées par des robes flottantes aux couleurs claires, les bras nus, les larges décolletés… Pays de la musique inséparable de la danse, l'Argentine l'a toujours été, partout le tango, ce combat en fête, mais aussi la samba, murga, milonga, cha-cha-cha, bossa nova, rumba, merengue… Avant la guerre, les cafés avaient tous leur orchestre, avec l'inséparable bandonéon au roulement mielleux... Dans les années cinquante, arrivèrent les premiers juke-box et les sonorités électriques – « *música gringa* », disaient les nostalgiques –, ce fut la révolution. Imaginez le cocktail explosif entre rock and roll et tango ! Les jeunes, et j'en étais, subitement libres, devenaient fous...

Mon amour pour les cafés, vous l'avez deviné... À Buenos Aires, il y en a tant, le Million, le Bollini, le Tortoni, La Biela, le Plaza Dorreco, La Poesia, El Grand Splendid, El Banderin... J'avais garé ma Vespa devant la terrasse bondée de La Biela. Assises autour d'un même guéridon, je remarquai trois jeunes femmes, vêtues de robes à jupe large, lumineuses et légères, échangeant des rires complices, et qui aspiraient tous les regards. Très vite l'attroupement se déplaça vers ma moto neuve et rutilante tandis que j'entrais dans le bar. Tout le monde voulait me parler, me féliciter, partager mon amitié, certains me flattaient cachant leur envie, nous nous offrions des verres... Les trois femmes, bien entourées, étaient restées à la terrasse et je les oubliai. La soirée s'allongeait, les verres de mes nouveaux amis ne se vidaient plus et leurs paroles se confondaient avec le sommeil. Ressentant les courbatures de mes trop longues journées, je décidai de m'en aller.

J'enclenchai le moteur de la Vespa, quand une des trois amies courut dans sa robe éblouissante, enfourcha d'un bond le siège arrière du scooter, une explosion de vie, de lumière, de beauté. Je démarrai, les deux autres femmes, stupéfaites et peut-être jalouses, riaient sans pudeur. Elle me tenait par la taille, le vent chaud glissait sur nous. Où voulez-vous que je vous conduise, lui criai-je. Chez vous ! fut sa réponse.

Elle avait envahi ma salle de bains, s'éclaboussant d'eau froide le visage, le cou et les épaules, ses seins mouillés se reflétaient dans le miroir. Comment vous appelez-vous ? lui demandai-je. Olga, dit-elle, sans se retourner. M'empruntant brosse et peigne, elle se refit une coiffure haute et gonflante, ensuite ouvrit les rideaux. La blancheur du matin l'illumina, tandis qu'elle enfilait sa robe et la déplissait avec des gestes vifs. Elle courut vers le lit que je n'avais pas quitté, m'embrassa d'un baiser aussi goulu que bref. Je ne peux pas être en retard au bureau, chuchota-t-elle, toute haletante et agitée. Elle ouvrit la porte, la ferma, son pas rapide s'éloigna dans l'escalier qui descend au septième.

Olga…, murmurai-je, c'est tout ce que je sais d'elle. Une nuit de tornade, une femme éblouissante, délicieusement ronde comme je les aime, venue pour le plaisir, rien que pour le plaisir. Olga, répétais-je, Olga…

Vous n'avez pas vu *Poveri ma belli* de Dino Risi, c'est dommage, vous me comprendriez… Les hommes y sont jeunes et pauvres, se coiffent en brosse à la façon de James Dean, l'un d'eux a pu s'offrir une Vespa, ce qui attire les femmes, ah ces femmes, belles et joliment grosses, s'éloignent, se rapprochent, se tournent, se déhanchent… Elles sont trois, les trois Grâces, dans une séquence en maillot de bain, lumineuses et rondes à rendre fous… Les dragues restent toutefois élégantes, on s'admire, on se respecte… J'ai toujours respecté les femmes de ma vie…

Eduardo Caldon venait de me dévoiler la source de son livre *Une si belle femme*, le roman d'un amoureux tempétueux et pudique, comme lui. L'intime est caché, la liberté sans limite...

À Venise, la nuit reste bourdonnante de rires et de surprises. Dans les ruelles étroites, toutes en angles et discrètement éclairées, je croisais, entre deux moments de silence, des groupes de touristes bruyants et éméchés, leurs mots d'anglais, d'allemand et de japonais mélangés inventaient une nouvelle langue, une musique inattendue s'évanouissant au rythme des ombres. Sur le pont minuscule enjambant un canal de même taille, s'avança une femme seule, silhouette fine à la démarche élégante, étroitement vêtue dans sa tenue d'hôtesse, qui pressait le pas, ses talons durs résonnaient sur les dalles mouillées de brume, cela m'a excité.

Mes comptes rendus hebdomadaires prirent de l'ampleur. Le rédac chef appréciait mes anecdotes, des petits faits rencontrés au cours de mes journées, je les enjolivais, les gonflais, en inventais même... Je voyais Manuel Pinero rire à leur lecture.

Autre film, beaucoup plus récent, et que vous avez peut-être vu, Pierre, *Caro Diario* de Nanni Moretti. Toute une partie de ce film se passe en scooter Vespa dans les rues de Rome, des longs plans souples qui accompagnent les douces glissades dans la ville ensoleillée, exactement ce que j'ai vécu à Buenos Aires ! Mon nouveau métier n'était que joie, rouler, non, danser toute la journée, prendre les tournants en me penchant légèrement, reprendre de la vitesse, freiner en douceur. « Bonjour, au revoir, à demain, comptez sur moi, je reviens, ce sera fait, à demain, merci ! » Une multitude de nouveaux amis, des rencontres inattendues, des instants cocasses, des saynètes de vies, des histoires courtes, ridicules ou charmantes, quelques fois absurdes ou désolantes, le plus souvent drôles, aimables et colorées, et que j'ajoutais avec une joie toute intime dans les rapports de mes rendez-vous journaliers. Pour la première fois, je décidai de développer dans mes carnets ces anecdotes nées du hasard, sous forme de récits courts, de nouvelles.

Je ne savais rien d'Olga, son corps m'obsédait, son parfum me revenait sans cesse. Où la retrouver si ce n'est au Café La Biela ? Je garai ma Vespa, elle était là, assise à la même table avec ses deux amies, toutes trois élégantes comme au premier jour. Je lui dis bonjour, elle m'ignora. L'avais-je déçue ? Coquetterie ? Installé au bar, je buvais sans soif, troublé. N'avais-je pas connu avec elle une de ces nuits de folie ? Avais-je rêvé ? Était-ce encore un de ces fantômes qui me jouait un mauvais tour ? L'orchestre ronronnait, rejouant sans cesse *Milonguita*, ce tango geignard et redondant. Las, déçu et agacé, je vidai mon verre et rejoignis mon scooter. Au moment de l'allumer, une des deux amies d'Olga bondit vers moi et s'assit à l'arrière de la Vespa, je démarrai. Olga et sa seconde amie applaudissaient avec force, tandis que nous nous éloignions collés l'un contre l'autre.

À cette heure tardive, les nouveaux concierges dormaient, et il n'y avait toujours pas de locataire au septième : tous les chahuts nous étaient permis. Cette femme, aussi belle que son amie Olga, une beauté qui caresse les yeux, ne m'avait rien demandé, me suivait docile et déterminée vers mon appartement. Nous étions déjà étendus et enlacés sur le lit lorsque je lui demandai : comment vous appelez-vous ? Olga, répondit-elle. Olga ? Oui, Olga... Je plongeai mon visage entre ses seins, elle me déshabilla. Même folie, même chute embrasée, douceur de la peau, des vallées, des montagnes, des cris, des halètements et des rires, une nuit de lumières…

Vous ne me croyez pas ? Vous croyez que je fais du roman ? Je vous laisse juge…

Le dimanche suivant, je me levai tard. Ne pas oublier de rédiger mon rapport de la semaine. Je m'y attelai mais ne me relus point.

À la rédaction le lundi matin, Manuel Pinero m'appella. Bon rapport, dit-il, vos anecdotes sont toujours aussi amusantes, savez-vous que vous avez un talent de conteur ?… Mais, dites-moi, qui est cette Olga ? Je vérifiai le document, j'avais noté « 17 h 00, Olga ». C'est… la secrétaire du laboratoire, elle devait rentrer précipitamment chez elle et je lui ai proposé de la reconduire… Manuel Pinero ne me crut pas un instant, eut un sourire amusé, ne fit pas de commentaire. De quelle Olga s'agissait-il ? Celle du premier jour ? Ou la seconde Olga ?… Avais-je vécu ces aventures, ou était-ce-ce encore de l'illusion, un dérèglement de mon cerveau, ou des fantômes que j'aurais croisés ? Je vous le demande, Pierre, avec le temps si lointain, je ne sais plus… Dites-moi, nous sommes à Venise n'est-ce pas ? Pouvez-vous me le confirmer ? Ou suis-je encore en train d'errer dans mes pensées ? Ai-je jamais été à Buenos Aires ? Et pourquoi y aurais-je été ? Ai-je seulement inventé, rêvé, imaginé ? Pourtant, je me souviens… Olga, tellement belle … Je ne sais plus, je ne sais plus…

Le vieil homme se montrait de plus en plus désemparé, confus, et mes doutes grandissaient. Qui était le vrai Eduardo Caldon ?

Il me conte ses jeunes années, hésite sur leur réalité, fouille dans sa mémoire de plus quatre-vingt dix ans… Connaîtrai-je la fin d'un si long parcours ? Ressemble-t-il à celui que j'ai souhaité rencontrer ? Le double jeu de ses pensées me donne envie de le fuir, en même temps que sa personne me séduit et m'attire. Comment lui avouer que je vais bientôt devoir quitter Venise ? Je n'ai plus un euro…

Comme les soirs précédents, les trois jeunes femmes, resplendissantes en leurs robes lumineuses, étaient à nouveau installées à la terrasse du Café La Biela. J'entrai dans le bar sans me mêler à leurs nombreux admirateurs, elles aussi m'ignorèrent. Par la fenêtre je les voyais rire, flattées par tant de regards, je les désirais confusément jusqu'au vertige. Un deuxième verre me calma. Un troisième m'apaisa. Sur la piste de danse au parquet usé, des couples enlacés dans leur tango se mouvaient si mollement que je crus qu'ils dormaient. Tard, lorsque je sortis sans détourner le regard et enfourchai mon scooter, la deuxième amie d'Olga, la troisième du trio, courut d'un petit pas rapide, s'assit tout en douceur sur le siège arrière, posa ses mains sur mes épaules. Hommes et femmes du petit groupe nous regardaient, médusés et jaloux. Les deux Olga s'esclaffaient, le scooter s'éloignait dans la chaleur caressante des rues.

Vous appelez-vous Olga ?… lui demandai-je, tandis que étions étendus sur les draps. Olga, c'est mon nom… Notre nuit ne fut que douceur, finesse, affection, mes caresses souples, tendres, légères, et nos échanges, une suite de frissons élégants…

Au lever du jour je lui préparai un petit déjeuner qu'elle prit au lit, elle me regardait de ses yeux bleus pâles, décoiffée avec élégance. Elle but son café, reposa la tasse et leva vers moi un long regard infiniment tendre. Voulez-vous m'épouser ? dit-elle d'une voix tout aussi douce. Je suis déjà marié, répondis-je sans réfléchir. Alors elle pleura. Après s'être rhabillée, elle quitta la chambre, silencieuse comme un nuage, pas même le bruit de ses pas dans le petit escalier…

Pourquoi cette phrase mensongère sortie de ma bouche hors de toute volonté ? Pourquoi cette affirmation infondée et brutale ? J'aurais pu, sans m'engager, laisser la question en suspens... À qui pensais-je ?... Maria ? Le nom de Maria me fit sursauter, une joie et douleur entremêlées. Je ne l'avais pas oubliée, elle, la femme, l'unique et authentique amour. La seule à qui j'avais avoué plus que ma tendresse, la seule avec qui j'avais marqué le lien, le pacte que je croyais inaltérable ! Et ma maladresse, ma grossièreté, me l'avait laissée partir… Aujourd'hui, oui, aujourd'hui encore, après plus de soixante-dix ans d'absence, je pense toujours à cette femme, Maria… et je l'aime comme au premier jour...

La pénombre du soir s'était étendue sur Venise sans que nous nous en aperçûmes. Le canapé du salon formait une masse sombre, et d'Eduardo Caldon, je ne voyais plus que la lumière de ses yeux.

Comment, après tant d'aveux, l'informer abruptement que je vais être obligé de le quitter, de rentrer en Belgique ? Que je n'ai plus les moyens de rester en cette ville, même si son amitié, sa confiance, au plus fort de ses aveux, me touchent intensément ?

Je comprends, dit-il. À votre âge je n'avais que très peu d'argent, je n'ai pas oublié ces temps durs… Il appela le barman. Vous ne voyez pas qu'il fait presque nuit ? Mettez-nous de la lumière, je vous prie. Ensuite appelez votre gérant.

Il lui parla avec précision : ce jeune homme loge non loin d'ici, à la *Pensione* ?... *di Belém*, précisai-je. Veuillez contacter leur direction et l'informer que sa note d'hôtel est désormais pour moi, je la réglerai. Non, ne me remerciez pas, et il fit un geste légèrement agacé. L'hôtel propose un buffet, sobre mais excellent, profitez-en si vous le souhaitez, je vous l'offre. Vous n'aurez plus de frais jusqu'à votre départ et nous pourrons ainsi bavarder plus longuement. Qu'en pensez-vous ? Nous devenons amis, n'est-ce pas ?

J'avais connu les trois Grâces, les trois Olga. L'impétueuse, la docile, l'aimante. Avec Olga l'impétueuse, je vécus une nuit d'orage, une fièvre volcanique, la force qui se régénère, la transformation des corps... Souvenir de tempête, d'ouragan, de tornade... Un nuit de couleur rouge et flots de lumière noire. Avec Olga la docile, je connus le jeu, les inventions caressantes, les rires aux éclats, l'amour objet, la gourmandise... Souvenir des corps repus, apaisés. L'orange et le vert croisaient nos enlacements. Olga l'aimante, mon plus beau souvenir, le plus triste aussi : elle m'aimait, je l'ai refusée. Une nuit d'affection, de serrements, de respirations confondues, d'échanges de mots soyeux, de lèvres émues... Une fusion des cœurs... Tout était bleu, du clair bleu lavande au profond bleu de Prusse...

À chacun de ses mots, je croyais lire *Une si belle femme*, le seul roman d'amour, d'une tendresse intense, d'Eduardo Caldon, une aventure à vous rendre jaloux. Il l'avait donc vécue… À moins que… Je décidai de cesser de douter, il m'avait transmis son émotion, celle que je lisais dans les yeux du vieil homme qui se remémorait, revivait par les mots de doux moments d'extase… Son corps affalé au creux du fauteuil trop large ressemblait à un vieux rocher, tandis que son âme, légère et voltigeant, avait arrêté l'horloge à vingt ans.

23

J'AI une bonne et une mauvaise nouvelle à vous annoncer, me dit Manuel Pinero. Je commence par la mauvaise ? Le coursier, celui qui vous a précédé, est sorti de l'hôpital, il est rétabli et va reprendre son travail dès la semaine prochaine, je ne vais pas pouvoir prolonger votre contrat.

Vous me disiez, une bonne nouvelle ?...

Vous m'êtes sympathique, avoua le rédac chef, et vous avez assumé vos missions sans erreur. De vos rapports, dit-il, outre le fait qu'ils étaient complets et exacts, j'ai retenu que vous aimiez raconter des anecdotes, vous ne vous en êtes pas privé, je les lisais avec beaucoup de plaisir... Manuel Pinero prit un air sérieux et intrigant, hésitant à poursuivre. Croyez-vous, me demanda-t-il en pesant de son regard, croyez-vous, insista-t-il, que... vous pourriez tenir une chronique ? Une par semaine, tous les vendredis ?... Nuage blanc dans mon cerveau mais aussitôt des paroles imprévues : j'affirmai que j'avais beaucoup de petites histoires rédigées dans mes carnets et pour la plupart inspirées de moments vécus dans la ville, ce n'était pas vrai… Certes, j'avais noté quelques anecdotes, des impressions éparses et inachevées, des bons mots, quelques phrases dont j'appréciais les tournures mais pas encore de véritables histoires… Oseriez-vous relever le défi ?... D'une voix forcée, je dis oui, sentant mon corps chuter du haut d'un plongeoir avant même d'avoir appris à nager… Faisons un essai durant quelques semaines ? Pour commencer, je vous propose le format d'une demi-colonne, et vous serez payé à la ligne. Poursuivant ma posture, je lui promis qu'une première chronique serait prête pour le vendredi suivant. Vos rapports sont tous écrits à la main, remarqua le rédac chef, vous n'avez pas de machine à écrire ? Adressez-vous au magasinier, il vous en prêtera une.

Au sortir de son bureau, étourdi, considérant la fin de mes amoureuses balades en scooter, et tout à la fois par l'audacieux défi d'écriture que je venais d'accepter, Manuel Pinero me rappela : trouvez-vous un nom d'écrivain, votre nom, Jiménez, trop banal…

Ce fut ma dernière semaine en Vespa. Mes déambulations n'eurent plus la même saveur et, au Café La Biela, les trois Grâces avaient disparu. Je repassais chaque soir et, au bar, interrogeais mes voisins. Les trois jeunes femmes, disais-je, les trois amies en robe légère, les avez-vous aperçues ? Tous s'étonnaient de ma question, personne ne voyait de qui je parlais… Des fantômes ?... Encore des fantômes qui narguaient ma vie ?

J'informai Isabelle qu'Eduardo Caldon m'invitait à rester quelques jours de plus à Venise, tous frais à sa charge. Je ne pouvais refuser. C'est un homme déroutant et attachant à la fois, lui dis-je, peut-être aura-t-il une place dans mon prochain roman ?... Isabelle parut soucieuse. Pas pour moi, dit-elle, mais pour ta grand-mère, je la sens décliner. Toute la journée, elle trottine dans sa chambre, cherche sans cesse quelque chose, on ne sait quoi. Lorsque ta mère ou moi lui demandons si nous pouvons l'aider, elle ne répond pas et continue de chercher, de farfouiller, de tout déranger…

Quinze heures : je quittai ma *pensione* sous une chaleur étouffante malgré l'ombre bienfaisante protégeant les ruelles. Le réceptionniste de l'hôtel m'informa que monsieur Caldon m'attendait dans son appartement. Il y disposait d'un salon et m'invita au creux de larges fauteuils. Ici, nous serons au calme, laissez les tentures fermées, le réel me fatigue, mes souvenirs ne seront pas perturbés. Eduardo Caldon s'étendait, plus qu'il ne s'asseyait, dans l'épaisseur des coussins, il avait fermé les yeux. Dans la pénombre, son grand corps reposait tout en silhouette.

Je créai mon nom d'écrivain : Eduardo Caldon… Caldon Eduardo… Vous ne le devinerez jamais mais c'est une anagramme de mon premier nom, le seul vrai, celui que je ne peux pas avouer, le nom de ma famille… Peut-être sont-ils tous morts ?... Serais-je le seul survivant ?... Les spécialistes en anagrammes ne retrouveront jamais ce nom de naissance car j'y ai mis l'erreur d'une lettre et je ne vous dirai pas laquelle. Un petit rire le secoua. Il laissa choir sa tête en arrière et se tut. Une respiration paisible soulevait son ventre et, le silence se prolongeant, je compris qu'il s'était assoupi.

Au bar de l'hôtel où je prenais un repas léger, le réceptionniste me remit un message : monsieur Caldon m'attendait à nouveau dans son appartement.

La nuit est à présent tombée sur la cité, commença-t-il, pouvez-vous cette fois ouvrir les rideaux ? N'ajoutez pas d'éclairage, les lumières du canal suffisent. Les murs des palais, des maisons, des églises avaient troqué leur couleur orange pour le gris rosé, des lueurs marquaient les fenêtres, les toitures diversement penchées se découpaient sur la nuit surmontée d'une lune transparente. Vieux toits humains, quel écrivain vous donnera-t-il un jour la parole, murmura Caldon ? À cet instant plusieurs carillons, diversement éloignés, s'agitèrent en une joyeuse cacophonie. Amusé, Eduardo Caldon me lança un sourire satisfait.

La lune est carrée... Pardon ? … Je vous dis que la lune est carrée, ne la voyez-vous pas ?... Oui, je sais que tout le monde vous dira qu'elle ne l'est pas et ils n'auront pas entièrement tort mais… si je puis prononcer les mots « La lune est carrée », et même les écrire : LA-LUNE-EST-CARRÉE, et dessiner sa forme aux quatre coins, avec ses taches, cratères et volcans, et sa teinte jaune opalescente, c'est que cette lune carrée existe, aussi authentiquement vivante que sa voisine, la lune ronde, aussi présente que vous l'êtes, ici en ce roman, Pierre… Il est vrai, je le reconnais, objecta-t-il, qu'avec une fusée il sera toujours plus aisé d'atteindre la lune ronde, mais peut-être qu'un jour, un digne admirateur de Cyrano de Bergerac, le vrai, de prénom Savinien, imaginera un oiseau, tellement supérieur à la force de nos neurones, qu'il planera à faible distance de la lune carrée…

Je levai les yeux vers le ciel d'un noir marin s'ouvrant au-dessus des toits, admis sans effort la présence de deux lunes côte à côte, paisibles, l'une ronde et l'autre carrée, tout aussi vivantes que les multiples soleils tourbillonnant dans les ciels de Vincent Van Gogh.

Ma mansarde devenait mon bureau, j'installai sur la petite table l'énorme machine à écrire prêtée par le journal, une Underwood, outil carrossé de noir, avec en son centre l'éventail des lettres étroitement ordonnées et, me regardant, les touches rondes, ivoires et flottantes. Le grand quotidien *Diario del Rio* me demandait d'y frapper des majuscules et minuscules, d'inscrire des mots et des phrases, de donner vie à des personnes inventées, de les faire parler et se rencontrer, en rues, sur les marchés, dans les trains ou les salles d'attente, ou plus intimement, de les observer dans leur cuisine, au salon, dans leur chambre, même au lit… d'offrir du rêve, de l'humour, des émotions, et des histoires… et il allait me payer pour cela, je n'en revenais pas.

Sans ordre, je relus mes carnets, même les plus anciens. Et je fus consterné. La légèreté des sujets, la maigreur des descriptions, les phrases maladroites ou incomplètes, l'incohérence des récits : tout me décevait. En me forçant, je parvins à retenir quelques extraits plus denses et vaguement surprenants mais tous manquaient de développements et aucun n'offrait une chute valable. Mes saynètes avouaient leur indigence et pas une ne méritait le titre de « chronique. » Une envie de fuir me submergea et je me revis penché au-dessus du bastingage qui, chaque jour en pleine mer, m'avait proposé le vide… et je n'avais pas osé… Un cri surgit de ma gorge mais nul écho ne résonna sous le toit de ma mansarde. La panique m'écrasait, le désespoir me tendit une main. Affalé entre les carnets épars, s'éveilla en moi l'idée que plusieurs de ces saynètes, isolément niaises et fragiles, pouvaient, si je les refondais en un même récit, prendre corps, éveiller la curiosité, intéresser, étonner et réjouir. Une envie rageuse me vint de ne plus être raisonnable, d'exagérer les situations, d'y insérer quelques détails piquants, de bouleverser les chronologies, d'aviver le rythme et les situations cocasses, veillant toutefois à ne pas m'éloigner d'une apparente vraisemblance. J'osai adjoindre des dialogues souples et d'autres taillés au sabre, et aussi quelques farces, et des finales incongrues... De ces récits recomposés, subitement vivants, j'en sélectionnai deux, les recopiai lettre par lettre, mots après mots, de mes doigts maladroits frappant sur les touches hautes et bondissantes de la vénérable machine.

Le lundi matin, mes chroniques fraîchement rédigées furent en bonne place sur le bureau de Manuel Pinero. Je n'avais pas omis d'y apposer ma nouvelle signature, ce pseudonyme, ce nouveau nom sans père, dont je devais me persuader qu'il était désormais le mien : Eduardo Caldon.

La première parution eut lieu le vendredi, la seconde à la fin de la semaine suivante. Lecteur anonyme, j'achetai un exemplaire au kiosque à deux pas de mon immeuble et regardai, hébété, dubitatif, ces lignes bien ajustées en une colonne, avec en dessous la signature : E. Caldon. Est-ce moi cela ? Vous l'avez deviné, j'ai et aurai toujours un problème avec mon identité... tant de noms... le premier, celui de ma naissance, que je ne dois jamais plus prononcer... Le deuxième nom, Felipe Jiménez, inscrit sur mon faux passeport, si bien réussi qu'il est devenu l'authentique. Et le troisième, Eduardo Caldon, le nom inventé, une anagramme erronée… Où est la lettre qui manque ? … Un nom vous nomme-t-il ? Lequel est le mien ? Sans nom, existons-nous ? Est-ce que j'existe ? Suis-je moi aussi un fantôme ?... Nous sommes tous des fantômes n'est-ce pas ! … Eduardo Caldon avait haussé le ton avec une soudaine panique dans la voix jusqu'à ce que le souffle vint à lui manquer. Il inspira bruyamment comme le naufragé se hissant au-dessus de la vague, se calma. Ne me regardez pas, Pierre, mon unique témoin, restez dans l'ombre et moi dans la mienne…

Avec la confiance qui m'était accordée, je n'arrêtais pas d'écrire, de raconter, d'inventer… Un amusement et pas encore un métier, une ébullition du cerveau, sans véritable effort, se nourrissant de la ville qui m'apparaissait diverse et foisonnante. Toutes ces influences croisées, indigènes ou immigrées, italiennes, allemandes, espagnoles, polonaises, libanaises, indiennes et gauchos, se mélangeaient dans ma tête, et dans mes phrases… Certains quartiers plus animés que d'autres me donnaient l'envie d'en décrire la géographie perçue au rythme de la marche, mais aussi les couleurs et les reliefs qu'y dessinait l'agitation des passants. Une ville jeune, riche d'imprévus, et je m'y servais comme dans un panier débordant de fruits… Il faut vous dire que je triche aussi, ce « mentir vrai » qui ne m'a jamais plus quitté… Si le vécu semble maigre ou décevant, j'en rajoute, j'invente, je gonfle, je déborde…

Mes chroniques furent prêtes pour plusieurs semaines. Le mois suivant, Manuel Pinero me convoqua. Le courrier des lecteurs est excellent, exprima-t-il avec le sourire, ils apprécient, ils en redemandent. Humour, sentiments, surprises, découvertes, poésie aussi, sont les mots les plus fréquemment cités. Certains lecteurs disent, grâce à vous, se sentir d'humeur joyeuse dès le café du matin, redécouvrir leur ville et ses habitants, apprécier différemment leurs voisins, leurs amis, leur chien… avoir envie de danser et chanter… Je restai médusé, Manuel s'en amusait gentiment. Nous resterons à une parution par semaine, reprit-il, mais je vous propose un autre format : deux demi-colonnes au lieu d'une. Payé à la ligne, vous appréciez ?… Je me souviens de nos sourires réciproques, presque une amitié.

Mes chroniques eurent beaucoup de succès, mon quotidien était assuré. La radio en parla. Le tirage du *Diario del Rio* augmenta, au détriment de la presse concurrente, paraît-il … Ridicule… Moi, je m'amusais…

Manuel Pinero me présenta Diego de Resa. C'est notre journaliste des pages culturelles, il part demain pour un voyage fixé de longue date. Or, nous venons de recevoir les exemplaires de presse du dernier livre de Jorge Luis Borges, *El Hacedor*. Vous connaissez Borges, je suppose ?... Incontournable en effet, confirmai-je. Je n'avais lu aucun de ses livres, ignorais jusqu'à son nom… Nous devons absolument sortir un article au plus tard la semaine prochaine, croyez-vous, insista Pinero, me fixant de ses yeux légèrement globuleux, croyez-vous être en mesure de nous fournir une critique de ce livre dans les tous prochains jours ?... Le journaliste Diego de Resa était d'un abord sympathique, cordial, voulant faire confiance, il me rappelait une autre personne, mais qui ?... Il me tendit l'exemplaire de *l'Auteur*, soignez-le bien, j'aurais tant voulu en faire la critique moi-même. Pereira ! m'écriai-je. Vous dites ? Non rien, rien, excusez-moi, vous me faites penser à quelqu'un que j'ai rencontré il y a longtemps, un journaliste qui… mais oubliez cet écart…

Diego de Resa se pencha vers moi. Sachez, me confia-t-il, que Jorge Luis Borges est un habitué du Café El Ateneo Grand Splendid... Vous n'y avez jamais été ?... Je vous le recommande. Peut-être pourrez-vous y croiser Jorge Luis Borges, un fidèle client, et lui proposer une interview ? Il en donne rarement...

Si un jour, Pierre, vous vous rendez à Buenos Aires, ne manquez pas de visiter El Ateneo Grand Splendid, la plus grande librairie de la ville, installée dans un ancien théâtre, l'expression vivante de la culture argentine... On me confiait, à moi le débutant, la critique du dernier livre du plus respecté des auteurs, et il m'était de surcroit suggéré de l'interviewer. Je ne pouvais pas me défiler.

Beaucoup de monde allait et venait en ce café, ce temple aux murs tapissés de milliers de livres. Et moi, pas très courageux, de nature réservée, sauf avec les femmes... journaliste par hasard, ignare en littérature, je devais rencontrer le célèbre écrivain. Au comptoir, le barman surpris par ma question, me dit, oui bien sûr, monsieur Borges est présent, et du doigt il m'indiqua un homme au visage digne, élégamment vêtu, installé sur la banquette, seul devant son guéridon.

La table voisine était libre, je m'y assis, pétrifié à l'idée d'engager une conversation, ignorant jusqu'aux questions que j'oserais lui poser. Je remarquai qu'il buvait un chocolat chaud, « je prendrai la même chose », dis-je bruyamment au garçon. J'avais emporté l'exemplaire du nouveau livre de Jorge Luis Borges, *El Hacedor*, le posai en évidence sur la table, espérant qu'il le remarquerait, ainsi nous pourrions engager la conversation. Monsieur Borges ne me regardait pas. Je me mis à feuilleter nerveusement les pages voulant le gêner par ma présence et le provoquer, remis à nouveau la couverture bien en vue sur le coin de la table... Jorge luis Borges ne me regardait toujours pas. Moi, le journaliste amateur, assis tout à côté du Maître de la littérature, j'étais résolument aphone et incapable de lui poser la moindre question... Absurde situation ! s'exclama Caldon d'une voix coléreuse, et il s'accorda une pause avant de poursuivre son récit.

Jorge Luis Borges vida lentement le fond de sa tasse, la reposa, fit un signe au garçon de salle qui passait devant nous, paya d'un billet déjà préparé dans sa poche, se leva, posa aussitôt une main sur le bras du serveur qui le raccompagna, à pas hésitants, jusqu'à la sortie. De son autre main, Jorge Luis Borges tâtait le pavement avec une canne blanche : il était aveugle et je ne le savais pas ! L'unique rencontre, ce privilège qui m'était offert, venait de m'échapper, un acte manqué inexcusable, un regret toujours vivace, car plus tard j'appris à aimer passionnément son œuvre... Vous, Pierre, vous avez eu l'audace de vouloir me rencontrer, moi le nouveau vieillard de la littérature tandis qu'à votre âge, j'ai raté le rendez-vous de ma vie...

J'aimais les silences qu'installait Eduardo Caldon après ses envolées, de quoi savourer ses paroles, et sur l'instant, tout l'humour tragique de la situation. Il venait de me donner le nom jamais cité dans son roman *Retour sur mes pas*, celui de l'homme, de l'ami, du frère inconnu sans cesse recherché. L'émouvant récit d'une quête éperdue du double de lui-même, être improbable qu'il apercevra une unique fois dans le reflet d'un miroir, comme l'ombre d'une ombre, mais jamais il le ne rencontrera...

Tous deux, séparés par la nuit, chacun dans notre canapé, nous sentîmes la caresse d'un vent frais chargé d'émotion.

À la première lecture d'*El Hacedor*, je ne compris rien, reprit Caldon. Composé à la fois de prose et de poésie, je découvrais une pensée très personnelle jamais approchée dans ma faible culture sevrée depuis tant d'années, depuis mes lectures adolescentes. Et je devais en faire la critique ? Je courus les librairies, achetai tout ce que je trouvai signé de Borges, même ses écrits les plus anciens et je lus sans relâche, de jour, de nuit, y compris les nombreuses critiques de ses livres précédents. Attiré par la simplicité d'une couverture marquée d'une flèche jaune sur fond vert sombre, j'avais acheté un exemplaire du magazine *SUR*, ignorant encore que la remuante journaliste Victoria Ocampo en était la créatrice. Tout le monde parlait d'elle en ce temps, depuis son retour de Nuremberg, où elle avait été une correspondante assidue du procès des horreurs… Cinq années de crimes abominables auxquels j'avais échappé, parce que j'avais fui…

SUR, ce magazine littéraire acheté par hasard, parlait de l'« ultraïsme », ce mot vous est inconnu ? À moi aussi, il l'était… Par de nouvelles recherches, j'appris que c'était un mouvement littéraire et poétique espagnol, se voulant « une rafale d'air dans une chambre somnolente [1] », fort « comme la nature fait un arbre [2] » et revendiquant haut la métaphore, ce mot dont j'avais oublié le sens… L'ultraïsme partageait son regard avec d'autres tendances de l'époque, le cubisme, futurisme, dadaïsme, autres mots qui ne me

[1] Guillermo de Torre, essayiste et poète espagnol (1900-1971).

[2] Vincente Huidobro, poète et écrivain chilien (1893-1948).

signifiaient rien… De ce mouvement, l'ultraïsme, Borges en était le membre argentin le plus actif. Les années passant, ces écoles artistiques se rejoignirent dans le surréalisme, mouvement bien plus considérable, dont je devais encore tout apprendre… Un article de presse présentait Jorge Luis Borges comme « le Salvador Dalí ou le Giorgio De Chirico de la littérature », qui était ce Dalí, qui était ce Chirico ?... Devinez mes angoisses, mon trouble… Je décidai de m'en tenir à la seule lecture des écrits de Jorge Luis Borges et perçus, page après page, avec un lent et doux soulagement, que son imagination, bien au-dessus de mes connaissances, s'insinuait dans mes pensées, croisait mes émotions, partageait mes songes et mes ressentis confus du monde, me ressemblait… Il parlait avec éloquence et discernement de nombreux écrivains, dont ceux entrevus durant mon adolescence écourtée, Stevenson, Defoe, Verne, Hugo, Cervantes, et bien d'autres qui avaient comblé mes jeunes rêves. J'ignorais que ces lectures oubliées allaient un jour nourrir mes propres écrits.

Attablé devant mon Underwood, j'avais frappé les lettres du titre *El Hacedor*, ensuite plus rien, la feuille restait blanche et me donnait le vertige. Je devais écrire, décrire cet univers qui s'était inséré dans mon esprit, avec un poids au-dessus de mes forces. Alors je parlai, non pas de lui, mais de moi, de moi lisant Borges. Peu à peu nos regards se rapprochèrent, se courtisèrent, se découvrirent une possible amitié. La page commença à se remplir, timidement, ensuite murmurante et fluide comme l'eau d'une source naissante, mes doigts, se croyant sur le clavier d'un piano, se déplièrent en un tempo allant crescendo au point que je dus me freiner pour rester dans les limites de deux demi-colonnes.

Ma critique du livre de Jorge Luis Borgès, *l'Auteur*, fut appréciée tant par les lecteurs du Diario Del Rio que par Manuel Pinero, mon nouveau patron : pas vraiment une critique, remarqua-t-il, mais un billet original… J'en étais abasourdi, moi l'inculte, l'ignorant, le faux journaliste, l'imposteur… toute ma vie aura été une suite d'impostures… À partir de cette publication, je portai le titre pompeux de « critique littéraire ». Dans les semaines qui suivirent, me parvint une carte de presse. À la ligne « Nom », se lisait : Felipe Jiménez, à la ligne suivante, « Pseudonyme » : Eduardo Caldon. Journaliste, moi le traître, le déserteur, le fuyard, le gringo, le planteur d'orangers…

24

MONSIEUR Caldon, je vais devoir rentrer à Bruxelles, ma grand-mère est au plus mal. Elle ne parle plus. Je vous suis reconnaissant pour votre hospitalité et pour toute la confiance que vous m'avez accordée mais j'ai réservé une place dans l'avion d'après-demain soir.

Je comprends votre tristesse, me répondit Caldon avec une aimable lenteur, vous m'aviez confié combien votre grand-mère comptait pour vous, « un rempart contre la solitude », disiez-vous… Solitude, ce mot insolent et qu'on ne peut pas partager… Il nous reste peu de temps, ce soir… demain ... après-demain peut-être ? Eduardo Caldon se pencha en avant, le regard tendu. Puis-je vous demander de passer ces derniers instants avec moi ? J'y tiens, votre compagnie me rassure. Après vous partirez et nous ne nous reverrons plus… Le jour viendra où je m'effacerai loin du lieu de ma naissance, n'y voyez aucun bannissement, à jamais je vivrai dans le monde des possibles…

Où en étions nous ?… Ma longue errance d'écrivain ne faisait que commencer… Nos durées se séparent, Pierre, aussi je me limiterai à l'essentiel, si tant est… car la suite de ma vie, du moins celle que j'ai avouée, a déjà été relatée dans de nombreuses publications. Devant le défilement des années et qu'aucun hurlement ne peut arrêter, les honneurs et les médailles viennent à vous naturellement, continuellement, confirmant l'approche de votre fin… Vous croyez que c'est pour votre talent et le bonheur que vous procurez qu'on vous questionne et vous admire ? En partie peut-être… et j'en suis reconnaissant… mais c'est parce que vous vieillissez et les humains ont peur de se perdre, cherchent sans y croire à freiner le temps, cette eau qui s'écoule entre vos mains. Il faut atteindre mon grand âge pour savoir qu'on est déjà mort depuis longtemps, même si notre petit moulin de chair semble encore tourner…

« *Vivere, anche se sei morto dentro, vivere…* » résonnait à nouveau la *canzone* à mon oreille.

Assis, éloignés l'un de l'autre dans les deux vastes fauteuils de son appartement, lumières éteintes, les reflets nocturnes de Venise glissaient sur nos silhouettes. J'aime cette distance entre nous, dit-il, la tension amicale y est plus vraie, ne me regardez pas lorsque je parle, écoutez seulement, nous nous aimerons mieux…

Je ne vous ai jamais parlé de politique, car j'en ai horreur, depuis ma jeunesse espagnole, honteuse, et vous êtes le seul à savoir… Dictature, nationalisme, royalisme, junte militaire, tous ces mots m'épouvantent car je n'ai connu que cela… J'ai fui mon Espagne natale en feu et en sang, mais en Argentine ce ne fut pas mieux, même si l'horreur était moins visible… Le péronisme arriva dès 1946 et ensuite ce ne fut qu'une succession de putschs militaires, de dictatures capitalistes ou communistes, parfois modérées, souvent violentes. La population, bien que souffrant, s'y adaptait mollement, ne pouvant prendre exemple sur aucun des pays voisins, subissant eux aussi les crises politiques, les répressions et le chaos. Lorsque plus tard, dans les années soixante-dix, courut le bruit que l'armée jetait dans le vide depuis des avions ou hélicoptères, des jeunes gars, au-dessus du fleuve ou de la mer, à Buenos Aires la vie continuait comme avant, les gens faisaient leurs courses, allaient au bureau, au restaurant, au cinéma... Si des voisins avaient disparu, on supposait qu'ils étaient partis à l'étranger... Et bien que la presse étrangère et libre, au contraire de la nôtre censurée, nous informait des scandales de la dictature, il fallut attendre les rassemblements répétés des mères éplorées à *Plaza de Mayo*, face au Palais du gouvernement, pour prendre pleinement conscience de la tragédie, et nous révolter...

Les intellectuels, les artistes, les écrivains ont toujours désavoué les politiques autoritaires et militaires, certains l'ont payé de leur vie, d'autres, beaucoup d'autres, ont quitté le pays pour New York, Mexico, Rome, Paris, Barcelone... Moi, je suis resté plus longtemps, lâchement, je me disais « je ne fais pas de politique », en tant que journaliste j'affirmais ne m'occuper que des « pages culturelles », comme Pereira...

Encouragé par mes chroniques, je fus tenté d'écrire un texte plus long, un roman. Oserais-je vous dire que sa rédaction me fut facile ? L'idée naquit une nuit... comme l'éclatement d'un orage me noyant dans une tempête de mots, de personnages étranges et de situations inattendues se déroulant en des paysages improbables... De ce déluge, de cet échappement désordonné de mots, je fus le premier submergé, et cela donna un roman joyeusement brouillon...

mais sa rédaction m'apporta une lumière : le plaisir d'écrire devenait ma seconde nature, pas encore la première…

J'avais découvert qu'il suffisait que je m'asseye devant le clavier, m'isole de la rumeur, pour que le récit se pense de lui-même. Complices, le cerveau et mes doigts s'emballent à ma place, pianotent la partition dont j'ignore encore la page suivante… J'ai conscience que c'est un privilège jalousé par de nombreux écrivains, beaucoup de mes confrères m'en ont fait part… Ils sont tous morts à présent… L'écriture leur fut douloureuse, exprimait leurs doutes, souffrances et révoltes devant l'injustice, la violence et l'amour impossible… Ce ne fut pas mon cas, mes douleurs sont restées tapies au fond de moi, je les emporterai… Plus tard, la presse me donna une réputation d'écrivain porteur de joie, d'audace, d'optimisme, d'humour, jugeait mes intrigues divertissantes, éloignées des affres du quotidien… La douleur, la profonde douleur n'est jamais sortie de mon ventre… Un écrivain superficiel ? Peut-être… Un écrivain raté ?… Il est trop tard pour pleurer…

Je laissai Eduardo Caldon s'enfoncer dans ses incertitudes. Ses romans sont d'authentiques chefs d'œuvres, des récits habilement menés et habités de personnages attachants, une littérature au rythme vif et haletant, entrecoupée de réflexions inattendues et apaisantes. Outre les nombreuses critiques, élogieuses ou acerbes mais jamais indifférentes, qui accompagnèrent la sortie de chacun de ses livres, il semblait oublier les multiples thèses et publications qui furent consacrées à son œuvre. Et j'aurais aimé lui dire combien les blogs littéraires – il n'en avait pas connaissance – parlaient avec enthousiasme de ses romans, même du premier, « joyeusement brouillon », selon ses dires. Eduardo

Caldon semblait oublier tout cela, ou vouloir l'oublier… Coquetterie d'écrivain ? Ou douleur essentielle ?

Conseillé par Manuel Pinero, mon rédac chef, je présentai ce premier manuscrit, *le Péché des amoureux*, à un de ses amis éditeur. À ma grande surprise, il l'apprécia, décida de le publier. Ce fut ma première signature avec un éditeur et lorsque je sortis de chez lui, quelque peu hébété et l'esprit bouillonnant, je marchai si longtemps, que je m'égarai bien au-delà des quartiers qui m'étaient familiers.

Mon étonnement fut plus grand encore lorsque j'appris que la vente en librairie était un succès, malgré des critiques sévères : un faux roman argentin, un récit de gringo, disaient les journaux concurrents. Il est vrai qu'à l'époque, me protégeant et peu enclin à m'engager, je ne faisais qu'effleurer la culture, les mœurs et la langue de ce pays non choisi.

Un deuxième et un troisième tirage furent pourtant nécessaires et mon éditeur m'informa qu'il avait plusieurs demandes pour des publications en langues étrangères… Vous voyez, cher ami, je n'ai pas beaucoup de mérite… Plus j'ai eu du succès, plus je me suis enfermé dans une bulle qui rassure et j'ai trop longtemps ignoré les souffrances qui m'entouraient, les vérités de ma terre d'adoption. La lâcheté de ma jeunesse me poursuivait… Je vous dis cela à vous, Pierre, à vous seul, ne le dites à personne…

Journaliste des « affaires culturelles », tel était mon titre, je vis beaucoup de spectacles, analysai de nombreux livres, vantais leur forme, leur rythme, leur talent, plus rarement le fond… Mes premières critiques firent polémiques, de par mon inculture, mon indigence éloignée de l'authentique…

Manuel Pinero m'en fit la remarque, me garda sa confiance.

Installé dans mes certitudes castillanes, et esquivant les griffes du réel, je mis longtemps à admettre que la culture argentine n'était pas la littérature espagnole, à considérer l'histoire et l'ampleur de cette immense territoire, peuplé d'indiens décimés, de bâtards de conquistadores, d'émigrants de toutes peines et fortunes. Qu'y s'était forgé un monde sauvage et violent, un pays de lointains cowboys, de bourgeois nostalgiques, d'européens dans le déni, de voleurs et de soldats... Un pays sanguin, pétri d'honneur et de duels, une terre de chants, de danse et de poésie, de vengeance et d'amour… et qui use sans gêne d'une langue mêlant l'argot créole, les dialectes gauchos et l'accent italien. Je dus tout apprendre pour ne plus porter les surnoms de gringo, de gallego et, par les plus vieux, de godo…

Si j'apprenais vite, ce n'était encore qu'un rôle, un de plus, par obligation et non par désir. Le souci de bien faire, appris au collège, m'y aidait… mais je n'étais pas encore à l'âge de me prendre au sérieux. Les femmes m'aimaient, cela suffisait à mon indifférence, me protégeait. Né espagnol, c'est l'Argentine qui fit de moi un parleur argentin. Je ne vivais pas ma vie, je la jouais… Suis-je passé à côté de moi ?

La critique, jalouse de mon succès, dut attendre longtemps la sortie de mon deuxième roman. Je n'en avais pas la moindre idée mais l'envie de poursuivre en cette voie m'hypnotisait comme les yeux d'un serpent. Je désirais confusément décrire les odeurs, les sons, les couleurs, toutes ces choses sans importance vécues chaque jour, aussitôt dissipées. J'aurais voulu décrire le ciel à l'aurore, les gouttes de pluie, les éboulis de pierres, les feuilles tremblantes…

Je me souvenais de la neige à Burgos tapotant au carreau, du tintement martelé et vibrant des casiers de bière déchargés du camion, du bourdonnement grandissant de la mobylette, s'amenuisant au tournant de notre rue…

Je me revoyais avec mon ami Alfonso à la *granja* de son oncle que nous visitions durant les vacances, respirais à nouveau l'odeur piquante du fumier au milieu de la cour où gloussaient les poules, oies criardes, pintades et grotesques dindons, et aussi le parfum rassurant des ballots de paille empilés dans l'ombre de la grange… Les bottes plongées dans la boue et nos rires en échos, nous menions, bâton à la main, les vaches lourdes et dociles connaissant leur chemin depuis les prés jusqu'à la ferme. Et resurgissait en mes narines l'arôme du lait moussant à la traie du soir dans l'étable, paisible, embrumée de la vapeur des naseaux… Toutes ces réminiscences, mes insomnies me les rappelaient de façon plus éclatante sans pour autant me donner la matière d'un roman.

25

Diego de Resa, le confrère journaliste qui m'avait cédé à regret la critique du livre de Borges, devint mon ami. Il avait une passion : les voitures anciennes. Il m'invita dans sa maison de campagne à deux heures de route de Buenos Aires, plus au sud en direction de la Pleine Terre, la Pampa. Durant le trajet je reconnus, de loin, les faibles collines aux orangers et fus pris d'un frisson… Plus pour moi, me disais-je. Je fuyais ma misère, cherchais le confort.

Diego avait acquis une *estancia* délabrée et l'avait aménagée d'abord pour sa collection d'ancêtres. Le rez-de-chaussée n'était qu'un grand garage réservé à ses vieux engins de la route, l'habitation, plus petite, se tenait à l'étage. Parmi ses trésors, des Bugatti, dont la rouge, de course, vous la connaissez, Pierre, si vous avez lu Tintin… Aussi des Delage, Talbot, Delahaye, Hotchkiss, Duesenberg et Voisin…, toutes des marques aujourd'hui disparues, leurs noms ne vous dit rien ? Des « belles mécaniques », disions-nous. Mon ami les choisissait pour leur présence séduisante, l'audace des carrosseries, leurs couleurs vives ou profondes, bleu roi ou marine, bordeaux, blanc cassé, jaune, blanc lumineux, rouge vif..., leurs généreux garde-boues, les capots immenses cachant les ventres vrombissants, des chromes partout, les boiseries fines des tableaux de bord, et les cuirs patinés... Sa préférence allait aux voitures à deux places, décapotables...

À l'arrière du bâtiment s'étendait un jardin boisé, sauvage et chaotique. Y poussaient en désordre des acacias, des frênes et des eucalyptus et à leurs pieds des buissons d'iris et de rosiers. Une présence étrange à proximité d'une *estancia*, que les générations de fermiers n'avaient jamais, par crainte confuse, osé modifier. Un chemin aux courbes douces y zigzaguait, sans véritable frontière. Tandis que Diego et moi l'empruntions lentement, le crépuscule orange s'effaçait, cédant la place à l'ombre grise. Mon ami m'observait par de brefs regards, nous nous assîmes sur un banc adossé au tronc d'un arbre du Paradis. Avant, dit-il, cette bâtisse était une ferme, je la trouvai presqu'en ruine. Lorsque j'en fis l'acquisition, j'avais noté que les propriétaires, usés de fatigue, la vendaient à contrecœur, forcés et contraints. Pourquoi l'ai-je acheté ?

Du temps où j'étais étudiant, j'avais un passe-temps qui me permettait de payer le loyer de ma chambre, poursuivit Diego : la mécanique. Mes copains de cours faisaient appel à moi pour réparer leur mobylette ou leur vélo, moins souvent une voiture. Un jour, le père d'un de ces étudiants, informé de mon goût pour les moteurs, me confia la remise en état d'une voiture ancienne : une Austin 6 des années trente. Devant rechercher des pièces d'origine auprès de collectionneurs, je découvris un réseau de passionnés des véhicules anciens – les « ancêtres », ainsi désignons-nous ces vieilles carrosseries – et je devins progressivement membre de leur confrérie. Le propriétaire de l'Austin 6 m'avait remboursé le prix des pièces, fort onéreuses, mais malgré mon insistance, il ne me payait pas les très nombreuses heures passées à démonter et remonter le moteur, la boîte de vitesse, les freins et la suspension. Même la carrosserie avait été repolie jusque dans les moindres détails. À Buenos Aires, je ne disposais pour mes bricolages que d'un auvent dans le fond d'une cour. J'insistai durant des mois auprès du propriétaire de l'Austin 6 pour qu'il me paie mes heures, qu'il récupère son véhicule et libère mon minuscule espace de travail. À force de le harceler, il m'informa tout de go qu'il avait des ennuis et ne pourrait jamais me payer la somme que je lui demandais et, en compensation, il me léguait le véhicule ! Mon souci se transformait en bonheur, je devenais propriétaire d'une voiture ancienne, la première de ma collection. Grâce à sa remise en état, je la revendis avec un très beau bénéfice, somme que je réinvestis aussitôt dans d'autres voitures, toutes en très mauvais état et cédées à des prix dérisoires… À côté de mes études de journaliste, réparer des « ancêtres » devint ainsi une joyeuse et enrichissante occupation. Voilà, Felipe – il ne m'a jamais appelé Eduardo –, l'origine de ma collection. Mais il me manquait un garage suffisamment vaste pour l'entreposer, un espace introuvable, ou hors de prix, à Buenos Aires.

Par une annonce parue dans le journal local, j'appris qu'une ferme, située à l'entrée de la plaine, était à vendre. La somme demandée était raisonnable, je n'ai pas hésité. Lorsque je rencontrai les propriétaires, deux femmes âgées qui parlaient entre elles un patois que je ne comprenais pas, elles me proposèrent un prix encore inférieur à celui de l'annonce. Les terres avaient été vendues ou leur bail cédé, je ne sais. Il ne restait que la ferme, le bâtiment principal mais aussi la grange, le poulailler, la porcherie et le paddock, déjà tous vidés de leurs animaux.

Le jour de la signature chez le notaire, ces deux femmes m'apparurent plus harassées qu'à notre premier rendez-vous. L'obligation de vendre, ou d'autres douleurs inavouables, avaient marqué leur visage d'une lassitude infinie. Elles m'informèrent que, dès la vente conclue, elles s'en retourneraient dans leur pays d'origine, l'Italie, dans le Piémont, précisèrent-elle. L'une, au moment de parapher d'un geste tremblant l'acte de vente, marmonna sur un ton étrange : Nous, nous partons, mais nos aïeux resteront à la ferme… Sur l'instant, je ne réagis pas mais craignis vaguement que des fantômes ne viennent errer entre les murs que je venais d'acquérir...

Diego, qui tout ce temps avait parlé sans me regarder, vérifia si je l'écoutais encore. Tu vois cet espace à côté de la ferme ? me dit-il, c'est là que se trouvait la grange, je l'ai fait raser. Il se tut tout en regardant ce vide qui laissait échapper le vent.

Dans les jours qui suivirent la transaction, reprit-il, je me suis rendu au village le plus proche, une rue rectiligne en terre battue, un temps d'arrêt entre la plaine et la plaine, bordée de maisons sans étage, avec quelques magasins, une chapelle, et un bar : j'y entrai, m'installai sur un haut tabouret, commandai une bière. Un client qui sommeillait à mon arrivée, leva la tête, s'approcha de moi, faisant glisser son verre sur le zinc… C'est vous, paraît-il, qui avez racheté la ferme des Bianco ? Je confirmai. Vous n'êtes pas d'ici, cela s'entend… Buenos Aires ? Oui, Buenos Aires. L'inconnu avala une gorgée de bière, je fis de même. Nos gestes et paroles se succédaient avec lenteur, une absence de rythme impensable dans un bar de la capitale. Nous, les fermiers de la plaine, nous n'avons pas voulu racheter cette ferme… Il attendait que je m'en étonne, je ne dis rien. Il aurait voulu que je m'inquiète pour mieux me narguer. Il répéta : ici, personne ne voulait acheter la ferme des Bianco… Je l'ai eue pour un très bon prix, lui dis-je, lui lançant un regard satisfait… Il se redressa, me toisa. Cette ferme porte le malheur, lâcha-t-il. Leurs récoltes n'ont jamais été florissantes et pourtant ils travaillaient sans relâche, comme des animaux… Je n'ai acheté que le bâtiment, pas les terres, précisai-je. Vous n'avez pas connu les Bianco... ils portaient le malheur… Et il reprit une gorgée de bière. La mère des deux femmes, les dernières de la famille, Malvina qu'elle s'appelait, on l'a retrouvée noyée dans la boue des cochons, même que ceux-ci continuaient de se vautrer autour du cadavre. Noyée ou suicidée ? On ne le saura pas… Il y eut un incendie aussi, en plein milieu du champ de blé, visible bien au-delà de l'horizon, un désastre… Et le fils, le frère d'une de ces femmes, Tinto était son nom, s'est pendu dans la grange… Le malheur, je vous dis, avait signé sa place… Les fils aînés disparus, on ne sait où … et le plus jeune, Hector, le plus révolté de la famille, un corps fragile et peu fait pour les travaux de la terre, s'est enfui jusqu'en en Italie, paraît-il… Ce voisin inconnu voulait m'ébranler, me voir effrayé, je commandai deux bières pour me donner de la contenance.

Dès le début des travaux de rénovation de la ferme, j'avais demandé à l'entrepreneur de combler la marre aux cochons, d'abattre le poulailler, de démonter le paddock et de raser la grange. Il la brûla avant de la désosser. Plus rapide, me dit-il, j'en fus content… J'avais deviné la peine de ces émigrés venus espérer une vie meilleure, la tristesse qui avait transpiré entre ces murs, et je craignais d'autres malheurs que je préférai ignorer. Je n'ai gardé que le bâtiment principal. Après les travaux de rénovation, j'exigeai que les murs, sols et plafonds encore conservés de l'ancienne habitation soient raclés et nettoyés à l'excès, jusqu'à la disparition de toute trace, même infime, du vécu qui me précédait. Au peintre qui avait appliqué deux couches de peinture, j'insistai pour qu'il en mette une troisième. J'ai voulu tout effacer… Je sais, dit-il, et ma conscience de journaliste me le rappelle, que la terre est partout basse, mais cette plaine est la plus basse de toutes… Je n'ignore pas que ma présence ici, avec ma collection de vieilles voitures, peut paraître indécente. Je suis de la ville, vis d'elle, et je ne connais rien de ce qui pousse sous mes pieds…

Diego n'avait pas connaissance de mon passé d'ouvrier agricole, et je lui avais menti sur ma date d'arrivée en son pays. J'avais fui mon pays en flammes et cherché une terre d'asile, tel était l'unique raison qui justifiait ma présence en Argentine, même pour un ami. Une seule fois, je lui fis part de ma préférence « républicaine ». L'Argentine aussi, me dit-il, est une République, et pourtant rien ne va… Jamais plus je n'abordai le sujet, lui ayant affirmé avoir définitivement tourné la page de ma jeunesse espagnole, préférant me protéger et plus encore depuis que nous savions qu'un accord de coopération avait été signé entre l'armée argentine et celle du général Francisco Franco… Diego m'observait, amusé par l'égarement dans mes pensées, les interrompit : demain, dit-il, avec une de mes machines, nous roulerons loin d'ici… L'enthousiasme brillait déjà dans ses yeux.

La pénombre s'était installée, amenant avec elle une lune qui blanchissait le feuillage alentour. Mais je n'ai pas oublié, poursuivit Diego, la petite phrase murmurée chez le notaire par l'une de ces femmes dévastées, « … mais nos aïeux resteront à la ferme ». Voilà pourquoi j'ai conservé cet enclos de verdure où nous nous tenons, un espace sauvage, inutile pour une ferme… Il s'y passe parfois des choses étranges... Pendant les longs mois que durèrent les travaux d'aménagement, je ne vis aucun de ces « parents » annoncés jusqu'au jour où, ou plutôt une nuit, des ombres circulèrent dans ce jardin. C'est pourquoi, je n'y touche pas, ne l'entretiens pas. Si nous nous installons dans le silence quelques instants, peut-être percevrons-nous quelque indice ? Nous nous tûmes, heureux de ce temps perdu, enveloppés de la nuit qui avait retenu la chaleur du jour. Et il se passa quelque chose. Les feuillages du bosquet tout proche frémirent, d'abord en petites touches argentées, comme poussés par une brise légère – il n'y avait aucun vent –, ensuite s'agitèrent à l'excès accompagnés d'un brusque frottement, et je vis passer, indifférent à notre présence, le dos souple et tacheté d'un jaguar.

Le lendemain matin, c'est avec une Delage ou une Hotchkiss, je ne sais plus, que nous partîmes plus au sud, dans les plaines désolées couvertes de graminées. Nous croisions des *estancias* où galopaient fougueusement des chevaux sombres. Peu de véhicules à cette époque, quelques camions chargés de vaches ou de moutons, beaucoup de gauchos au visage large et fier, nés avec leur cheval… Diego roulait tout concentré sur son véhicule, ne regardait pas la plaine, il écoutait le cliquetis de la machinerie, admirait le symbole brillant de la marque dressé à la pointe du capot, caressait le volant gainé de cuir, me souriait pour que je partage son bonheur, et ses cheveux volaient au vent. Moi, j'observais le paysage, il ne défile pas, c'est l'horizon qui sans cesse fuit un peu plus loin, les chemins de la plaine ne semblent mener nulle part si ce n'est à la plaine. Parfois Diego s'arrêtait, soucieux du moteur qui chauffait. Tandis qu'il se préoccupait de son véhicule, ajoutant de l'eau dans le radiateur avec le bidon préparé à cet effet, moi, je nous voyais au bord des champs calmes, un océan de blé secoué d'une houle lente. Au loin s'envolait un couple de cailles et, tout près de nous, bourdonnaient les insectes. De rares nuages caressaient de leur ombre l'étendue infinie des blés.

Sans but, nous repartions aux confins de la terre plate, avec le temps qui glissait au ralenti. Seules, les étendues cultivées, blondes, vertes ou brunes, brisaient à peine la platitude, mais si éloignées les unes des autres qu'il était possible de n'en voir aucune. Et si je me retournais sur la distance parcourue, m'apparaissait l'identique plaine, *las tierras bajas*… où nous dérivions au milieu de nulle part. Lorsque la silhouette d'une bâtisse de bord de route fendait l'horizon, nous nous arrêtions. Toutes de planches, ces cabanes améliorées faisaient office de bar et de magasin, avec tout le nécessaire de survie pour les prairies sans mesures. Devant l'un de ces *pulperías*, sous l'auvent de tôle ondulée, entre les piliers embroussaillés de chèvrefeuille, un gaucho y caressait une guitare, des notes distendues s'échappant sans écho, une musique initiale… Allongé à ses pieds somnolait un chien jaune, dont seule la queue tremblait par instants dans ses rêves, indifférent aux mouches qui lui piquetaient le museau. Des péons s'attroupaient autour de notre voiture, tout de chrome et aux couleurs indécentes, un vaisseau spatial égaré dans la terre plate qui ne connaît que les sabots des chevaux… L'absurde me plaisait, je rêvais ma vie, vous ai-je dis, je ne la contrôlais pas… Aujourd'hui, je me souviens… Le regard d'Eduardo Caldon était devenu infiniment gris, perdu au-dessus de lui. La vaste étendue, poursuivit-il, belle et désespérante, me manque, et son vent continu…

26

C'EST à cette époque que le colonel Juan Domingo Perón, déjà apprécié comme ministre de la Guerre et plébiscité par le peuple depuis son injuste arrestation, fut élu président. Persuadé de son rôle de *Lider* et fondateur de ce qu'il appela le « justicialisme », Juan Domingo Perón forma un gouvernement d'intention démocratique et sociale, se voulant proche des laissés-pour-compte, et qui bénéficièrent effectivement d'un certain nombre de réformes. En réalité, c'était un régime de conception pyramidale, désavoué autant par l'extrême gauche que par les bourgeois conservateurs, mais soutenu sans discrétion par l'Église et l'armée. Le populaire colonel Perón, tout en respectant le multipartisme, fut un président dirigiste, autoritaire et centralisateur conformément à sa culture militaire, ce qui le rendit sympathique aux yeux de l'Espagne, du moins celle de son Caudillo, le général Francisco Franco… Eduardo Caldon s'interrompit, brusquement envahi d'un regard lourd, le même à chaque fois que notre conversation se rapprochait, même par un détail, du pays de son enfance. Saviez-vous, Pierre, et bien que la guerre civile espagnole fut officiellement terminée depuis plusieurs années, que la terrible Phalange poursuivait encore, et jusque dans les montagnes, ceux qui avaient eu le malheur d'avoir un temps aimé la République ?

Je m'égare, dit-il, confirmant son agacement par un va-et-vient du bras semblant chasser une mouche, revenons à l'Argentine. Comme tout pouvoir autoritaire, la police de Perón, mais plus encore celle de ses successeurs, militaires et dictateurs, se méfiait de la presse, prenait des journalistes en filature. Je ne dus pas attendre longtemps pour remarquer, lorsque je me rendais au théâtre ou au cinéma, dans une librairie ou un café, qu'un homme, toujours le même, me suivait. Il se voulait discret mais, vêtu d'un imperméable blanc en tissu léger et portant un feutre mou, un accoutrement tellement déplacé en ce climat argentin, que j'en conclus qu'il s'agissait d'un détective. Nous savions que la police d'État avait désigné des inspecteurs chargés de surveiller certains journalistes mais n'imaginions pas qu'un journaliste des « affaires culturelles », comme je l'étais, puisse leur sembler une menace. Je m'accoutumai à la présence de ce petit homme, feignis de l'ignorer, comme s'il se fut d'un chien égaré à la recherche d'un maître. Si j'allais au cinéma, je le voyais s'asseoir trois rangées en arrière, et si je quittais la salle avant la fin de la séance, il se levait aussitôt. Dans les librairies, son intérêt, sa fausse attention, se portait sur un livre ou un magazine pris au hasard, dont il tournait vivement les pages, simulant leur lecture. Le plus amusant, ou ridicule, était lorsque je prenais un verre à une terrasse, avec mon ami Diego ou un autre confrère : il s'installait seul à une table proche, commandait, je ne sais pourquoi, la même boisson que moi, et relisait sans cesse le même journal froissé tiré de sa poche. Je l'observais avec discrétion, lui laissant l'illusion que je n'avais rien deviné, ne voulais pas lui gâcher son piètre métier.

Depuis mon arrivée à Buenos Aires, j'avais pris l'habitude de beaucoup marcher, un plaisir, presqu'une addiction. Je décidai d'entraîner mon détective loin du centre, vers ces faubourgs aux quartiers de maisons basses et colorées. J'ai toujours marché à vive allure, porté par mes jambes heureuses de s'emballer, et donc plus rapidement que mon petit homme aux pattes courtes. Lorsque je traversais une rue, je jetais un bref regard en sa direction et voyais qu'il trottinait avec peine, ses jambes s'emmêlant dans son imperméable trop long. J'accélérai encore le rythme et le bonhomme courait, affolé par ma brusque échappée loin de mes lieux de travail et de vie. Je longeais des voitures garées et, dans leurs rétroviseurs, je repérais sa course essoufflée. Je ne le vis plus. M'avait-il perdu ? Avais-je marché trop vite ? C'était subitement moi qui m'inquiétais pour lui. Je fis demi-tour jusqu'au coin de la rue, le surpris affalé sur une poubelle, penché en avant. Vous avez un problème ? m'inquiétai-je. Il leva vers moi un visage effrayé. Le cœur… je souffre du cœur, murmura-t-il, respirant par de rapides saccades. Venez, lui dis-je, allons nous asseoir au café, ici à deux pas.

Je commandai deux verres de maté. Autant essoufflé que gêné par mon invitation, il n'osait pas lever les yeux, se tortillait mal assis sur le bord de la chaise. Après quelques gorgées de thé chaud, il se calma, ôta son feutre mou, découvrant un front constellé de gouttes de sueur. Ne dites pas que vous m'avez vu, monsieur Caldon, souffla-t-il. Parce que vous connaissez mon nom ! m'écriai-je, dites-moi au moins quel est le vôtre ? Apeuré, il fit un geste m'incitant à parler à voix basse. Après une hésitation, entre deux souffles, il lâcha discrètement : Martín, Martín Perro, je suis… détective… aux ordres de la police politique… Devant mon mutisme, il poursuivit : peut-être pensez-vous que nous sommes des ogres qui mangent les petits enfants ? Je le pensais, par prudence je niai. Ne dites à personne que nous nous sommes rencontrés, monsieur Caldon, vous ne devez pas le savoir, sans quoi je perdrais mon travail, mon gagne-pain. Après un silence soutenu et dans le but de l'inquiéter, je l'assurai que je n'avais rien remarqué, que je ne le connaissais pas. J'attendis qu'il retrouve un souffle apaisé, payai les deux boissons et partis, lui intimant cette fois de ne pas me suivre.

Ma fuite à Lisbonne se rappelait à moi, je m'y étais vu poursuivi, alors que personne n'était à mes trousses. Ici, à Buenos Aires, c'était le contraire : je me faisais du souci pour l'espion qui me filait.

Le lendemain de cette grotesque rencontre, je retrouvai Martín au pied de mon immeuble : le caniche attendait son maître. À petit trot il se mit à me suivre, à distante raisonnable mais constante, comme s'il s'était lié à moi au moyen d'une longue corde invisible. Il voyait que je le voyais mais tous deux nous faisions semblant de nous ignorer. « Bonjour Martín, disais-je en ma tête, comment vas-tu aujourd'hui ? » Et dans son cerveau il me répondait : « Beaucoup mieux ce matin, monsieur Caldon, j'ai bien dormi, s'il vous plaît, ne fuyez pas trop vite aujourd'hui. J'y prendrai garde, Martín, et te tiendrai à l'œil », lui répondais-je en mes pensées. Indulgent, j'évitais les trop longues marches et furtivement je me retournais pour m'assurer de sa présence car ses chaussures aux semelles de crêpe ne faisaient aucun bruit. Et si je montais dans un tram, je vérifiais discrètement s'il avait eu le temps d'y grimper. « Ne pas lui faire perdre son gagne-pain », me répétais-je. Sans nous parler, nous devenions presque amis, moi le journaliste espionné, lui le détective essoufflé.

À l'ouverture de la porte de mon appartement, je vis immédiatement qu'il avait été fouillé. L'armoire mal refermée, le linge en désordre, mes carnets avaient été inspectés et une page arrachée, la corbeille renversée, et le matelas remis de guingois sur le lit. Cela ne me plut pas du tout.

Le lendemain, à mon arrivée à la rédaction, je reçus un appel : la police me convoquait en ses bureaux.

Pour qui travaillez-vous ? me demanda le commissaire. Je suis journaliste au *Diario del Rio*, responsable des affaires culturelles. Non, je vous demande pour qui d'autre travaillez-vous ? Je suis seulement journaliste et j'écris des chroniques, un roman aussi, précisai-je. Ah oui ? Et ce message, à qui l'adressez-vous ? Il passa sa main sur une feuille de papier froissée, tâchant de l'aplanir, me la présenta. C'est bien vous qui avez écrit ces lignes ? Je reconnus les caractères arrondis de ma machine à écrire, particulièrement la lettre h qui, je ne sais pourquoi, avait une patte tordue et la tête légèrement inclinée. Oui, c'est bien moi qui ai écrit ces lignes… Je suppose que vous avez trouvé cette feuille dans ma corbeille à papier ? Le commissaire fit une moue d'impatience : quel est ce code que vous utilisez, monsieur Caldon ? Nous savons que vous êtes espagnol, nous pouvons vous faire expulser. Pour quelle force étrangère travaillez-vous ? À qui adressez-vous ce texte codé ? « Le code ? Quel code ? » sursautai-je. Sur la feuille était inscrit :

Haarf Fliu dt4469 ghruUsheir //5595 shuf8solls dirrhhr 4469 :/ Tluf 9si wrehufl+fmat Ffi225r= shifclevsdic Harr STP

C'est ma machine à écrire qui me joue des tours, monsieur le commissaire, une vieille Underwood, très usée. Quand je dois en changer le ruban encreur, elle a du mal à redémarrer, je frappe de nombreuses lettres jusqu'à ce que l'encre s'imprime à nouveau, noire et contrastée… Le commissaire me remercia. Au moment de passer la porte, je l'entendis s'énerver au téléphone : faites venir Perro, et vite.

Pauvre Martín Perro… Je devinai qu'il serait à son tour surveillé par un autre détective, lui-même peut-être également espionné, et je voyais subitement dans tout Buenos Aires un débordement de détectives, vêtus d'imperméables blancs en tissu léger, avec feutre mou sur la tête et chaussés de bottines aux semelles silencieuses, tous trottinant, poursuivants et poursuivis, formant une ribambelle infernale... Voilà une excellente idée pour une prochaine chronique, me dis-je…

Eduardo Caldon eut un sourire à la fois satisfait et amer, marqua une pause. Les dictatures, reprit-il, outre qu'elles ne fonctionnent qu'avec des gants de fer et la parole censurée, génèrent en plus l'incommensurable stupidité…

Mais je n'en avais pas fini avec les détectives… Eduardo Caldon interrompit sa phrase, eut un geste d'hésitation. La pudeur, ou la honte, reprit-il, m'incite à vous taire cette autre anecdote. Mais si je vous la conte, Pierre, oubliez ma personne, et n'en retenez que sa drôlerie...

Cela se passa un soir, dans une rue peu fréquentée de Buenos Aires, au cours d'une de mes promenades quotidiennes : deux individus, à l'accoutrement aussi peu discret qu'il aurait dû l'être (imperméable beige et chapeau de feutre), m'accostèrent. Sans hésitation, je reconnus les larbins du pouvoir. Monsieur Gary Caldon ? Eduardo Caldon, corrigeai-je. Oui, c'est que nous voulions dire… Nous avons un document à vous présenter. L'un d'eux plongea la main dans son imperméable et sortit de la poche près du cœur, une photo, me la présenta avec discrétion. Vous vous reconnaissez ? À l'évidence, je m'y voyais, photographié dans une chambre banale, avec au centre un grand lit entrouvert sur lequel, lascivement étendue, souriait une femme entièrement nue. Moi, j'étais debout, et tout aussi nu, mais pas vraiment à mon avantage. Manifestement la « scène » venait de se terminer et ma fierté était déjà au repos. Nous pourrions diffuser cette photo, dit un des comparses au visage caché dans l'ombre de son chapeau. Comprenez que notre métier est maigrement rémunéré, aussi un geste généreux de votre part pourrait tout arranger : vous payez, et ce document sera détruit... Vous voulez faire du tort à cette pauvre femme ? rétorquai-je, et qui n'a que ce métier pour survivre !... C'est vous qui nous intéressez, monsieur Caldon, vous êtes un journaliste connu et regretterions de faire du tort à votre réputation… Dix mille pesos sous quarante-huit heures et l'affaire sera oubliée... J'osai déchirer le cliché et leur rendis les morceaux. Nous avons le négatif, répliqua le visage dans l'ombre. Gardez tout, leur dis-je, ce document ne vaut rien, voyez vous-même, je n'y suis pas à mon avantage. Et voici ce que je vous propose : revenez me piéger, et cette fois, prenez la photo au bon moment, lorsque je suis au sommet de ma gloire et pas comme sur ce document, avec mon Priape épuisé... Ils furent tellement surpris par mon aisance verbale – je me surprenais moi-même – que lorsque je m'éloignai, ils renoncèrent à me suivre. Aurais-je dû craindre une suite plus redoutable ? Je n'eus pas le temps de la connaître…

Manuel Pinero m'informa que le *Diario Del Rio* avait besoin d'un correspondant au Brésil, plus particulièrement dans la toute nouvelle ville en construction, issue de nulle part au centre de la forêt amazonienne : Brasilia. Je sais que vous vous débrouillez en portugais, précisa-t-il, seriez-vous intéressé par le poste ? Oui, non, pourquoi pas ? pensai-je. Jusqu'à ce jour, ma vie n'avait été qu'une suite de situations imprévues, de bousculements hors de toute volonté. Pourquoi ne pas continuer sur d'autres chemins du hasard ?...

Problème administratif, j'avais toujours la nationalité espagnole. Avec l'appui de mon employeur, et en raison de mon déjà long séjour en ce pays, j'obtins, malgré les suspicions de la police, la nationalité argentine. Nom officiel : Felipe Jiménez, pseudonyme : Eduardo Caldon. Mon faux passeport espagnol disparut dans les oubliettes administratives, avec mon vrai passeport argentin dans la poche, je pris un vol, aller simple, pour Brasilia.

27

VOUS allez me quitter, cher ami, je suis obligé de résumer... Brasilia... ville comparable à nulle autre, nous sommes en 1960, une cité entièrement neuve, bâtie en à peine cinq années au milieu de la jungle, dessinée par des architectes visionnaires.

C'était le nouvel art du béton, des formes inédites et audacieuses faisant appel à des techniques jamais expérimentées. Un monde neuf qui oublie le passé, l'histoire repartant de zéro, cela me convenait, me lavait de mes troubles souvenirs... Du moins je l'espérais... Je jouai pleinement le jeu de la nouvelle cité. Appartement au treizième et dernier étage, loué avec des meubles aux lignes épurées : fauteuils de cuir et de bois noir, tables aux pieds fins et obliques avec tablette marquetée de carreaux de couleurs vives, poignées de porte en forme d'oiseaux, air frais pulsé, téléphones et musique douce jusque dans les chambres, vue panoramique sur la ville en devenir et plus bas, sur le parking, m'attendait ma voiture de fonction.

C'est à Brasilia que je vis pour la première fois un « grand magasin », espace aéré de mélodies apaisantes, qui se visite en poussant devant soi un « caddie ». Dans de lumineux présentoirs s'offrent à vos mains une surabondance d'aliments, certains congelés et venus de très loin, et tous emballés sous feuille de plastique.

Manuel Pinero avait commandé l'installation d'un télex dans mon appartement pour l'envoi de mes articles, et il organisait lui-même la plupart de mes rendez-vous : des rencontres officielles, des cocktails prestigieux où se croisaient toutes les langues, en des palais offrant à la vue des sculptures monumentales, fresques et céramiques criardes, vitraux géants et fontaines gloutonnes, et partout des meubles et parquets aux mille nuances de rouge, d'or et d'ébène, celles des bois si généreux de la première forêt du monde. Mes journées se déroulaient en une succession de réjouissances pour les yeux, les oreilles, tous les sens... Unanimes étaient les louanges pour les grands créateurs de la ville, et je les interviewai : Lùcio Costa, l'urbaniste d'avant-garde, et le non moins célèbre architecte, Oscar Niemeyer.

Le premier me fit part de son concept révolutionnaire : une ville privilégiant l'espace et la lumière, dépourvue d'un centre et de ses encombrements, se voulant majestueuse pour les édifices publics mais à taille humaine pour les habitations : des ensembles d'immeubles formant un carré, les « superquadra », plus étendus que hauts, aériens par leur pose sur pilotis, entourés de vastes pelouses, d'arbres et de haies. Et chaque « superquadra » devait disposer de ses propres commerces, écoles, lieux de culte, salles de spectacles et de sport... Une idée en partie inspirée, m'avoua Lùcio Costa, de la « Nouvelle Architecture » conçue par Le

Corbusier, l'homme aux multiples talents, auteur en outre de la Cité radieuse, tout de béton, mais aux proportions respectant le Nombre d'or.

Oscar Niemeyer m'apprit bien d'autres choses. La première fois que je le rencontrai, l'intensité de son visage me surprit, un sourire tombant mais sincère, accentué par deux longues rides, un regard aussi profond que doux, abrité par des sourcils broussailleux. Quant à ses mains, elles se mouvaient comme des sculptures changeantes. Il m'avait accueilli dans son atelier et, assis à sa table de travail, n'avait cessé de griffonner durant notre conversation des formes harmonieuses, une vague, un mouvement, un profil, une perspective, un relief… et il s'en s'excusa : l'inspiration ne me laisse jamais tranquille, je vis ainsi, courbé sur la planche à dessin…

J'avais préparé quelques questions sur son art, auxquelles il ne répondit que brièvement, « le béton armé offre la possibilité de la courbe, a libéré l'architecture », préférant s'étendre à d'autres réflexions, et que je n'ai pas oubliées : « la vie est plus importante que l'architecture » ou « sans rêve, rien ne se passe… » « Enfant déjà, j'aimais dessiner avec le doigt en l'air, des plantes, des palmiers, des visages de femmes, c'est si bon… » Sans prétention, il m'avoua : « Bien que je sois athée, j'ai tenu à ce que les vitraux de la cathédrale de Brasilia soient très transparents afin que ceux qui croient ou espèrent puissent imaginer les espaces infinis… » D'une voix plus discrète, il ajouta : « C'est un plaisir que de nous aider les uns les autres… » Il me parla des livres qu'il aimait et de l'importance qu'il attachait à la lecture « pour mieux connaître la vie, seule capable de changer l'architecture et non l'inverse »… Il me fit part de son désintéressement pour l'argent, et aussi de son inquiétude pour les plus pauvres « ceux qui n'ont que la révolution comme espoir » en n'omettant pas de préciser : « bien que je sois conscient que je construis pour les riches… »

Mes articles ne portant que sur l'architecture et ses formes nouvelles, je n'ai pas transmis ces réflexions très personnelles de l'architecte. J'aurais dû… mais le lointain fugitif qui grondait encore en moi, préférant se protéger, mit longtemps à comprendre que l'âme cachée de l'architecte avait participé au génie de son œuvre. Vous êtes le premier, Pierre, à entendre ces propos, et qui révèlent l'intime grandeur de monsieur Niemeyer.

On me présenta Juscelino Kubitschek, le président de la République. Malgré les sarcasmes et coups fourrés de ses opposants politiques, il avait réussi à imposer son projet de cité ultra moderne, édifiée en un lieu résolument choisi au cœur et carrefour du gigantesque Brésil. Combattant et obstiné, il me fit une forte impression et je transmis au *Diario del Rio* son célèbre slogan « Cinquante ans de progrès en cinq ans »… Brasilia fut honorée par la visite d'André Malraux, ministre de la France, qui y prononça un discours très apprécié et dont je m'inspirai dans mes billets élogieux : « ville surgie de la volonté », « première des capitales de la nouvelle civilisation », « une architecture debout », « audace, énergie, confiance», « capitale de l'espoir »…

Devenant le nouveau centre névralgique du pays, la ville inventée attirait les ambassadeurs du monde entier, je les rencontrai : tous complimentaient, en langage diplomatique, l'exceptionnelle réussite esthétique et urbaine. J'admirais leurs vies privilégiées et quelquefois je me crus être un des leurs… Que de temps libres, lorsque vous êtes un ambassadeur !… Je les croisais au théâtre, à des premières à l'Opéra, profitais de fêtes aux mises en scène éblouissantes, où le champagne coulait comme de l'eau, où l'on y dansait le rock n' roll, la salsa, le mambo, le boogie-woogie, endiablés par des orchestres de cuivres, timbales, bongos et congas… Le jeu, vous ai-je dit, je jouais la vie… Les femmes, bien sûr, tellement belles, vives, élégantes ou provocantes, à l'image de la ville du futur, sans passé, sans histoire… Le sentiment de réussite, de nouveau monde, de gloire même, aveuglait tous les esprits… Seule Elisabeth Bischop, la poétesse américaine – je devine que vous ne la connaissez pas, Pierre –, me désenchanta : « Un palais de fées, une jolie babiole », avait-elle exprimé. Je refusai de la croire…

En ce temps où fuguait ma conscience, je participais à l'enthousiasme ambiant, profitais des privilèges qui nous réunissaient. Moi-même, autant que les hommes et les femmes que je croisais, tous élégamment vêtus et parfois jusqu'à l'outrance qui y était applaudie, nous désirions participer à la splendeur des lieux, voire même à la surpasser…, et je n'avais pas conscience d'une autre dimension des choses, ni la volonté, ni l'envie de la voir.

Et l'écriture ? me direz-vous. Du haut de mon treizième étage, face à la vue, une bossa nova dans l'air, emporté par mon imagination à l'époque foisonnante et brouillonne, je pianotais sans me freiner sur une machine à écrire aussi « design » que mes canapés. La ville neuve, ses habitants jeunes et venus de tous horizons ravivèrent mon obsession, déjà si forte à Buenos Aires, de tout observer, tout admirer, de tout ingurgiter comme l'ogre dévore… J'étais devenu un buvard… ce doux papier aujourd'hui oublié, qui séchait les lettres fraîchement tracées et l'encre maculant les doigts, c'était moi cela : un buvard des instants vécus, des paysages traversés, des visages et des vies partagées. Tous ces fantômes se bousculaient dans mes rêves ou mes cauchemars, ne me quittèrent plus. Ce qui ne m'empêchait pas d'y adjoindre, et c'était mon amusement, les absurdités, exagérations ou déformations qui me passaient par la tête… Eduardo Caldon eut un petit rire en lui-même. C'est en ce temps, reprit-il, que je compris que l'écriture était un privilège autant qu'une prison : le luxe de la liberté en soi, et je m'en réjouissais, et le désastre de l'enfermement volontaire, et j'en pleurais… Il est heureux toutefois que les lecteurs nous libèrent…

Au bas de mon immeuble, il y eut une grande agitation. Une équipe de tournage venue de France venait de s'y installer : les caméras préparaient leurs mouvements, l'une montée sur des rails de travelling, l'autre perchée sur le bras d'une grue, sous des éclairages plus violents que le soleil de Brasilia, et partout des techniciens s'affairant à la mise en place du décor. Je suis Eduardo Caldon, journaliste au *Diario Del Rio*, me présentai-je à un assistant, et il me guida vers le réalisateur : c'était Philipe de Broca. Heureux que je m'exprime en français, bien que rudimentaire, il accepta que je lui pose quelques questions. Juste un instant, s'excusa-t-il regardant sa montre, le temps que se prépare le prochain plan. *L'Homme de Rio* sera, je l'espère, un film populaire, je le veux ainsi, c'est ma manière de faire du cinéma : de l'aventure, du rêve et du plaisir pour le plus grand nombre, pas un film qui reste dans les tiroirs… Le superficiel et la désinvolture sont des qualités plutôt méprisées par l'intelligentsia française, eut-il besoin d'ajouter, et c'est pourtant ce que je revendique !

À ce moment arrivèrent plusieurs voitures d'où sortirent, presque tous en même temps, les comédiens : Jean Servais, à l'allure sombre et grave, que je reconnus aussitôt pour l'avoir vu, toujours dans un rôle de « méchant », un militaire assoiffé de pouvoir et sans scrupule dans *La fièvre monte à El Pao* de Luis Buñuel, ou gangster dans *Du rififi chez les hommes* de Jules Dassin, ou encore le complice d'un négrier dans *Tamango* de John Berry…

Françoise Dorléac illuminait de sa beauté juvénile, retenant de la main son chapeau de paille agité par le vent, plus séduisante encore que sa sœur Catherine, et… tornade d'énergie : Belmondo ! Jean-Paul Belmondo, le comédien cascadeur, au sourire large, à la démarche souple qui roulait des épaules sous sa veste de smoking blanc… Philippe de Broca me quitta sans conclure l'interview, tout affairé par la poursuite de voitures qui se préparait.

Plusieurs de mes livres, les plus drôles, les plus aventureux, les plus légers aussi, sont nés dans cette ambiance néo-brésilienne. Conforté par les propos du réalisateur, *l'Homme de Rio* dont je pus suivre le tournage en ce décor majestueux de Brasilia, fut une agréable source d'inspiration. Impressionné tout autant que séduit par la prestance de l'acteur en smoking blanc, je créai en mes romans un premier rôle à son image.

« Mondo ! Jack Mondo ! », ainsi se présentait-il, m'écriai-je.

Ah, vous vous en souvenez ? s'amusa Caldon, je vous en remercie… Je le voulus charmeur et audacieux, sûr de lui, subissant mille coups dont il ressortait à chaque fois victorieux, profiteur de la vie riche, facile, artificielle… « Mondo », mon ami inventé, à qui je donnai la force et le courage qui m'ont toujours fait défaut…, tint le rôle principal en plusieurs de mes livres, certes pas les meilleurs, mais qui connurent de très gros tirages… Eduardo Caldon fit une pause, le regard heureux en ses souvenirs, avant de poursuivre d'une voix plus fragile : en ce temps, je refusais de parler du vrai monde, de décrire la vraie vie et privilégiais le succès…

Je négligeais également de m'interroger sur l'appétit d'écrire, me contentais du seul plaisir de conter des histoires inattendues et à rebondissements, toutes imbibées des fastes que je vivais et que je croyais alors être de l'authentique aventure… Les lecteurs, de plus en plus nombreux, et en langues diverses, s'arrachaient mes romans que je truffais d'intrigues haletantes et d'amourettes délicieuses, tandis que les producteurs de films populaires s'en disputaient les droits… Aveuglé par la progression de mes droits d'auteur, je ne percevais pas encore l'insaisissable de mes pensées, ni la profondeur des mots dont j'usais sans retenue, me satisfaisais d'une écriture sans scrupule ni éthique. Je privilégiais alors la facilité du soleil et cachais ma double conscience, donnais au lecteur le divertissement qu'il souhaitait recevoir et effaçais mes ombres autant que les siennes… Je devins un auteur de best-sellers, enfiévré par la seule réussite avec, en secret, un sentiment de revanche… « et plus tard tu seras respecté et connaîtras le succès… » me revenait douloureusement, avec la voix de mon père.

Chaque semaine, j'envoyais par télex mes interviews de la semaine. Manuel Pinero avait accepté que j'arrête ma chronique hebdomadaire. Plus le temps, lui avais-je dit, je suis débordé. Ce n'était pas vrai… Outre l'écriture de mes romans pour lesquels je réservais les heures matinales, mon temps n'était envahi que par des garden-parties et leurs tables débordantes, par des concerts et spectacles venus du monde entier, par mes rencontres intimes aussi, fréquentes et faciles en ces temps enivrés. En accord avec le *Diario del Rio*, mon éditeur décida de publier en un livre une sélection de mes meilleures chroniques. Une avance sur droits me fut versée, tout me souriait…

Par la poste, j'eus la surprise de recevoir un tiré à part du magazine *SUR*, cette publication à la couverture – flèche jaune sur fond vert – qui m'avait tant intrigué, et inspiré, lors de ma première et éprouvante critique du livre de Borges, *El Hacedor*… Ce nouveau numéro avait publié deux de mes chroniques, précédées d'une analyse que je trouvai élogieuse, signée par Silvina Ocampo, rédactrice et romancière aussi célèbre que sa sœur Victoria… Moi qui, depuis mon installation à Brasilia, m'étais éloigné du monde intellectuel de Buenos Aires – étiqueté journaliste par le milieu littéraire mais considéré comme écrivain par les confrères journalistes, abondamment moqué par la critique littéraire argentine pour mes défauts et travers hispaniques mais catalogué auteur argentin par les lecteurs espagnols –, je me sentais mal assis entre toutes ces chaises, et n'en revendiquais plus aucune. Aussi, cette publication inattendue dans le prestigieux magazine *SUR* me fit sourire et flatta mon orgueil…

28

La gérance de mon immeuble se chargeait de nous envoyer une femme de ménage. De huit à quinze heures, elle venait du lundi au samedi, et se chargeait de tout : nettoyer l'appartement pourtant aussi propre que la veille, remplir le frigidaire, préparer mes repas… Il fait très chaud à Brasilia, aussi avais-je un large choix de vêtements pour chaque jour de la semaine. La femme de ménage les lavait, les repassait, les rangeait… Des vestes légères, des smokings d'été – c'était l'été toute l'année –, des chemises aussi nombreuses qu'il y a de nuances de couleurs, des pantalons amples et souples, des rangées de chaussures blanches, beiges, moka, rousses à moirures ou noires brillantes… chaque matin l'ouverture de mon placard était un doux tourment pour les yeux.

Je ne connus que son prénom, Gabriele, un nom d'ange qui lui convenait. Dans plusieurs de mes romans rédigés à cette époque, elle me servit de modèle de la femme idéale, toujours souriante, serviable et précieuse… J'en ai honte aujourd'hui… car je n'imaginais pas qu'elle put avoir une âme souffrante…

Un matin, elle me téléphona : monsieur Caldon, je suis désolée, je ne pourrai pas venir aujourd'hui, un problème de famille, je viendrai demain… Le lendemain, nouvel appel de Gabriele : Je suis désolée, monsieur Caldon, je ne pourrai pas venir, j'ai de gros problèmes... Vous n'allez pas me renvoyer ?... Ne vous inquiétez pas, Gabriele, résolvez vos soucis et revenez dès que cela vous sera possible. Le matin suivant, Gabriele arriva à huit heures comme de coutume, le visage en sueur, fatiguée, les cheveux en broussaille. J'ai un problème, monsieur Caldon, un grave problème… Vous avez une voiture, pouvez-vous me reconduire chez moi ? Mais vous en venez ? Conduisez-moi, s'il vous plait, je vous expliquerai.

À Brasilia, existe l'autoroute la plus spacieuse du monde, du moins à cette époque : deux cent cinquante mètres de large, six bandes de roulage dans un sens, six dans l'autre, bordées de part et d'autre d'immeubles beaux comme des monuments. Ma voiture ronronnait sur le béton, Gabriele à côté de moi me guidait. Il faut quitter le centre, murmura-t-elle. Dites-moi au moins ce qui se passe, Gabriele ? Terrible, monsieur Caldon, terrible… Nous quittâmes l'autoroute et entrâmes dans une zone plus aérée où les immeubles, les uns éblouissants de fraîcheur et d'autres encore inachevés, cachés derrières des échafaudages, s'espacèrent, cédant peu à peu la place à des terrains vagues. C'est plus loin encore, insista Gabriele, je vous indiquerai. Au-delà de terres sauvagement défrichées et vouées à de futures constructions, le béton de la route s'interrompit, je m'arrêtai. S'il vous plaît, continuez, monsieur Caldon, supplia-t-elle, les yeux larmoyants. Je redémarrai, ma voiture s'engagea sur un chemin de terre ocre, plus aucune bâtisse ne le bordait. Avancez encore, c'est plus loin. De chaque côté du chemin, des déchets de chantiers, des amas de détritus, des décharges fumantes. Nous arriverons bientôt, dit-elle de plus en plus agitée. Devant moi apparurent des bidonvilles, les favelas.

Depuis mon arrivée à Brasilia, je n'étais jamais sorti de la grande cité et je ne m'étais pas soucié qu'il put y avoir, ou pas, des favelas à Brasilia. À Rio, à Sao Paulo, oui, je savais, mais pas ici... Partout des abris de tôles et planches mélangées, adossés les uns contre les autres formant des couloirs imprécis où cahotait ma voiture entourée d'enfants rieurs qui tambourinaient sur la carrosserie. Assis devant les cabanes, des vieux au sourire maigre et des femmes surveillant leurs casseroles fumantes, tous regardaient mon véhicule neuf ahaner de bosses en ornières. C'est plus loin encore, monsieur, mais nous arrivons... Je m'enfonçai dans des ruelles étroites, encombrées de poules, de cochons, de misère... Ce sont nos fils et nos maris qui construisent la ville, là où vous habitez, m'avoua Gabriele. Un travail pénible et dangereux, nos hommes sont épuisés. L'autre jour, sur le chantier où travaille mon frère, ils se sont révoltés. Le patron, la Nocavap, n'a pas attendu, ils ont appelé la police, elle a tiré. Certains sont peut-être morts, on ne sait pas, mon frère Ramos s'est enfui, une balle dans la jambe, il va très mal, monsieur Caldon, aidez-moi. Ma voiture hoquetait entre les trous et je n'y voyais plus guère derrière le pare-brise embrumé de poussière rouge. C'est ici, arrêtez-vous.

Quelques hommes et femmes se serrant comme une famille, tous au regard inquiet, attendaient devant l'entrée d'un cabanon. Je suivis Gabriele et nous pénétrâmes sous le toit de tôle cliquetant de chaleur. Le soleil m'avait ébloui et, à l'intérieur suffoquant, je ne vis sur le moment plus que des ombres. C'est mon frère, il va mal, monsieur. Je distinguai le visage en sueur d'un homme étendu sur un matelas fatigué, avec une de ses jambes emballée dans un tissu taché de sang. Vous avez appelé le médecin au moins ? m'inquiétai-je. On ne peut pas, monsieur, la police arrêtera mon frère et nous serons obligés de quitter la ville et retourner dans le Nordeste. Nous avons réussi à enlever la balle mais la plaie s'est infectée, Ramos a de la fièvre, beaucoup de fièvre. Conduisez-le à l'hôpital, nous on ne peut pas, on est des *candangos*.

Ils le couchèrent à l'arrière de ma voiture, des mères retinrent leurs enfants qui s'accrochaient à mon pantalon, je repartis sans Gabriele. À chaque bosse du chemin, Ramos geignait, d'une plainte plus lugubre encore lorsque mon véhicule s'encastrait dans les ornières. Arrivé à l'hôpital que j'avais repéré dans le quartier de mon immeuble, je fus mal reçu. Le portier, découvrant le corps misérable et blessé sur la banquette arrière, me précéda d'un pas rapide vers le bureau d'accueil et je n'eus pas le temps de me présenter. C'est un hôpital privé ici, monsieur, me dit la réceptionniste, il ne pourra pas payer, conduisez-le à l'hôpital municipal. Et si je paie ?... Je me renseigne, monsieur. La réceptionniste s'éloigna vers le bureau d'un responsable. Au travers de la cloison vitrée, je les vis m'observer, se pencher brièvement à la fenêtre, s'interrogeant sur mon véhicule barrant la porte d'entrée – un modèle récent exagérément envahi de la poussière rouge des chantiers –, leurs gestes mimant une conversation que je n'entendais pas. Elle revint. C'est en ordre, monsieur, si vous pouvez nous verser une provision et nous laisser votre nom et votre adresse...

Je revins le lendemain, trouvai Ramos apaisé, alité dans une chambre fraîche, souriant de son visage bronzé tout en contraste avec les draps d'un blanc presque bleu. Il me dit « excusez-moi »..., lui, le *candango*, le souffrant, le blessé, à moi confortablement abrité en mon treizième étage lumineux, profitant de toutes les invitations, cocktails arrosés et soirées opulentes… Nous nous serrâmes les mains, les quatre mains, avec une force incroyable, de ses yeux coulaient des larmes épuisées et des miens des larmes d'aveu, celles de tant d'indifférence entretenue depuis tant d'années…

Il m'a fallu tout ce temps, Pierre, tous ces errements insensés, pour rendre un premier, un tout premier service dans ma vie… Ramos fut guéri et retourna sur les chantiers, Gabriele revint faire le ménage dans mon appartement, me remerciait chaque jour. Pour moi, ce fut… la chute… Que serait-il arrivé si je n'avais pas eu le privilège de la belle gueule, de la voiture neuve, du costume élégant ? Si je n'avais pas eu l'argent pour payer ? Qu'aurais-je fait ? Que serait devenu Ramos ?...

Je décidai de revisiter la ville, d'observer avec un regard lavé chaque immeuble, construit ou en train de l'être, l'Alvodana, palais du président Kubitschek, la cathédrale aux colonnes courbées vers le ciel et ses vitraux blancs rythmés de vagues vertes et bleues, la tour de l'Humanité entre ses deux vastes coupoles, l'une concave, l'autre convexe. Le palais Planalto et l'Itamary, tous deux aériens, suspendus entre leurs piliers élégants. Mon admiration était sans borne : Lùcio Costa l'urbaniste, et l'architecte Oscar Niemeyer avaient le génie en eux.

J'avais interviewé Bruno Giorgi, le sculpteur de la statue de bronze *Os Guerreiros*, duo de guerriers tout en force et en finesse, dominant la place des Trois-Pouvoirs. Je ne le questionnai que sur son œuvre, aussi ne me parla-t-il que d'art et de technique… J'ignorais alors que cet artiste italien avait passé pas moins de quatre années dans une prison romaine pour la seule erreur d'avoir sympathisé avec un mouvement antifasciste… Je vous l'ai dit, j'étais en ce temps un journaliste inculte, maladroit et amateur…

Je parcourus les chantiers, jusqu'à ce jour entraperçus de loin par les baies vitrées de mon appartement ou que je longeais, l'œil distrait, lorsque j'empruntais l'autoroute : partout sur la terre dénudée, des grues hautes et pivotantes, prêtes à se cogner, des pelleteuses dévorant la glaise, les camions aux roues géantes se croisant, et les bétonneuses bavant au pied des immeubles naissant. Et les très nombreux ouvriers, certains en suspend dans les airs, se déplaçant sans filet sur les étroites poutrelles d'acier, et d'autres, silhouettes minuscules déchargeant des bennes, portant outils, barres de fer et tuyaux gigantesques, tous ces hommes à la peau sombre et suante ne se désignent que d'un seul nom : *Os candangos*. Expression péjorative et sans traduction, Pierre, qui désigne « ceux de tout en bas ». À Brasilia, je dirais… « les esclaves »…

Le passage dans les favelas m'avait bouleversé, y retourner m'obsédait. Facile, me direz-vous, au volant d'une voiture garnie de fauteuils en cuir souple et ventilée d'un air frais, en un lieu où personne ne pouvait espérer, ni même imaginer, se l'offrir… J'y ai roulé, peut-être comme un touriste, les yeux avides devant tant de fragilité. De la couleur, de la lumière, des maisons qui n'en sont pas, misérables et que je trouvai belles, d'une autre beauté que les géants de fer et de ciment… Du mouvement, des regards, des peaux tannées, des épaules musclées, des vêtements troués, une dignité dans le dénuement, de la fumée, des odeurs, de la poussière, de la boue, des cris, des rires, des chants, de la vie, … de la honte aussi.

Par télex, j'envoyai mon article.

Première partie, la description détaillée des exceptionnelles constructions aux formes élégantes. Magiques, novatrices, un bonheur esthétique, des prouesses techniques, une authentique vision de l'avenir. Et mon admiration sans borne pour le génie de ses concepteurs, Lùcio Costa et Oscar Niemeyer. Et mon émerveillement pour le duo de guerriers, œuvre de bronze signée Bruno Giorgi, fière de ses huit mètres de haut, élue symbole de la cité.

Deuxième partie, le croisement des pelleteuses à gueule dévorante et des camions aux roues plus hautes que les hommes. Immenses et impressionnantes, les machines surpuissantes qui secouent la terre, soulèvent les poutres d'acier, coulent le béton, et partout les hommes à la tâche, ces silhouettes dérisoires, vivant dans le danger entre les tours de fer, de verre et de béton.

Troisième partie, les favelas basses et étendues, ville sans géographie, sans égouts et sans nom, là où rentrent chaque soir les ouvriers, ceux qui bâtissent la cité de l'avenir. Description de leurs maisons faites de tôles, de bâches, de parpaings récupérés, leurs intérieurs en terre battue, sans meubles ni lumière. Les vêtements usés et percés, ou même absents, des enfants qui ne vont pas l'école, la vie de tous les jours et de toute l'année de ceux qui rient et chantent encore, qui vous regardent avec les yeux d'un autre monde, de ceux qu'on nomme les *candangos*.

Je terminai par l'anecdote de l'ouvrier Ramos, coupable parmi d'autres de s'être révolté sur un chantier, blessé d'une balle tirée par la police, suant de fièvre et, parce que pauvre, interdit d'accès dans un hôpital.

Mon ami Diego me téléphona depuis le journal. Manuel Pinero est en vacances, me dit-il, c'est moi qui le remplace. J'ai reçu ton télex, lu ton article, cela m'a impressionné, crois-tu que c'est publiable ? Tu sais comme moi que ce n'est pas vraiment dans la ligne du Diario del Rio. Ne t'inquiète pas, répondis-je, j'ai téléphoné à Manuel à son hôtel et lui ai lu mon article, il le trouve très bien et m'a donné son accord. Tu en es sûr ? Je te le confirme, j'ai son feu vert.

La semaine suivante, Diego au téléphone : tu m'as menti. Oui, je t'ai menti. Si j'avais demandé l'accord de Manuel, l'article n'aurait pas paru, or c'était ma volonté, ma première liberté… La police d'État a débarqué à la rédaction, m'interrompit Diego, elle veut t'interroger. Manuel abrège ses vacances, on l'attend dès demain, il craint l'incident diplomatique et le retour de la censure à la rédaction. Tu savais pourtant que nos deux pays n'aiment pas beaucoup la critique…

Nouvelle sonnerie du téléphone, c'était Manuel Pinero. Il hurlait. Je t'ai envoyé à Brasilia pour faire de la communication, pas de la politique ! La police d'État nous menace de cessation de publication. Elle exige ton retour et je crains qu'elle ne t'arrête. Je n'ai pu les calmer qu'en leur disant que tu serais licencié : je te le confirme. Manuel se calma. Entre nous, murmura-t-il, je comprends ta prise de liberté, je la respecte, et admire ton audace, mais je dois sauver mon journal…

Peut-être ignorez-vous, Pierre, la complexité des régimes politiques, en Argentine, au Brésil, ainsi que dans les pays voisins durant tout ce milieu du siècle passé. Pas vraiment les mêmes pouvoirs, mais une constante pression, communiste ou militaire, autoritaire ou populaire, dans tous les cas des régimes forts et répressifs. Lisez, renseignez-vous, vous serez surpris par le nombre de mouvements et contre-mouvements d'extrême gauche ou d'extrême droite, qui firent tant de mal, tant de morts... Toute l'Amérique du Sud en fut meurtrie et à ce jour elle panse encore ses plaies... J'avais mis une toute petite pierre à son ébranlement, un héroïsme minuscule, cela me coûta ma carrière et un nouvel exil.

C'est depuis ce temps que l'écriture m'est devenue laborieuse, hésitante et peut-être sincère... et que les mots autant que les héros de mes romans m'interrogent et me demandent d'abord à être respectés... C'est en ce temps que je compris que le feu de l'écrivain ne naissait pas de nulle part mais de ses expériences, parfois marquantes, le plus souvent dérisoires, engrangées pêle-mêle au grenier de l'oubli, qui ressurgissent un jour sans crier gare, et constituent la manne, l'encyclopédie ou le brouillard de l'écrivain.

Savez-vous, quel est le second nom que porte aujourd'hui la célèbre statue *Os Guerreiros*, symbole de la cité de Brasilia ?... Le peuple la nomme : *Os Candangos*...

Nous sommes en 1973. Juscelino Kubitschek n'est plus président de la République du Brésil depuis longtemps et ses ennemis politiques ont rapidement remplacé son célèbre slogan « Cinquante ans de progrès en cinq ans » par une estocade facile mais vraie : « Cinquante ans d'inflation en cinq ans »...

Cette même année, le colonel Juan Domingo Perón, ex chef d'État argentin, exilé de force chez son ami Franco, est de retour au pays déchiré entre péronistes de gauche et péronistes de droite. Perón choisira ces derniers soutenus par l'Eglise et l'armée, et sera à nouveau nommé « président de la nation ».

Devenu trop bavard et indésirable en ces deux pays, Argentine et Brésil, ma décision fut rapide : de Brasilia, je pris un vol pour l'Europe, sans repasser par Buenos Aires.

29

Aéroport de Madrid. Quarante années d'absence, mes pieds touchent le sol, celui de mon enfance. À la douane, présentation de mon passeport, argentin, oui, je suis argentin, monsieur le douanier, je ne suis pas espagnol !... Mes jeunes années n'ont pas de droit, n'existent pas. Il n'y a plus la guerre mais le vieux Franco est toujours là, s'accroche au pouvoir, il pourrait me faire arrêter, pour désertion... Où sont les républicains qui m'avaient fait confiance et chargé d'une mission ? Je les ai trahis, et volés... Je suis argentin, voyez mon passeport, je n'ai jamais été espagnol, c'est la première fois que je viens sur le vieux continent...

Gare de Madrid, un billet pour Burgos, merci. J'ai toujours aimé les trains, on y vit un autre temps. Par la fenêtre défilent les arrières des maisons, les passages à niveaux, les forêts, les champs de blé, les amandiers en fleurs par bourrasques de lumière blanche, du passé vers l'avant, de l'oubli vers le peut-être, et vous, vous restez au présent. Je glisse sur les rails, je somnole, je m'endors…

Réveil en gare de Burgos. Vacarme des haut-parleurs, des valises qui se cognent. Hall de gare tout neuf, trop vaste pour cette petite ville. Je suis chez moi, retrouve mon vrai nom, prend un café au buffet des premières classes. Mais je ne suis plus chez moi, n'ai plus de vrai nom. À la consigne, je laisserai mes bagages, je ne suis que de passage. Des bus, des taxis attendent, je ne les prendrai pas, malgré l'éloignement, je marcherai sur les pavés qui résonnent, sur les trottoirs de mes souvenirs. De larges avenues neuves que je ne connais pas, puis de plus étroites aux façades qui me parlent. La vieille ville est mienne, les passants me sont inconnus. Au loin la haute cathédrale, sombre, accusatrice, elle me regarde autant que je l'évite. J'avance d'un pas assuré, veillant à ne pas trébucher. L'ombre des rues se resserre, toutes ces loggias en enfilade se penchent sur moi, je baisse les yeux.

En retrait sur la gauche, la petite église de mon enfance, enserrée sans recul entre les hautes façades, presque jumelle de celle que nous avons visitée, Pierre, ici à Venise… J'entre dans la pénombre de ses murs, me glisse sous sa nef éclairée de vitraux pourpre et bleu pâle. À mi-parcours, je m'assieds sur un banc. Au premier rang, les silhouettes de trois femmes en noir, avec trois mantilles posées à l'identique. Peut-être des amies d'enfance, me dis-je, des voisines avec qui j'ai joué au ballon ou à la marelle sur les trottoirs de notre rue ?

Devant elles, dans la lumière dorée du chœur, psalmodiait un prêtre, au-dessus de lui une abondance de colonnes torsadées, de statues bienveillantes entourées d'angelots assis sur des nuages dorés et, montant jusque sous l'abside, un immense tableau de douleur assumée. Autour de l'officiant s'affairait un enfant de chœur, vêtu de blanc comme je l'avais été, et qui répétait, comme moi à cet âge, ces mêmes vers en latin que je ne comprenais pas. Par moments, le tintement aigu d'une clochette. Plus près de moi, des statues de saints accrochées aux colonnes au regard pâmé vers le ciel, et l'une d'elle plus proche qui m'observait de ses yeux bleus, l'index levé en ma direction. Une bouche menue, trop rouge, et des joues roses et lisses comme une peau de bébé, sans expérience, tandis que je voyais reposant devant moi mes mains lourdes et ravinées.

Il y a bien longtemps qu'on ne t'a plus vu, me dit le bienheureux de plâtre insistant de son doigt qui me visait... J'ai bourlingué... Si c'est ton choix ?... Je n'ai pas choisi, ce sont les vents et les erreurs qui m'ont chassé d'ici, qui m'ont ballotté d'un pays à un autre, d'un continent à l'autre, d'un métier vers d'autres, d'une femme à une autre... d'une conviction... à aucune autre... Le visage du saint douillettement à l'abri, peut-être surpris, continuait de me fixer, ne parla plus.

Au moment de me lever, je bousculai un missel oublié dans l'ombre du banc, qui tomba à plat sur le sol avec un claquement résonnant sous la nef. Les trois bigotes se retournèrent, me jetèrent un regard identique de leurs yeux lointains de jeunes filles, reprirent leur position de prière. Les trois Grâces, me dis-je, elles ne m'ont pas reconnu. Nostalgique des heures anciennes, je m'éloignai, rejoignis l'éblouissement de la rue.

Calle del Libro, ma rue, apparaît dans la courbe qui m'en rapproche. J'y entre, elle est calme, lumineuse, n'a pas changé. Mes pas y résonnent du son exact de ceux vers l'école, le collège. Les maisons, confortablement serrées, sommeillent, la mienne est là, identique, n'a pas vieilli. Je reconnais le heurtoir saillant au milieu de la porte : une main mollement pendue enserrant une boule, minuscule mappemonde qui, bien que de bronze, semble ne rien peser. Et je heurte deux fois. Un seul coup eut pu se confondre avec un bruit du hasard, mais deux battements, musique minimum, esquisse une trace de l'humain. Et pas trois coups qui amorcerait le tempo d'une chanson, ou le signe d'une insistance péremptoire, voire policière ?... Seulement deux chocs secs et métalliques. Et l'écho résonne dans le bois de la porte et se prolonge dans le couloir que je devine dans l'ombre et assoupi. Mais s'approchent des pas traînant de chaussures laborieuses, qui ne s'arrêtent qu'à l'ouverture bruyante du verrou.

Vous aviez rendez-vous ? Non, mais je connais les habitants de cette maison… La femme de ménage, vêtue d'un tablier blanchi de trop de lessives et exhalant un léger parfum de muscade, hésita, immobile et muette, avant de refermer la porte à demi, s'éloigna. Je perçus : retournez à la cuisine, Rosa, je vais voir de quoi il s'agit.

Bepè… Bepè ! pleura ma sœur Norah dans l'entrebâillement de la porte. Je la reconnais, elle porte des mèches blanches, masque ses joues des deux mains et m'appelle par mon petit nom d'enfant « Bepè ». Elle reconnaît le petit frère, le nomme…

Eduardo Caldon s'interrompit, secoué d'un sanglot. Ému par les larmes du vieil homme, j'ai tendu le bras, touché le sien, ma main a serré sa maigreur. Un geste d'affection que je vécus comme une intime audace. Monsieur Caldon se ressaisit.

Norah, ma sœur, a rapidement refermé la porte comme si elle craignait que l'on m'eût vu entrer. Dans la pénombre, nous nous caressâmes les bras, les mains, le visage, le cou, « Bepè », hoqueta-elle, c'est toi ? Vraiment toi ? Remontant le vestibule, je croisai la grande armoire en acajou de notre enfance, les trois miroirs me reconnurent. L'un y vit Felipe Jiménez, le jeune fugitif, le second l'écrivain grisonnant Eduardo Caldon et le troisième, ou le premier, perçut l'enfant, me reprocha de ne plus oser me nommer, de m'être effacé, de ne plus exister.

Norah me précéda dans la lumière du grand salon, nous nous assîmes, en angle, l'un près de l'autre. Je reconnaissais les meubles et tableaux inchangés, ceux de mes parents, et j'eus la brusque crainte de les voir surgir et m'accuser… Papa est parti il y a longtemps déjà, m'avoua ma sœur, notre mère depuis peu. Sur la commode, un cadre argenté présentait ma sœur au bras d'un homme. C'est mon mari, dit-elle avec le sourire, Guillermo. Tout à côté un second encadrement, Norah entourée de deux enfants. Mes deux fils, confirma-t-elle, ils sont beaux, n'est-ce pas ? Et toi ?… Pas d'enfants ? Pas d'enfants, dis-je, je vis seul… Norah ouvrit une boîte marquetée, que je connaissais, posée sur la table basse. D'en dessous de multiples billets, timbres périmés et cartes de vœux, elle sortit deux photos au sépia délavé et le bord en dentelle, me les tendit. Les seules que je conserve, précisa-t-elle… Je reconnus deux enfants assis sur une bicyclette à petites roues, Norah, une main posée sur mon épaule, essayant de m'embrasser, et moi le regard très grand, fixant le photographe. Sur la seconde image, nos corps enfantins sur le sable d'une plage, elle en maillot de bain à smocks, avec une pince relevant ses cheveux, et moi vêtu d'une culotte de laine trop longue, tous deux réunissant devant nous quelques jolis coquillages et galets ronds. À l'arrière s'étend l'horizon que nous ne regardons pas, l'océan immense aux vaguelettes d'été. À la vue de ces chairs douces, éblouies de lumière, et de nos cheveux drôlement peignés, j'eus une lecture brusquement agacée par la nostalgie qu'inspirait ces jours lointains : et si c'était tout le contraire, ces enfants échappés hors du temps qui étaient la vie authentique, dédouanée de la contrainte, se moquant de nous devenus vieux, des fantômes lourds et ridés ?... Philosophie de bazar, me révoltai-je et je lui rendis les photos. « Petite grenouille », murmura Norah tandis qu'elle enfouissait les images au fond de la boîte.

Et notre frère, Alfredo ? lui demandai-je. Il habite à Madrid, une belle carrière dans l'armée… Après la guerre, Franco l'a nommé général, il est retraité à présent. Franco est vieux mais toujours là, nous ne savons pas ce qui va se passer après lui.

Derrière Norah, sur un chevalet, un tableau inachevé. Tu peins toujours ? Je peins encore… Ce tableau-ci, comme si j'avais deviné ton retour, je le nommerai « Contre temps » ou « Contre jour », il n'est pas de mot pour dire les deux à la fois… On y verra entre les volets ouverts un ciel étoilé, celui de notre enfance… Te souviens-tu des nuits au jardin, où couchés dans l'herbe nous comptions les pointillés de lumière ?... En cette fenêtre, je n'ajouterai aucune figure penchée au balcon car c'est toi l'absent que j'y vois, envolé vers un paradis, moi restée sur terre en dehors du tableau…

Je suis la seule à savoir que tu es vivant, poursuivit Norah sur le ton de l'aveu, je t'ai vu à la télévision, plusieurs fois, lors de la parution de tes nouveaux romans… Je les ai tous lus, y ai reconnu les rêves de l'enfant que tu fus, ces illusions que le petit frère aimait me conter, n'y voyant aucun écart avec la chose réelle. Tes œuvres sont là, derrière toi dans la bibliothèque, à la lettre C, Caldon, Eduardo Caldon… Je me retournai, vis mes écrits docilement rangés dans la bibliothèque de mon père – je les regardais autant qu'ils m'observaient avec leurs titres comme des yeux, ainsi que mon nom, Eduardo Caldon, gravés en lettres dorées – jouxtant les livres des grands voyageurs, Vasco de Gama, Magellan, Vespucci, les journaux de voyage des capitaines Cook et Bougainville, aussi les œuvres de Stevenson, Scott, Cervantes, Defoe, London, Verne, Kipling… et d'autres récits fabuleux, qu'enfant j'avais dévorés plus que lus. J'étais revenu, par une boucle immense, au point de départ, dans la bibliothèque de mon père. Peut-être en mon esprit n'en étais-je jamais sorti ? Un étourdissement m'envahit.

Malgré ta barbe, je t'avais reconnu dès ton premier passage à la télévision… – J'eus une immédiate sueur, me souvenant avoir été plusieurs fois aimablement présenté, écrivain argentin, par la RTVE, unique chaîne de télévision du pays de mon père, nation que j'avais fui, et trahi… – Je n'ai rien avoué à personne, poursuivit Norah, parce que tu es mon petit frère, à moi toute seule… Et nos parents ? l'interrompis-je. Norah eut un mouvement de tête, s'apprêtant à conter une longue histoire.

Après ta disparition, la police de Franco est venue plusieurs fois, ils te recherchaient. Tu avais disparu lors d'un combat et n'étais pas rentré à la caserne, affirmaient-ils. Ton corps n'avait pas non plus été retrouvé, ils craignaient… une désertion. Papa était fou de colère qu'on puisse avoir ce soupçon et répétait à qui s'en inquiétait que tu étais, au dire des derniers témoins, mort au combat, disparu dans l'explosion d'un obus. Tu ne préfères pas espérer qu'il soit encore vivant ? lui disait maman. Tous deux se mettaient à pleurer. Cela rassurait notre père que tu sois « mort en héros, » disait-il. Aussi, pour le calmer, nous lui disions qu'il avait raison. Moi, ta confidente, celle qui avait partagé ses jeux avec toi, je savais, tous les soirs avant de m'endormir, que tu étais vivant, ailleurs, heureux !... Bepè, gémit-elle et nous nous serrâmes, en larmes.

Ce qui a le plus effrayé nos parents, c'est lorsqu'un homme, en civil, s'est présenté au nom de la République. On le voyait inquiet car toute la ville était infiltrée par la police de Franco. Où est votre fils, demanda-t-il ? Il est mort, lui répondit notre père. Non, nous l'avons vu bien vivant, il a été chargé d'une mission et depuis lors nous avons perdu sa trace et ignorons ce qui est advenu... Quelle mission ? insista papa. L'homme hésitait à donner des détails, il se savait en terrain trouble. Je ferai mon rapport dit-il, et il partit précipitamment laissant nos parents dans le désarroi, la douleur, le doute.

Il a fallu attendre vingt ans, reprit Norah, en se frottant les joues humides, vingt années pour avoir la preuve que j'avais raison. Un soir, nos parents et moi bavardions devant la télévision, la regardant distraitement, lorsque soudain j'y reconnus un homme, barbu, qui parlait de son nouveau roman. Le journaliste l'appelait monsieur Caldon... Bepè ! criai-je. Pas ce nom ici ! s'exclama papa et il partit se coucher. Maman, croyant à ma tristesse, alors que j'étais folle de joie, me caressa affectueusement l'épaule, puis se retira, le dos plus courbé que d'habitude. Ni lui ni elle ne t'avaient reconnu, ils avaient seulement supposé le réveil d'un douloureux souvenir. Moi, je savais : mon frère s'appelait monsieur Caldon, Eduardo Caldon.

Norah et moi, nous nous sommes regardés longuement. La lumière du jardin baignait le salon, la moitié du visage de ma sœur, ses épaules, ses mains posées sur les genoux, ses vêtements un peu démodés. Je baissai le regard vers mes pieds posés sur le tapis, ce tapis où j'avais déballé avec agitation mon plus beau cadeau des Rois mages, un camion en métal de couleur rouge, avec une sirène qui faisait rire toute la famille. Norah devina ce que je voyais, sourit en plissant légèrement les paupières.

Guillermo, mon mari, est absent pour quelques jours, reprit-elle, il participe à un congrès. Les enfants sont au collège, ils rentreront cet après-midi. Je… je ne souhaite pas que tu les rencontres, c'est mon secret, notre secret, à nous deux. Pour tous, les amis, les voisins, la famille, tu es mort en héros il y a plus trente ans. Ne changeons rien. Je ne sais pas ce qui s'est passé… Elle mit un doigt sur ses lèvres. S'il te plaît, ne me raconte rien, pas même un début, reste le mythe que tu es devenu. Pour moi seule tu existes, et cela suffit, et j'existe pour toi. Contacte-moi discrètement chaque fois que tu le souhaites mais restons absents du monde qui nous entoure. Parce que je t'aime, comme mon frère d'avant.

Le temps de l'enfance n'était plus qu'un songe, Norah et moi en étions les errants, seuls dépositaires du secret partagé. Lorsque je repris mon bagage à la consigne, je sus que je ne reviendrais jamais plus à Burgos.

30

La première fois que je vins à Paris, je me devais de rencontrer mon éditeur en langue française : Gallimard. À Buenos Aires, et aussi à Brasilia, j'avais eu de nombreux contacts, par courrier et par téléphone, avec mon traducteur. Il me soumettait ses interprétations, que j'appréciais, et j'améliorais ainsi ma connaissance du français délaissé depuis le collège, mais jamais nous ne nous étions rencontrés.

De mon hôtel, j'appelai les éditions Gallimard. Bonjour, je suis Eduardo Caldon. Étant de passage à Paris, j'aurais souhaité rencontrer monsieur Roger Ibarra, mon traducteur, croyez-vous que… Un instant, monsieur Caldon, je me renseigne… Je m'étais exprimé en français, une voix me répondit en espagnol : « *¡ Hola querido amigo, ¡qué alegria que estés en París ! ¿Cuándo podemos encontrarnos ? Soy Hector Bianciotti.* »

Je découvris un bel homme, d'une distinction naturelle, avec des yeux bleus très féminins, tellement beaux que je savais qu'il fascinait aussi les hommes. Hector Bianciotti siégeait au comité de lecture de Gallimard et je l'ignorais. C'est moi, dit-il, qui ai insisté dès votre premier roman pour que vous soyez publié chez nous. Non pas parce que nous sommes tous deux argentins, votre langue à elle seule nous convainquait, mais parce que je voyais en votre parcours l'inverse, et cependant parallèle, du mien. Tous deux, nous sommes des errants… À vous lire, je devine que vous avez, tout comme moi, non pas suivi un chemin mais seulement vos pas, sans savoir où ils menaient. J'ai déserté la plaine et son horizon fuyant, tandis que vous quittiez l'Europe dévorée par la guerre. Je rejoignais, non sans quelque appréhension, l'Italie des mes ancêtres, au contraire de vous, parti dans l'ignorance rejoindre la Pampa et ses illusions. Nous nous sommes croisés sans nous voir.

Me parlant, Hector tendait son visage en avant comme pour mieux partager ses pensées. Je le remerciai pour son aimable présentation mais il eut envie de poursuivre.

Vous, l'Espagnol, avez au-dessus de vous non seulement – comme toute âme incertaine que nous sommes – l'ange planeur qui soigne, guide et protège, et à vos côtés la muse qui chuchote à votre intelligence, mais vous détenez en plus cette force intraduisible, le *duende*, ce chardon de feu andalou qui brûle en votre corps jusque dans les demeures du sang. Quelquefois, il m'est arrivé de frôler cette puissance mais seulement en voisin, contrairement à vous né avec elle… Vous êtes le frère que j'aurais aimé avoir, ajouta-t-il d'une voix timide, celui que je lisais dans vos romans.

Flatté par tant de compliments, et ne sachant qu'en penser, je ne pus lui répondre que par mon silence. Nos sourires se jaugeaient, à rebours des distances parcourues.

Tous deux, reprit Bianciotti, nous sommes issus d'une semblable éducation qu'à la fois nous chérissons parce qu'elle est nôtre et rejetons parce que niant notre incarnation, haineuse du corps, des sens, de la chair et ses désirs. À l'opposé de moi qui ai tant de fois succombé avec la faute, vous Caldon, et vos romans nous le prouve, avez toujours vécu le plaisir avec plaisir ! Pour cela, je vous jalouse…

Nos sourires se prolongèrent, sereins et complices, trahissant des rictus érodés par le temps.

Lorsque j'ai lu et apprécié vos romans, dis-je à mon tour, tous vos romans – j'avais déjà quitté l'Argentine – j'y ai certes reconnu les bonheurs et douleurs de mes jeunes années mais, à l'inverse de moi davantage prompt à esquiver le réel, c'est vous, Hector, qui avez vécu la plaine avec votre sang, moi, ce serait plutôt en touriste. Vous avez pourtant été ouvrier agricole ? m'interrompit Bianciotti. Ce n'était pas dans la Pampa et ses plaines distendues, opposai-je. Les oranges sont des fruits de la Méditerranée, émigrés comme moi, qui poussaient non loin des berges du rio Parana. Malgré l'épuisement des trop longues journées, j'appris à aimer ces arbres aux feuilles grasses et vert sombre, le soleil généreux de leurs fruits, et leur caresse grenée au creux de mes mains. Même la terre au matin des labours exhalait un parfum… Cela me sauva-t-il ?… Mais comme vous, il est vrai, j'ai connu, à l'époque où j'écrivais pour le *Diario del Rio*, les surveillances inutiles et humiliantes de la police en ces temps de dictature… Mon départ à Brasilia me libéra de cette oppression silencieuse.

Hector et moi, nous nous observions, à la fois proches et lointains, lui, tristement joyeux, moi, libéré de la foi… Les bateaux de nos errances se croisèrent un instant dans nos yeux, perçurent la béance des années, reprirent leur route solitaire.

Vous, Eduardo, vous l'Espagnol, insista Bianciotti, avez cette joie et fierté qui illuminent vos romans, tandis que nous les Italiens, venus affamés égarer nos espoirs, n'avions que notre sueur pour nous rassasier, la joie triste de survivre, pas même un destin. Vous avez osé dire que l'on pouvait être heureux en ce pays d'Argentine, moi j'ai crié son désespoir… Tous deux écrivains, qui avons connu la plaine et son vent continu… peut-être nous complétons-nous, et sauvons-nous l'honneur de tant d'anonymes ?…

À Bianciotti non plus, pourtant le nouvel ami, je n'avouai les lâches raisons de ma fuite hors d'Europe. Je vous l'ai dit : un secret caché au fond de moi, Pierre, vous seul savez…

C'est à Paris aussi que je rencontrai celui que j'attendais depuis longtemps : Jorge Luis Borges. Un journaliste du quotidien le Monde m'avait interviewé et, au moment de me quitter, avait ajouté : savez-vous que monsieur Borges est en ce moment à Paris ? La semaine passée, nous étions en conversation et il m'a dit ne vous avoir jamais rencontré. Il souhaiterait vous connaître.

C'est à L'Hôtel, rue des Beaux-Arts à Saint-Germain-des-Prés, son hôtel favori, que Jorge Luis Borges me reçut. Une demeure chaleureuse et stylée, un peu dans l'esprit de celui où je vous reçois ici à Venise... Dans le hall d'entrée d'une architecture audacieuse, je fus immédiatement attiré par la photo d'Oscar Wilde et son regard impertinent, l'improbable frère de plume dont j'admire la liberté, qui vécut en ce lieu de marbre et de soie… et y mourut.

Jorge Luis Borges m'accueillit en sa chambre faiblement éclairée, décorée d'un généreux bouquet de roses jaunes. J'étais encore jeune et il me parut vieux. Aujourd'hui c'est vous, Pierre, qui êtes jeune et moi qui ai l'âge de Borges...

J'arrivais impressionné, mais compris rapidement que monsieur Borges était encore plus timide que moi. Sa compagne, Maria Kodama, se montrait pleine d'attention à chacun de ses gestes et paroles, au point que j'oubliai que je rencontrais un homme privé de la vue.

Maria et moi, commença-t-il, nous partageons les mêmes bonheurs, voyageons ensemble, Japon, Égypte, Mexique, Irlande et Islande... Elle me décrit les paysages et moi je les caresse... Ensemble, nous rédigeons... Maria m'a lu plusieurs de vos livres, poursuivit-il d'une voix enjouée. Vous êtes le romancier que je ne suis pas. Moi, c'est plutôt la poésie, un accident de la littérature... des brouillons variés, des embryons d'idées qui diffèrent d'heure en heure, le vrai et le faux qui se côtoient. Une œuvre peut-être, mais constituée de fragments, de *cuentos*, de débris de vie... Et vous les avez complétés. On me louange pour ce que j'ai écrit, j'aurais préféré que ce le fût pour ce que j'ai gommé, ce qui se trouve entre les lignes... C'est vous, Caldon, qui les avez écrites. Vous avez la plume joyeuse et habile tandis que je fus un couteau se battant en duel, tantôt Muse, tantôt Intelligence... Il est heureux qu'aujourd'hui j'aie rejoint l'oubli ordinaire...

Seriez-vous mon double, mon jumeau, mon fantôme ? poursuivit Borges d'une voix soudainement vive et les yeux éteints me cherchant. Nous sommes tous des fantômes, n'est ce pas !... Il s'apaisa, son dos rejoignant le fauteuil. Nos vies, murmura-t-il, une succession de faiblesses, un ramassis d'instants épars... Et plus vivement : souhaitons que nos écrits, ces monuments minuscules, nous les rendent plus dignes…

Ému, partageant sa sincérité jadis anxieuse, aujourd'hui paisible, je n'avais pas de mots pour le remercier.

Avec le temps qui passe, poursuivit Borges, nos durées se mélangeront, peut-être parlera-t-on un jour de vous qui êtes encore jeune, comme d'un vieillard vénérable, et de moi, au plus vieux de mes jours, comme d'un jeune novice venu à l'écoute de votre expérience ? Dans ces temps confondus, je prétends que les lecteurs auront raison.

Maria marqua une pause en nous proposant du thé. L'atmosphère était à la confiance, nous avons mangé du chocolat. J'osai lui raconter que c'était moi qui avais rédigé la critique, ma toute première critique, de son livre *El Hacedor* pour le journal *Diario del Rio*. Je m'en souviens, réagit-il, une critique que je n'ai pas oubliée, celle d'un écrivain, pas d'un journaliste… C'était donc vous ?

Devant une si aimable confidence, je ne pus m'empêcher de lui conter le lamentable acte manqué au Café de l'Ateneo Grand Spendid à Buenos Aires, notre rencontre échouée alors que j'étais à moins d'un mètre de lui, ignorant tout de sa cécité, et mon immense regret de ne pas avoir osé lui parler. Cela l'amusa beaucoup, nous en rîmes tous les deux, lui avec joie et moi avec gêne. Ne vous en faites plus, dit-il, ne regrettez rien, le vécu n'est déjà plus et le souvenir une page jaunie. Même le moment où nous parlons s'éloigne déjà de nous… Et chaque fois que votre mémoire en réveillera l'instant, n'apparaîtra que le souvenir, ce reflet sans plus d'objet. Pourtant, que serions-nous sans la souvenance ? murmura-t-il plus en lui-même qu'à moi, une succession d'instants vides de sens et notre cœur incapable d'aimer ?…

À mon tour de vous confier une anecdote, reprit Borges

sur un ton plus vif. Du temps où j'étais président de la Société argentine des écrivains, l'administration très autoritaire du colonel président Perón n'appréciait pas mes prises de position, mes critiques acerbes, aussi elle me licencia de mon poste de bibliothécaire pour me nommer, entendez bien : « Inspecteur des volailles et lapins sur les marchés publics », ma plus belle promotion ! Il riait en se la remémorant mais avec un fond de colère rentrée. J'étais encore Borges, bougonna-t-il, si peu… Grotesque boutade, car peu après je devins le directeur de la Bibliothèque nationale… à cette même époque où la vue me quitta définitivement. Ne plus pouvoir lire, entouré de millions de livres… Depuis, mes yeux sans lumière se contentent de la bibliothèque de mes rêves… Un lent crépuscule s'annonçant depuis des années et que je vécus sans drame… tandis que je fus violemment heurté par l'absurde arrestation de mon amie Victoria ! Victoria Ocampo, notre mère exemplaire, âme universelle et généreuse, jetée durant deux mois dans un cachot humide pour l'unique faute d'aimer la liberté, toutes les libertés !

Maria Kodama, après avoir glissé un signet à la page interrompue, referma le livre laissé ouvert sur la table basse. En lettres lues à l'envers, je vis qu'elle lui lisait des poèmes de Victor Hugo.

Emporté dans les confidences, j'osai avouer à Borges que je lui jalousais le titre d'un de ses livres: *El Otro, el mismo, l'Autre, le même.* Magnifique, ne trouvez-vous pas, Pierre ? Une si courte phrase, si peu de mots qui rassemblent ce que j'ai cherché en tant de pages : l'autre, l'écho, le double, le miroir…

Après un silence et dans une pose affaissée, Borges se redressa : je ne peux pas vous voir… mais ne croyez pas que c'est le monde des ténèbres, tout au plus une forme de solitude, et jamais la nuit au centre de ce brouillard pâle et argenté qui n'appartient qu'aux aveugles. Quelquefois pointe le rouge admirable, qui a de si beaux mots dans toutes les langues : *red, rojo, rosso, vermelho, russu, aka, rooi, rød, coch, ruga, rodur, piros…*, et tant de nuances : carmin, rubis, écarlate, pourpre, bordeaux, cramoisi, incarnat, vermeil, corail, brique, grenat… Mais en marge de vos paroles qui me réconfortent, ami Caldon, cher confrère, en fermant un œil, c'est en jaune, en vert, en bleu, que je perçois, apprécie et partage votre amitié…

Eduardo Caldon s'était légèrement relevé, interrogeant du regard mon silence attentif. Fantômes, vous ai-je dit, ces traces du passé qui ignorent qu'il n'y a plus la même réalité… Borges, mon ami Borges, disparu… Où est-il, dites-le moi ! Une pierre gravée de son nom qui jouxte celle d'Oscar Wilde, sur la façade de L'Hôtel : « Ici vécut… ». Aujourd'hui Bianciotti, plus jeune que moi et déjà parti… Nous savons notre machinerie éphémère et pourtant nous y sentons ce grain d'infini, qui pense et se rassure… Étrange combat… Pourquoi, dans notre culture et dans quelques autres, faisons-nous référence au ciel lorsqu'il s'agit de nos morts ? Faut-il s'élever jusqu'à une certaine altitude pour contempler et comprendre l'illusion que nous sommes ?... Ce qui nous anime est-il insaisissable parce que nous ne serions que le reflet d'un autre monde ?... J'ai goûté la saveur mystérieuse du bonheur… n'est-il pas temps que j'accède au séjour des ombres ? que je fasse connaissance avec l'autre côté du jardin ?... Qu'attends-tu Caldon, s'écria-t-il d'une voix faussée, pour rejoindre tes héros inventés, ceux qui n'ont jamais existé ?... Il s'interrompit mais je voyais en ses yeux se poursuivre le tumulte de ses pensées.

Vivant encore, reprit-il, je ne connais qu'un seul écrivain de mon âge, né la même année que moi, en 1920 : Jean Daniel. Écrivain et journaliste résolument engagé, ce que je ne suis pas… combattant sur le terrain mais plus encore en philosophie et en politique, inlassable explorateur de la pensée juste, et, ô privilège ! l'ami de Camus… Moi, Caldon, je suis et ne resterai qu'un personnage de roman… il est impossible que nous puissions nous rencontrer.

J'eus à peine le temps d'observer son regard songeur qu'aussitôt il reprenait : Julien Sorel, Ulysse, Anna Karénine, d'Artagnan, madame Bovary, Alphonse van Worden ont-ils jamais existé ?... ou uniquement vécu par l'esprit de Stendhal, Homère, Tolstoï, Dumas, Flaubert et Potocki ? Et s'ils sont nés de leurs auteurs, comme les enfants naissent d'un père et d'une mère, ne sont-ils donc pas aussi vivants que vous et moi, Pierre et Eduardo, qui tous deux n'existons pas ?... Il s'affaissa à nouveau entre les coussins, ses pensées planaient sans plus de mots.

Vous connaissez Adolfo Bioy Casares ? Pierre, l'avez-vous lu ? … Je devine que vous avez été surpris... Pour l'apprécier réellement, je crois qu'il faut être sud-américain, plus précisément argentin. L'européen est devenu trop adulte, trop rationnel, il a oublié ses fantômes, a relégué ses pythies dans la préhistoire ou dans les contes pour enfants. Pour nous les argentins, sur l'ancienne terre des Indiens – dont les chamans étaient prompts à s'enfumer pour rejoindre le surnaturel – et pour d'autres peuples qui acceptent encore leur part d'ignorance, ce qui n'est pas humiliant, il y a les esprits… Le vol des elfes en Islande, milles petits dieux à Bali veillant aux fleurs, aux arbres et aux rizières, protecteurs des rues et des carrefours, les kamis folâtres, âmes des ancêtres au Japon, les fantômes bienveillants logeant sous leur toit miniature devant chaque porte en Thaïlande… Ces esprits vivent avec nous, et il nous est difficile, voire impossible d'en distinguer la différence avec la chair qui rassure. Tout le monde ne perçoit pas les fantômes, pas au même moment, cela dépend des circonstances, de votre disposition à les voir, à les entendre. Et que pense en cet instant le fantôme invisible ?… Je vais vous conter une anecdote, une double anecdote même, qui confirme ce que je tente de vous expliquer.

Beaucoup plus tard, en l'an 2000, (j'étais depuis longtemps un écrivain connu et renommé, du moins c'était ce que prétendaient les journalistes littéraires, plus impressionnés par la générosité de mes droits d'auteurs que par le fond de mes écrits…), pour la première fois j'étais retourné à Buenos Aires, lâchement quittée trente ans plus tôt. Cherchant mes repères de jeunesse, je m'étais rendu au Café La Puerto Rico, café littéraire jadis à la mode, où m'emmenait Diego de Resa, mon ami journaliste, qu'est-il devenu depuis ce temps ?… De ce café rien n'avait changé, les murs lambrissés de bois, les tables rondes en pierre grise, des chaises dures et inconfortables, et planait cette constante odeur de café torréfié. Je n'y reconnus personne : toute ma génération disparue, morte, perdue ? Des noms qui n'existent plus que sur des pierres tombales, sauf la mienne en retard, oubliée… Un serveur âgé me lança un sourire discret. Était-il déjà simple commis à cette époque effacée ?

Arriva à une table proche un jeune et brillant écrivain que je reconnus aussitôt : Alberto Manguel. J'aurais aimé lui parler… Il était accompagné d'une jeune femme qu'il nommait Silvia. Il lui parlait sans s'interrompre, lui expliquait qu'il n'aimait plus revenir à Buenos Aires, ville qu'il avait quittée comme beaucoup d'entre nous, Borges, Gombrowicz, Cortázar, Bianciotti…, avec un sentiment d'amour-haine, à cause de la dictature bien sûr, mais pas seulement… Buenos Aires, un monde qui vous chasse avec colère et vous rappelle en s'excusant.

Alberto Manguel avouait à la femme qu'il se sentait désormais mieux en France, plus particulièrement dans sa bibliothèque : « mon pays natal… », précisa-t-il. Comme il le dit dans un de ses livres, il y retrouve tous ses amis… Possède-t-il un de mes romans ? Je le suppose, je le crois, car c'est un homme qui aime les histoires, respectueux de toutes les libertés littéraires. Plus que son érudition, j'admire son œuvre ouverte, poétique, d'une joie contagieuse… Je le verrais bien un jour directeur d'une grande bibliothèque nationale, pourquoi pas celle de Buenos Aires ? En digne successeur de mon ami Borges, son mentor…

Alberto Manguel n'était pas venu à Buenos Aires pour me rencontrer, aussi ne me voyait-il pas. Trop vieux, me dis-je, et déjà un fantôme ? Ou est-ce parce que je ne suis qu'un personnage de roman ? Celui que vous êtes en train d'écrire, Pierre, celui que vous lisez en cet instant, cher lecteur… Alberto Manguel expliquait à son amie Silvia qu'il n'était revenu en Argentine que pour rencontrer et interviewer Adolfo Bioy Casares, son écrivain fétiche, son modèle de la littérature argentine, frère et complice d'écriture de Jorge Luis Borges. Bioy Casares, un écrivain intelligent… moi, seulement un auteur à succès, ceci explique peut-être mon absence, ce jour-là, aux yeux de Manguel… je ne lui en veux pas…

Je suis heureux de te revoir, me dit Diego de Resa, assis à ma table. Je ne l'avais pas vu arriver, ni s'asseoir et je le trouvai gris, pâlot, presque transparent. Je suis content que tu sois revenu à Buenos Aires, insista-t-il, me regardant droit dans les yeux. Cela fait si longtemps… Moi aussi, lui répondis-je, je suis très ému de te retrouver… Tu m'avais menti, il y a trente ans, t'en souviens-tu ? Je ne l'ai pas oublié, avouai-je, les *candangos*… et j'ai toujours regretté d'avoir trompé ta confiance, notre amitié. Rassure-toi, m'interrompit Diego, je ne t'en ai jamais voulu, que du contraire. Ton audace provoqua bien des remous au sein de la rédaction et la censure a failli nous être imposée. Tu avais rusé, en cela tu étais devenu un vrai argentin, *un porteño listo*… sans quoi ta dénonciation des *favelas* et des abus de la construction de Brasilia n'aurait jamais été publiée. Ton audace a servi d'exemple à d'autres journalistes qui ont eux aussi pris des risques… Tu restes mon ami, je ne t'ai jamais oublié, malgré que tu sois parti en Europe, tandis que moi je suis resté enfermé dans les années noires de la dictature. Cela m'a coûté la vie mais je tenais à te revoir, alors me voilà … Fuir comme je l'ai fait, lui dis-je, ou avoir eu, comme toi, le courage de rester, lequel de nous deux a eu raison ?...

Je remarquai qu'Alberto Manguel avait interrompu sa conversation avec Silvia, me regardait avec intensité, il ne reconnut pas l'écrivain Eduardo Caldon, mais voyait un vieillard anonyme, seul, qui bavardait avec l'invisible. J'étais rentré dans... *l'Invention de Morel* ! Alberto Manguel l'a t-il deviné ? Vous voyez, jeune homme, même notre conversation reste incertaine…

Vous constaterez que je ne vous parle pas de mes années de grands succès, de popularité même, celles où je publiais jusqu'à un livre par an, récoltais prix, diplômes et médailles, les télévisions s'en chargèrent, les journalistes me sollicitaient sans cesse. On interviewe toujours l'acteur, le pseudonyme, le rôle, la fonction, rarement la personne. Un portrait n'est que l'ombre de notre ombre. C'est cela la vie publique, la surface des choses… Je l'interrompis. Vos romans, dis-je, sont d'incroyables et rocambolesques aventures mais toutes se terminent par une ouverture, une pensée philosophique. Avez-vous étudié la philosophie ? Vous sentez-vous philosophe ? Eduardo Caldon fit une grimace : si vous avez lu cela, Pierre, c'est que vous m'avez mal lu, ou que j'ai mal écrit ?... Quelques fois il est vrai, j'ai tenté d'approcher, mais un peu tard, Kant, Plotin, Spinoza le joyeux, Schopenhauer le sceptique… et je les écoutai avec modestie. Si leur quête commune, profonde et jamais achevée, est de trouver le sens… ma longue pérégrination m'a laissé deviner que la vie et le monde n'en avaient pas, ni le besoin d'en avoir, pas même la question… à moins que… Eduardo Caldon songeur hésitait à poursuivre, à moins que… la beauté en soit le projet ?... Il me lança un regard à la fois usé et radieux. L'unique agacement à notre disposition, reprit-il, magique et probablement incomplet, est ce cerveau percevant, raisonnant, s'exprimant, sans cesse insatisfait en ses recherches de ce qui ne peut nous être dévoilé… Si nous savions, point de pensée nécessaire… La pierre immobile, déchargée du besoin de penser, ne serait-elle pas plus parfaite ? L'animal qui pense sans les mots serait-il plus sage ?... Philosophe, moi ? Caldon lâcha un petit rire. Côtoyez plutôt les statues, les peintures, les miroirs aussi, nos fantômes inversés… ces présences qui vous réjouissent ou vous inquiètent, écoutez leur silence… Contentez-vous de l'aimable faiblesse des artistes, lisez des romans, beaucoup romans, ils vous en apprendront plus que tous les traités de sagesse, sur l'incroyable et admirable dérive humaine. Respectez le vertige de vos questions, n'y donnez pas de réponses, vraies ou fausses, elles resteront incomplètes… Puis-je vous faire part de ma fragile conviction ? À la raison raisonnante de nos méninges et sans postulat d'exactitude, à la logique qui n'est cohérente que pour elle-même, je préfère le souffle de l'ange ou de la muse : l'intuition aux limites incertaines, fine et foudroyante… Voyez Venise, son carnaval tonitruant teinté de larmes d'argent et paillettes multicolores, ses masques séduisants ou inquiétants qui ne cachent qu'eux-mêmes, et les pluies de serpentins et les mirlitons rieurs… La vie, le grand divertissement ! Si vous, ou d'autres lecteurs, me croyez philosophe, ce serait une tromperie, je vous l'ai dit, je suis un imposteur, toute ma vie est une imposture…

De nombreuses fois, reprit-il, j'ai été sollicité pour donner des conférences, plusieurs universités m'accordèrent le titre de docteur *honoris causa*, moi qui n'ai même pas mon certificat d'études… Le seul diplôme que je revendique et que je gagnai dans la sueur : « manutentionnaire en agriculture de fruits et légumes »… Si mes romans vous ont plu, j'en suis heureux et n'en demande pas plus. Certes, les finales y sont parfois amères et chagrines mais plus souvent, je l'espère, réjouissantes comme la musique d'une trompette entendue au loin qui progresse sur votre route, elle vous enchante mais jamais l'instrument ne parvient jusqu'à vous, la mélodie s'éloigne et vous l'entendez encore…

Il y a des archives à mon sujet, consultez-les si vous en avez le courage, moi cela ne me concerne plus, ne me ressemble pas… Comprenez que l'écrivain n'invente pas. Il transpire seulement de la sueur de ses expériences, minuscules ou grandioses, aussi, dès une œuvre achevée, il ne pense qu'à la suivante qui sera meilleure ou qu'il n'écrira pas… Avec les années, souffla-t-il, s'installe le remords de n'avoir pas écrit l'essentiel… Tout au plus l'expérience vous permet d'affirmer plus effrontément ce vide qu'on cherche sans cesse à combler. Nous voulons connaître le soleil et la terre mais nos yeux se laissent éblouir et nos mains cherchent à tâtons… D'un écrivain, si applaudi soit-il aux premières éditions, que restera-t-il dans les sables du temps ? Les bons mots, les belles phrases, les citations que reprendront peut-être, ou peut-être pas, les exégètes et anthologies…

La tête penchée en avant, le menton affaissé contre la poitrine, Eduardo Caldon s'était tu. Je crus qu'il s'était à nouveau assoupi, je me trompais. Connaissez-vous ce dicton ? Chinois, je crois, une courte formule qui me nargue depuis tant d'années… Il prit une longue respiration avant de déclamer : pour réussir sa vie, il faut avoir réalisé trois choses… Il marqua une nouvelle pause, le regard amusé par mon impatience à connaître la suite. La première action essentielle, reprit-il, est d'avoir… planté un arbre ! Avec les orangers, les centaines si pas les milliers que j'ai plantés, je crois avoir réussi la première épreuve… La tâche était pénible et répétitive mais les fruits me réjouissaient, me consolaient, et je les aime encore pour les avoir caressés durant tant d'années… La seconde épreuve, poursuivit Caldon, est… d'avoir écrit un livre ! Eduardo Caldon se mit à rire en lui-même, un gloussement heureux s'achevant par un hoquet. Je ne sais plus combien de livres j'ai écrit… Trop sans doute, mais leur rédaction, toujours solitaire et traversée de doutes autant que de joies intenses, m'a peut-être été nécessaire pour accoucher des très rares pièces que le temps n'effacera peut-être pas… La troisième réalisation, la plus importante… Eduardo Caldon, le regard brusquement assombri, changea de pose en son fauteuil, inspira bruyamment, c'est, dit-il,… d'avoir fait un enfant… Il se tut, longtemps, son visage affaissé exprimant un malaise. Lentement et à voix basse, il répéta : je n'ai pas eu d'enfant, je n'en aurai jamais, c'est mon regret, mon erreur… Le dicton chinois, le dicton d'une vie réussie restera pour moi à jamais incomplet… Aussi, ai-je décidé… que mes livres, mes écrits, mes romans, seraient mes enfants. Qui en prendra soin ?... Un enfant grandit, s'épanouit et plus tard fait à son tour des enfants, mais un livre ?... Il vieillit, le papier se dessèche et jaunit, les cahiers s'égarent, la couverture pâlit, la langue se démode et le contenu perd de sens… Tristes livres abandonnés dans une bibliothèque humide… les pages se couvrent de taches sombres et collantes, s'agglutinent en briques compactes ensevelissant tout espoir de lecture… Et les autodafés ! L'ultime bravade, et incendiaire, des livres dans leur anéantissement… Tout le monde ne connaît pas la gloire de Dante, Goethe, Cervantes ou Shakespeare ! Eduardo Caldon s'était mis à crier, un bras levé haut et la main balayant le vide. Il s'immobilisa, revint à lui. Savez-vous quelle est la fin anonyme d'un livre, pour la toute grande majorité des livres ? Les animaux vont à l'abattoir, et les livres… au pilon. Les livres, mes enfants, n'auront pas d'enfants.

31

La troisième visite que je fis à Paris, fut pour la librairie Le XIXe, tenue par le bibliothécaire dont tout le monde ne connaît qu'un seul nom : « Jeremy ». Vous ne connaissez pas cette librairie ? s'étonna Eduardo Caldon. Lorsque vous vous rendrez à Paris, je vous encourage vivement à la visiter, une référence. Vous la trouverez facilement, située dans l'impasse Carré, entre les rues Jacob et Saint-Thomas-d'Aquin. Un détail toutefois : elle n'a pas de vitrine, vous frappez d'abord à la porte, ensuite vous entrez.

Lorsque j'eus refermé le battant, poursuivit Caldon, je constatai qu'il n'y avait aucun client. Jeremy, le libraire, se tenait assis derrière son bureau encombré de deux piles de livres si hautes qu'elles risquaient de chavirer. Je ne vois personne, votre librairie serait-elle fermée en ce moment ? lui demandai-je. Il y a quelqu'un, puisque vous êtes là, me répondit-il, et bonjour, monsieur Caldon. Vous me connaissez ?... Nous avions rendez-vous. Un rendez-vous ? Rappelez-vous, vous l'avez même écrit dans votre dernier livre. Où avais-je la tête, vous l'avez donc lu ? Assurément et avec passion, l'exemplaire est en bonne place à la lettre C des écrivains espagnols… Mais je suis argentin… Vous avez raison, peut-être l'ai-je classé d'une autre façon, mais n'ayez crainte, il est répertorié comme tous vos autres romans.

Jeremy est un homme âgé mais à la voix vive et alerte. Son visage ressemble à celui d'un autre savant, Hubert Reeves, le poète astronome, amoureux du monde : une barbe uniquement blanche qui descend sur sa chemise tout aussi claire, et des yeux très petits, vifs comme de la braise. Tout autour de lui, s'élève, je dis bien *s'élève*, son immense bibliothèque. Ce n'est pas un lieu comme ces grands magasins du livre, envahis de couvertures colorées et mensongères, qui jettent en pâture les noms d'auteurs en lettres aussi grasses que sur les affiches de music-halls, avec au-dessous, en lettres minuscules, les titres de romans déjà presque oubliés. Rien de cela chez Jeremy, avant tout de la belle typographie sur papier couleur de pain blond, parfois agrémentée de rares gravures, si petites qu'elles laissent la joie de deviner… Chez Jeremy, vous ne trouverez que la littérature foisonnante de rêves insérés dans la syllabe, le mot, la phrase, le paragraphe et le chapitre…

Connaissez-vous, Pierre, ces bibliothèques anciennes, précieux musées de la lettre et de l'enluminure, cachées dans certains châteaux ? Chantilly, je vous encourage à visiter le cabinet des livres du château de Chantilly, suggéra-t-il. Ces bâtis hauts et clos, entourant les tables de lecture, dont les quatre murs sont tapissés de livres jusqu'au promenoir du premier étage, lui-même supportant de nouveaux murs de reliures, à leur tour jusqu'au plafond ?… La librairie Le XIXe est exactement construite sur ce modèle mais avec bien plus d'étages. Aux quatre coins de la salle discrètement éclairée, s'enlacent des escaliers en colimaçon de fer et de bois vernis, filant raides, de plus en plus étroits d'étage en étage.

Montez, je vous prie, vous trouverez vos publications à « Amérique du Sud », m'indiqua Jeremy et, si vous ne trouvez pas, cherchez à « littérature fantastique ». Mais je n'écris pas de littérature fantastique ! C'est vous qui le dites, vos lecteurs ne partagent pas votre avis... Quoiqu'il en soit, montez et voyez à la lettre C, vous ne pouvez pas vous tromper.

Arrivé au premier palier, je me retrouvai dans la pénombre, seuls des rais de lumière glissant sur les dos des couvertures me permettaient de me guider. Si vous ne trouvez pas, c'est que c'est à l'étage supérieur, montez-y. L'escalier en colimaçon devenait plus raide et plus étroit et Jeremy s'était mis à parler fort pour que je l'entende malgré l'éloignement. Partout des livres, lui répondais-je, mais pas la lettre C, ni A, ni B. Montez encore, criait-il. Et je lui obéissais. Je ne vis aucun de mes livres, ni au troisième étage, ni non plus dans l'ombre du quatrième. Au cinquième palier, ma tête cogna le plafond. Je ne puis aller plus haut, m'indignai-je, et je n'ai toujours pas trouvé, ni « C », ni « littérature fantastique », ni « Amérique du Sud ». C'est que vous êtes monté trop vite, dit-il avec regret. Donc je redescends ?... Impossible, vous n'y arriverez pas, poussez la trappe qui est au-dessus de vous, je vous indiquerai le chemin. L'ouverture ne résista pas et j'escaladai des marches étroites et branlantes. Mais... je suis sur le toit ! m'écriai-je. C'est exact, sortez et je vous guiderai. Debout sur la toiture en zinc, je découvrais Paris, de nuit, étincelante tout autour de moi, les rues illuminées s'étalant au loin en rayons excentriques. Je vois *la Place de l'Étoile*, m'exclamai-je, une multitude de gouttes lumineuses, des

Vies minuscules qui se croisent, se suivent, se bousculent… et au-dessus de moi le ciel immense clignotant de ses mille milliards de *Poussières d'étoiles*, *l'Autre Monde*, le monde incertain… Vous êtes dans la bonne direction, hurla Jeremy d'une voix presque inaudible tant était grande la distance qui nous séparait. Devant vous, il y a une autre trappe, ouvrez-la et vous serez sur le chemin du retour. Je soulevai le battant, m'agrippai au châssis. Dans la pénombre mes pieds tâtonnant trouvèrent les premières marches d'un escalier aussi raide qu'une échelle, j'y descendis lentement, à reculons. Ne pouvant plus rien percevoir en cette nouvelle obscurité, un de mes pieds se mit à flotter dans le vide tandis que l'autre jambe se pliait au genou. Il n'y a plus de marche, implorai-je. Plus bas, encore plus bas, me cria Jeremy, déhanchez-vous, tendez le pied. Et je le tendis. Tout mon corps s'échappa, mes mains agrippées ne purent me retenir et je glissai. Non pas un petit dérapage mais une folle descente dans un boyau tapissé de couvertures de livres, mille titres défilant dans une nébuleuse de chiffres et de lettres. Des lueurs rapides me les faisaient deviner et je me souviens avoir reconnu au passage Hugo, Césaire, Faulkner et Stendhal, Gogol et Soseki, Eschyle et Calvino, Tolstoï, Baudelaire, Schwob, Fuentes, Carver, Eco, Sénèque, Tolkien, Miller, Bounine, Strinberg, Cortázar. J'eus le temps de penser : quel mauvais classement ! Des voix enfermées entre les pages bêlaient, mugissaient, hurlaient ou pleuraient, entrecoupées de vers mélodieux, de rires cruels et plus encore de chants d'amours. Et les auteurs ne cessaient de défiler, Whitman et Potocki, Swift et Inoue, Milton et Conrad, Dickens, Márquez, Rabelais, Camus, Harrison, Pavese, Buffon, Millhauser, Barrico, Zweig, Bukowski, Rilke, la Bible et Ovide. C'est trop ! criai-je, continuant de débouler et de rebondir en tournoyant au milieu de ce boyau infesté de papiers reliés. Et il y en eut d'autres noms encore : Harrie, Siréon, Lowfenthal, Armenaud, Neeman, Visscher, Stirbarg, Arniould, Frazzi, Derdemont, Ikusoï, Rassau, Feurenbeg, Travenbild, Loewie, Tono, Stienon, Favio, Lichbuur, Varenbert… Tous des écrivains que je ne connaissais pas ! Qu'importe un nom ou un autre, me dis-je, si la lecture se doit d'être infinie… Et la chute s'arrêta brutalement, avec mon visage tout contre une couverture immense : *les Frères Karamazov*. Au toucher, la page était bouillante, prête à s'enflammer.

Lorsque je retrouvai l'escalier en colimaçon menant au rez-de-chaussée, Jeremy me héla : vous avez pris la mauvaise trappe ! Celle de la réserve avec tous les livres que je n'ai pas encore eu le temps de classer… Secouant avec force la poussière accumulée sur mes vêtements, je rejoignis Jeremy qui n'avait pas bougé de sa table de travail. Je regrette que vous n'ayez pas trouvé la lettre C, marmonna-t-il, ce sera pour une autre fois car c'est l'heure de la fermeture… Je suis vieux et fatigué, cela vous ennuierait de me raccompagner chez moi ? Pourriez-vous m'aider à me relever ? Je passai derrière son bureau, constatai que la chemise blanche portée par le vieil homme n'en était pas une mais bien une longue robe de nuit, toge de fantôme, tombant jusqu'à ses pieds, qui étaient nus. Son corps se tenait enserré dans une chaise roulante et je me préparais à la diriger quand il m'interrompit. Portez-moi sur votre dos, la chaise reste à la librairie. Je me retournai, me penchai, il s'agrippa à mes épaules, je me relevai. Jeremy pesait à peine le poids d'un enfant.

Dans la rue, aucun passant ne porta attention à notre couple enlacé, tandis que je m'étonnais de l'aisance à soulever ce corps, avec le sentiment utile du porteur. Me revins en mémoire le Christophore traversant la rivière, sauveur d'un enfant – moi, d'un vieillard – dans *le Roi des Aulnes*, et j'eus une pensée émue pour mon fantasque ami Michel Tournier. Jeremy m'indiquait le chemin et nous prîmes le métro à la station Saint-Michel. À l'intérieur de la rame, personne ne fut gêné par notre étrange posture, ni par nos quatre mains ajustées à la barre, les voyageurs refusant de voir, chacun fuyant vers un ailleurs.

Arrivé devant son immeuble, Jeremy me prévint : l'ascenseur est en panne et j'habite au sixième. Son faible poids moulé à mon dos ne m'inquiétait pas, j'entamai la montée des marches, à pas mesurés. Au premier étage, il me dit qu'il se sentait fatigué, je fis une petite pause. Au second étage, il me dit que je montais à trop vive allure et que cela l'épuisait, ses bras peinaient à s'agripper à mon cou et, sous les miens soutenant ses maigres jambes, je voyais ses pieds se balancer, d'un blanc presque bleu, inertes. Après un arrêt prolongé, j'entamai la montée vers le troisième étage, lentement, comme il le souhaitait. Au quatrième, je perçus sa respiration de plus en plus essoufflée et m'en inquiétai. Avec une extrême douceur, j'empruntai la volée qui menait au cinquième étage, au sixième, je le crus évanoui.

Une femme de ménage attendait devant la porte entrouverte de son appartement, ce qui le raviva. Merci Anna, préparez-nous du thé. Son corps devenu mou et glissant était sur le point de m'échapper, j'eus juste le temps de le coucher sur le canapé. Jeremy respirait par saccades bruyantes et rapprochées, et je m'inquiétai à la vue de ses joues subitement blêmes et de son front perlé de sueur. Je crois que j'en ai trop fait aujourd'hui, souffla-t-il. Voulez-vous que ?… Non, ne faites rien… Le grand divertissement, murmura-t-il, serait-ce la fin ?... Anna revenait avec l'infusion, il la repoussa d'un geste calme. Je crois… reprit-il, que je suis en train de mourir… Voulez-vous que j'appelle un médecin ! insistai-je sur le ton de l'urgence. Inutile, je vous dis que je suis en train de mourir… Ma chère Anna, vous contacterez ma petite nièce, celle qui collectionne les livres pour enfants, ce qui manque cruellement dans ma librairie. Vous lui direz que je lui cède ma vaste boutique, avec elle, les enfants y seront bien heureux… Jeremy tourna son regard vers moi : Je tiens à vous remercier, cher Jack Mondo, vos livres m'ont beaucoup fait rire, que demander de plus ?… Je meurs, murmura-t-il, je retourne au pays…

Anna, criai-je, appelez le Samu, vite !

Voulant me rassurer, Jeremy me fixa avec insistance : ce n'est pas la fin de la vie, seulement la fin de ma naissance... et ma pesanteur s'échappe déjà… *Anima mundi*, soufflèrent encore ses lèvres blanchies. Et je vis un vieil homme, très beau, fermer très lentement ses petits yeux de braise.

Eduardo Caldon s'était tu et me regardait, inexpressif. Incroyable, avouai-je, admiratif. Vous avez raison de ne pas me croire, approuva-t-il, puisque j'ai tout inventé… Lisant mon regard surpris, il ajouta : gardez votre candeur, jeune ami, celle de l'enfance, de la folie ou de vos rêves, n'y voyez pas une faiblesse mais un heureux courant d'air qui, toujours, vous aidera dans votre vie d'écrivain...

Depuis quand Eduardo Caldon se jouait-il de moi ? me demandai-je. Depuis quand mélangeait-il les événements de sa vie et ses fantasmes d'écrivain ? Peut-être n'y voyait-il plus aucune différence ?... Vous semblez oublier que je n'existe pas, reprit-il, et vous non plus, Pierre, tous deux nous ne sommes que des personnages inventés pour le livre que vous lisez, ami lecteur… Vous en doutez ? Demandez à votre libraire un ou plusieurs livres signés par les auteurs « Pierre Fabre » ou « Eduardo Caldon »… À moins qu'ils aient des homonymes, votre libraire ne trouvera rien, nulle part, pas même dans les archives ou en bibliothèques, ni de l'un ni de l'autre…

Ce soir là, je quittai Eduardo Caldon, à la fois séduit et déconcerté. M'égarant au hasard des rues noires, mes pensées se bousculaient, hésitant entre le désir qu'il devienne mon mentor et agacé qu'il eût abusé de ma crédulité. Depuis quand me manipulait-il ? Depuis notre première rencontre ? Et si tout ce qu'il me contait n'était que du roman ?... Au bar, carré de lumière baignant la ruelle, je commandai un verre de vin rouge, rapidement un deuxième. Je n'avais pas faim ni sommeil, avalai un troisième ballon, peut-être un quatrième… Passait et repassait l'air à la mode de Vasco Rossi : *Vivere*, que je continuai de fredonner seul dans la rue : « *Vivere o sopravvivere, e poi pensare che domani sarà sempre meglio, vivere…* »

Lorsque je montai dans un vaporetto, sans souci de destination, mon corps caressé de la tiédeur retenue du jour se sentait agréablement léger. De part et d'autre défilaient des fenêtres ouvertes, partageant le scintillement de leurs lustres de verre avec l'ombre paisible des canaux. Les embarcadères se succédaient, échangeant des groupes de touristes heureux – certains plus éméchés que moi –, qui montaient ou descendaient en déplaçant avec eux une musique variée de langues. Se mélangèrent à eux de longs manteaux gris, silencieux, qui donnaient de l'élégance au va-et-vient des corps, leurs chapeaux mous dépassant joliment au-dessus des têtes. Bientôt, il n'y eut plus de touristes, partis en couples rejoindre les hôtels et leurs nuits intimes, il ne restait plus que moi et les manteaux gris. Nous nous éloignâmes dans la lagune, loin des lumières, jusqu'à l'embarcadère d'une île silencieuse que je ne connaissais pas, je notai son nom : San Michele. C'est à cette escale que descendirent les manteaux gris, ils ne faisaient aucun bruit et je remarquai que leurs pas flottaient à quelques centimètres au-dessus du sol. À bien y regarder, je les vis se transformer en chats, en gros matous gris s'égayant dans les allées bordées de cyprès et je m'étonnai d'entendre une musique venue de loin, de très loin, comme issue de la terre, un air qui m'était familier, que je pris d'abord pour *les Marquises*, mélancolique, du poète Jacques Brel, mais je me ravisai : me parvenait l'ouverture, ce decrescendo d'au-delà les larmes, de l'*Orpheus* d'Igor Stravinsky.

Ce n'est que bien plus tard, dégotant une carte jaunie et froissée au marché aux puces, place du Jeu-de-Balle à Bruxelles, que je lus en petites lettres penchées que San Michele était l'« île cimetière » de la ville de Venise.

Le pilote du vaporetto, éclairé dans sa cabine, se tournait vers moi, son dernier passager. Ne me voyant pas descendre, il me rejoignit : Je rentre au terminus, me dit-il. Où donc descendez-vous ? Sa voix se mélangeait au sommeil qui m'envahissait. Dites-moi au moins le nom de votre hôtel ? Je n'avais ni la force, ni l'envie de lui répondre. Il insistait avec des gestes et une voix forte, cela m'indifférait... « *Vivere, e sperare di star meglio, vivere...* », chantonnais-je en boucle.

Je me souviens seulement des deux *carabinieri* me soutenant par les bras, et de la lumière qui s'échappait de la porte d'entrée de la *Pensione di Belém*, et de l'un des deux gendarmes s'adressant au réceptionniste : nous vous ramenons votre client, il a un peu trop forcé la dose…

32

Vous êtes venu à Venise, avez passé vos journées auprès d'un vieillard fatigué et n'avez pas pu profiter de cette ville belle et éclairante du génie des hommes, accueillante sans se forcer, ville si vieille qui, grâce à ses expositions et ses festivals, continue de rendre hommage à l'âme humaine, celle qui partout se déchire sur cette terre, sauf ici… Est-ce l'eau ? Oui, l'eau partout, au contraire des routes dures et de béton, l'eau qui reflète le ciel blanc et toutes ces façades diversement ocrées, oui, est-ce l'eau qui apporte la douceur à notre violence ?… Passons cette dernière journée ensemble, si vous le voulez bien ? Peu importe le lieu, cette ville est partout aimable.

À l'Accademia, nous prîmes le vaporetto en direction de l'Arsenal. La Biennale d'architecture venait de se terminer, tout était au démontage, aucun touriste, partout des ouvriers en bleu de travail, très occupés. Coups de marteaux, grincements, échelles, transpalettes, croisements de grands colis, écrans plats en sommeil, visages géants sur des panneaux portés à l'envers, colonnes en stuc, morceaux de statues, chargements sur des bateaux plats… Nous étions les seuls visiteurs aux premières loges de la vie, celle qui tourne, se renouvelle.

Au-delà du pont, vers les quais, une placette ouverte sur la mer. Un restaurant presque vide, des tables propres mais fatiguées d'une saison qui s'achève. Installez-vous, nous dit le patron, nous sommes encore ouverts. Nous nous assîmes à la terrasse désertée, non loin d'un canal bordé à belle distance de murs en briques très claires. Une torpeur de fin d'été planait sur la ville, pesait sur nos épaules.

Parlez-moi de vous, Pierre, vous qui m'écoutez parce que je suis un vieillard, célèbre, paraît-il. Une illusion, soyez en sûr, la solitude reste extrême… Je ne sais rien de vous… Et ne me parlez pas de vos balbutiements d'écrivain, je les comprends et les respecte, mais vous, qui êtes-vous ?

Je suis venu pour vous écouter, pas pour parler de moi… Contrarié et levant une main, Eduardo s'interposa. Dans tous mes romans, dit-il, j'ai recopié les errances des autres, écouté aux portes et volé des intimités – certes, en y ajoutant ma fantaisie et mes imaginations –, car ma seule vie m'a toujours été insuffisante… Pourquoi devrions-nous être contraints à ne connaître qu'un seul cheminement, en un temps imposé et en de rares lieux de notre planète dérivante ? N'est-ce pas là le fondement de notre solitude ? Serions-nous tous nés orphelins de l'Univers ?... Je ne pus rien répondre, tant il exprimait avec précision ce que je ressentais, depuis l'enfance, obscurément.

C'est pourquoi, poursuivit-il, vous regardant là près de moi, mais qui ne m'avouez rien sur vous, pas même entre les pages de votre jeune roman, je ne cesse depuis notre première entrevue, depuis même votre demande à me rencontrer – et c'est là mon irréparable défaut –, d'imaginer vos pensées, d'espionner votre silence, de lire en vos yeux ce que vous ne me dites pas, et de vous inventer une vie… Aujourd'hui, ma longue traversée s'approche du crépuscule mais la vôtre est encore naissante et avec toutes ses illusions… Aussi je vous demande cette fois de suppléer à mon imaginaire que toujours je confondrai avec le réel, de m'aider à faire de vous… un personnage de roman. Vous m'avez poussé au bout de moi-même et secoué la poussière de mes vieux os… J'insiste donc pour qu'à votre tour vous vous livriez un peu ?

Je n'ai pas vécu vos souffrances, avouai-je impressionné par sa demande éloquente, pas même le dixième de celles que vous avez éprouvées, je n'ai connu aucune guerre, aucun exil... Ma famille, si petite soit-elle, a connu ses peines, ses déceptions, ses douleurs. Mon père, parti sans laisser d'adresse, et sans jamais plus donner de ses nouvelles, alors que je n'avais que quatre ans… un souvenir au goût aigre, confus et silencieux. Ma mère a rapidement pris cette absence pour une fatalité – et je le lui reprochais –, car elle-même n'a jamais connu son père, disparu lui aussi, dès avant sa naissance. Absence d'homme, ni père, ni grand-père, j'ai été élevé par des femmes, dans le silence des hommes.

Nous avions commandé du poisson, des sardines grillées qui nous furent servies accompagnées de polenta et de quelques coquillages. Oh, des *caparossi* ! murmura Eduardo Caldon, avec ce regard gourmand que je lui connaissais. Comme à son habitude, presqu'un rituel, il commanda le même vin blanc, *vino soave*, servi très frais. Un nouveau repas savoureux m'était offert mais je n'eus brusquement plus d'appétit. Trop d'instants, éblouissants ou déconcertants, m'avaient assailli durant ces quelques jours en compagnie de l'homme que j'avais désiré rencontrer, mon caprice de jeune écrivain. Hors mon admiration, qu'espérais-je de lui ? je ne le savais même plus… « Un écrivain rédige seul, tout seul », avait-il plusieurs fois insisté et je devinais en lui le spectre de ma propre frayeur. Eduardo Caldon s'imposait par sa démesure, comme une statue, une montagne, une présence qui bousculait la légèreté de mon âge, à moi qui n'avais jamais connu la force d'un père, avait grandi auprès de femmes sereines, douces, d'humeur égale. À vingt-deux ans, et déjà loin de mon adolescence, je me savais encore tâtonnant à la recherche d'une terre ferme. « Exploration illusoire ! m'avait assuré mon mentor, contentez-vous de marcher…» Pourquoi, avec la soif des mots, je me réfugie dans l'écriture ? me répétais-je sans espérer de réponse, ce métier qui n'en est pas un, qui m'isole de la vraie vie, tout en y puisant ma nourriture ?

Et je ne jalouse pas la vie d'Eduardo Caldon ! Ne devrais-je pas m'avouer qu'il pèse abusivement sur moi et s'immisce dans mes écrits ?... Pourquoi je ne pratique pas un autre métier, un de ceux que l'on dit « normal » ? Chauffeur de taxi, guide touristique, encodeur de logiciels, inspecteur d'administration, douanier, radiologue, bagagiste, portier de nuit ou équarisseur dans un abattoir ?

Le ciel se couvrit, nous reprîmes le vaporetto sur une eau brusquement nerveuse. Il y avait peu de monde en cette fin de saison et nous nous installâmes seuls sur le pont arrière. Eduardo Caldon s'était rapproché de moi pour mieux se faire entendre et contrer le vrombissement du moteur. Voyez la longue île au ras de l'eau, m'indiqua-t-il, le Lido. Il s'y trouve une petite bourgade du nom de Malamocco, c'est là qu'habitait Hugo Pratt... Je vous vois réjoui, Pierre, car vous connaissez son héros Corto Maltese, les bandes dessinées de votre génération. Depuis de nombreuses années, j'ai de l'amitié pour ce confrère mais je ne l'ai jamais rencontré, ni à Venise, ni à Buenos Aires. Un écrivain dérivant comme moi... La première fois que j'en entendis parler, ce fut lorsque le *Diario del Rio*, le journal où j'écrivais mes chroniques, publia, le mercredi de chaque semaine, une page extraite de son album *Capitan Cormorant*, un héros oublié, l'ancêtre de Corto Maltese. Un dessin déjà fougueux et des aventures musclées qui m'impressionnaient, mais je compris page après page qui s'y cachait un amour immodéré du monde et une âme en quête de revanche... Chaque fois que je passais à la rédaction, Hugo Pratt venait de partir et lorsque j'insistai pour le rencontrer, j'appris qu'il serait absent pour une longue durée, parti en solitaire, à cheval, dans les plaines perdues de la Pampa. Le vent en a rapporté une rumeur : il se disait qu'Hugo Pratt et Jorge Luis Borges, tous deux à cheval, se seraient un jour croisés sur la Pleine Terre, mais ils ne se seraient pas aperçus, car tous deux lisaient en chemin.

Pratt, entre deux voyages, repassait toujours par Venise, dont il disait : « la seule ville où les ombres circulent librement... » À chacun de mes séjours en la cité, je m'informais : est-il à Malamocco ?... Il est en voyage, me répondait-on, en Éthiopie, en Irlande, en Sibérie... Toutes ces années, j'ai cherché celui que je comprenais... « De treize façons différentes, j'ai conté ma vie, avouait Hugo Pratt, mais je ne sais laquelle est la vraie...» Moi, Caldon, je partage le même éparpillement, mai j'ai tout inventé… Sa courte définition du livre ? « Mon arme, ma nourriture ! » aimait-il à dire, car en sa maison de Malamocco, il s'était constitué une exceptionnelle bibliothèque. Né après moi, le voilà déjà parti, l'ami perdu, avant ma mort oubliée… Le vaporetto s'engagea dans le resserrement du Grand Canal nous protégeant des vaguelettes nerveuses, le moteur ralentit son allure, le calme revint entre les berges, le nuage gris s'était enfui.

Je propose de vous conduire en un autre lieu que j'aime, reprit Caldon, – son regard profond me le confirmait –, et peu fréquenté par les touristes : le Conservatoire de Musique.

Non loin du Campo Santo Stefano, s'élève un *palazzo* de pierre sombre, peu restauré. Une exposition y est en cours et la porte ouverte à tous. Dans l'escalier, nous croisons des jeunes gens beaux et lisses comme leur âge, mon âge, les cheveux souples, leurs voix mêlées formant de douces mélodies. Au premier étage de l'antique bâtisse grise et haute de plafond, le choc des couleurs : dressées plus hautes que nous, des statues venues d'Angola – autre terre à l'histoire douloureuse –, composées de bouteilles en plastique, de boites de conserves, de déchets rejetés par le fleuve, de paniers monochromes, le rouge, jaune, bleu, vert, empilés dans la fièvre, jusqu'à former des totems hirsutes, rieurs et au regard halluciné. Eduardo Caldon m'observe, amusé par mon étonnement. C'est cela Venise, murmure-t-il, la vie, toujours la vie, ce grand divertissement qui sans cesse resurgit de ses ruines…

Le spectacle se prolongeait vers une cour intérieure bornée par plusieurs étages de promenoirs circulant entre colonnes et arcades, et résonnant de multiples refrains. Je voulus exprimer ma surprise, Caldon m'interrompit : écoutez seulement... Des étudiants répétaient leur partition, l'un sur clavecin, l'autre à la trompette, une flûte traversière langoureuse, une main gauche au clavier, des phrasés de violons, des gammes croisées... Les musiques mêlées usaient d'une langue inconnue, improvisaient une symphonie anonyme. Les jeunes femmes et les jeunes hommes, silhouettes embrassant leur instrument, se courbaient et se redressaient dans la lumière au rythme des arcades, indifférents aux plafonds décrépis. De la cour, nous et les totems en couleurs, les observions de nos yeux ahuris. La pensée nous disloque, la musique nous recompose, l'écho de nous-mêmes... c'est cela Venise, murmura Caldon.

Il faisait très chaud, je frissonnais.

33

Notre dernière soirée, me dit-il avec du regret dans la voix. Il avait commandé deux verres de citron pressé qu'on nous servit dans son appartement. Ne croyez pas que je sois inconscient du monde qui avance. Voyez cette télévision dans le coin de ma chambre, cet instrument qui fut si moderne et qui, je le devine, sera tout autre ou même obsolète avec votre génération. Je regarde tous les soirs sa petite fenêtre et découvre l'autre monde, votre monde. Il s'y passe des crimes quotidiens, je vous plains… Mon époque était effrayante, la vôtre n'est pas moins généreuse en horreurs… Les animaux s'entredévorent aussi, me direz-vous, et avec violence, mais ils ne se révoltent pas. Nous, les humains, y ajoutons l'incroyable cruauté, et nous nous indignons… toute la discordance avec l'animal que nous sommes et ne sommes pas. La nature a cette chance de ne pas devoir douter, ce privilège ou cette carence nous est réservé, à nous, des créatures erronées…

Eduardo Caldon inspira bruyamment, douloureusement, se donna du temps avant de poursuivre.

Entendez-vous ces foules, têtes levées vers le ciel, les yeux méchants, qui se convulsent toutes d'une même voix ? « Notre Unique Loi ou la terreur ! » hurlent-elles. Mais l'unique loi, c'est déjà la terreur… L'interdit de la différence ? La peur de l'esprit libre ? La barbarie ne serait donc jamais loin … Exactement ce que j'ai connu en 38, des foules sans plus de cerveau, abêties par les harangues d'Hitler ou de Mussolini. La pieuvre noire avance en silence, s'infiltre jusque dans nos veines. « *Viva la Muerte* », l'entendez-vous ?... Il me fixa d'un regard subitement intense, sollicitant que je l'écoute avec la plus grande attention :

« Avez-vous remarqué, que notre liberté des Lumières, si péniblement acquise, court un grand péril ? … »

Les Savonarole, poursuivit-il, ennemis des corps nus, créationnistes et prédicateurs de morales illusoires, sont de retour avec leur arme immonde, la soumission, ce poison de la mort lente… Je regarde, j'écoute, que puis-je faire ? Trop vieux que pour être inquiet, mais je souffre… la compassion, un sentiment qui ne vieillit pas. Ne vous habituez pas, Pierre, ne vous endormez pas, ne vous reniez pas… « *Eppur si muove* », marmonna-t-il en lui-même.

Eduardo Caldon quitta son fauteuil, se dirigea vers la table de travail. De la machine à écrire, il tira une feuille encore glissée dans le rouleau, la joignit à deux autres posées sur le coin du bureau. Je sais qu'il existe des ordinateurs, s'excusa-t-il en me tendant les feuillets, plus simples pour communiquer mais cela vient trop tard pour moi… Prenez, je vous confie ma… « chronique ». Il se rassit, lâchant un soupir. Je n'ai plus écrit de chroniques depuis… plus de cinquante ans ? Du temps où j'étais journaliste au *Diario del Rio*. Un texte pas très bien écrit, je l'avoue, une longue vacance de mon cerveau m'en a fait perdre la main. Voyez-y seulement un soubresaut de ma vieille vie, de mon âme poussiéreuse, mais qui n'a jamais cessé de se révolter devant l'insatiable sauvagerie des hommes. Ma toute dernière chronique, conclut-il encore, inachevée, rédigée dans le brouillard de la colère et je ne l'ai même pas relue… À vous d'en écrire la suite, je vous la souhaite riche de bonheurs mais je la crains douloureuse. Vous êtes le nouvel écrivain, celui du nouveau monde… Moi, je m'en vais doucement… Je vous avais dit que je n'écrivais plus, mais votre présence, votre jeunesse m'a rappelé la mienne, vos questions m'ont réveillé une dernière fois. Vous êtes responsable de l'existence de cet ultime petit texte, vous le jeune écrivain, et contraint d'en rédiger de nouveaux chapitres selon l'avenir que connaîtra votre monde, ce volcan qui gronde avant l'explosion… Excusez-moi pour cette charge, mais vous avez choisi le métier d'écrire, à moins que ce soit, comme pour moi à votre âge, l'écriture qui vous ait choisi ?…

Eduardo Caldon s'affala un peu plus dans son fauteuil, la tête relâchée vers l'arrière, les yeux errant sur la fresque du plafond offrant un nuage de *putti* rieurs, indifférents à ses sombres pensées. Ce texte a été rédigé d'une traite et sans relecture, lisez-le plus tard, il est à vous désormais.

Cet inédit littéraire, ce don amical, tremblait encore dans mes mains lorsqu'il poursuivit : vous ne m'avez toujours rien dit sur vous?… J'insiste, c'est le prix de mes aveux… Sa tête au repos se releva et son regard bienveillant confirma sa demande.

Je vous ai dit que j'avais beaucoup d'attachement pour ma grand-mère, elle est au plus mal, je sais que je vais la perdre et crains déjà le retour du spectre noir, la solitude… Depuis l'enfance, elle me berce, me gâte, me parle beaucoup, me privilégie dans toutes ses attentions. Elle m'a vu grandir, m'a aidé à chaque étape, ma mère aussi bien sûr, mais c'est différent. Ma grand-mère me protège, peut-être un peu trop... Adolescent, je ne supportais plus cette attention excessive. À la fois, cela me révoltait et me réconfortait. Elle était patiente, m'a laissé gesticuler, elle a attendu que je me calme pour parler au jeune adulte que j'étais devenu… Pourquoi vous interrompez-vous, Pierre ? Continuez !… À mon tour de vous dire que c'est difficile, très difficile même… J'avais la gorge douloureuse et peinais à respirer. Eduardo Caldon le remarqua et s'en inquiéta, quitta sa pose affaissée : oubliez votre citronnade, il y a là dans la pénombre un petit réfrigérateur, vous y trouverez une bouteille de cognac, remplissez deux verres, je vous accompagne. Le cognac, ce goût de carton, plus supportable avec deux glaçons, me détendit.

On frappa à la porte, une femme de chambre l'entrouvrit. C'est pour vos fleurs, monsieur Caldon, je vous en apporte des fraîches. Elle tenait entre ses mains un vase débordant de roses, se dirigea vers la console reliant les deux fenêtres, le disposa et repartit avec le bouquet fané. Quelques pétales tombèrent en chemin, des roses jaunes, je ne les avais pas remarquées.

Ma grand-mère, vous disais-je. Parlez-moi plutôt de vous, m'interrompit Caldon. J'y viens, je n'ai pas terminé… Et puis non, c'est trop difficile, excusez-moi, je ne peux pas… Vous allez me quitter sans avouer qui vous êtes alors que moi, le vieillard, je me suis confié à un tout jeune homme ?… Voulez-vous que je vous dise, Pierre, ce qui m'a réjoui dans votre premier et lumineux roman ? Ces instants de liberté où votre esprit chante hors des murs, hurle hors des codes convenus, et ne rougit pas de lui. Aujourd'hui, faites de même, lâchez-vous…

Ma grand-mère... elle m'a parlé, longuement. Elle m'a raconté sa vie, son enfance, ses souffrances de jeune adulte… elle m'a confié tout ce qu'elle n'a jamais avoué à sa propre fille… Je ne peux pas continuer, c'est trop personnel, trop… Je ne vous force pas, Pierre, sachez qu'il m'a fallu du courage pour vous avouer mon cheminement, les erreurs, même ma vie intime. Tous deux nous sommes écrivains, restons à ce niveau, d'égal à égal, peut-être notre imaginaire nous protège-t-il ?... Et buvez votre cognac, la glace est en train de fondre… Si je poursuis cette conversation, monsieur Caldon, je risque de vous choquer. Poursuivez, poursuivez, le vieil animal que je suis devenu a encore quelques forces …

Cette fois, je vous parlerai en abrégé, par de courtes phrases, excusez-moi de vous demander de ne pas m'interrompre… Ma grand-mère avait dix-sept ans lorsque la guerre a commencé. Ses parents décidèrent de s'enfuir d'Europe. Le hasard d'un bateau disponible les conduisit en Amérique du Sud, plus précisément en Argentine. Avec ses parents, elle habita dans un bel immeuble de Buenos Aires. Elle y croisait régulièrement un jeune homme, un peu perdu, qui habitait dans une mansarde juste au-dessus de leur appartement. Ils devinrent amis… ils devinrent amants… Lorsque la guerre fut finie, ses parents décidèrent de rentrer en Europe, sans leur fille qui avait obtenu un emploi au consulat des Pays-Bas, car ma grand-mère est née hollandaise. Elle avait vingt ans, vivait un amour fou… Les mois passant, elle sentit que son pays lui manquait et souffrait de tout ce qui la différenciait de son amant, un ouvrier agricole espagnol émigré en Argentine, tandis qu'elle était issue d'une famille d'intellectuels du nord de l'Europe. Elle l'a donc quitté malgré l'immense amour qu'elle lui portait. Ce n'est qu'à son arrivée aux Pays-Bas qu'elle se rendit compte qu'elle était enceinte. Son père, écrasé de tristesse et de honte – au regard des valeurs de l'époque –, l'installa à Bruxelles pour ne pas connaître la réputation d'être le père d'une « fille-mère », expression péjorative des siècles passés qui, vous le savez, ne signifie plus rien aujourd'hui.

Ma mère est ainsi née en Belgique, sans père, porte le nom de jeune fille de sa mère, « Van Heelen ». Le prénom de ma grand-mère est… Maria, et son amant s'appelait... Felipe Jiménez… Vous êtes le père de ma mère, monsieur Caldon… Votre fille s'appelle Argentina, « Tina », disent les proches, et les amis, un nom délibérément choisi par ma grand-mère en souvenir de la passion qu'elle avait eue pour vous et le pays de votre rencontre… Eduardo Caldon ne réagissait pas, ses yeux ne clignaient pas. Pierre Fabre est mon pseudonyme d'écrivain, mon vrai nom est Pierre Van Heelen. Vous êtes mon grand-père, monsieur Caldon.

Un bloc de granit devant moi, je crus qu'il avait un malaise. Ses yeux restaient ouverts sur le vide, seul son ventre laissait deviner une lente respiration. Il eut un sursaut, son regard se raviva, noir et intense, et me visant, me parla sur le ton du reproche : un peu niaise, votre historiette, monsieur Fabre, et terriblement sentimentale… je vous déconseillerais de la mettre dans un de vos romans… C'est l'exacte vérité, monsieur Caldon, pas une invention… Je continuai : des années plus tard, ma grand-mère vous a reconnu lors d'un de vos passages à la télévision. Malgré votre barbe grisonnante, malgré votre changement de nom, elle n'a pas hésité, c'était vous, vous le père d'une enfant déjà devenue adulte, ma mère. Trop tard pour renouer, m'a dit ma grand-mère, les rides sont là… Mais dans son cœur le temps s'était arrêté à vingt ans. Elle a suivi secrètement votre carrière, lu tous vos livres, que moi-même je lui empruntais, vos romans qui m'ont décidé à devenir écrivain. Ma grand-mère m'a avoué tout cela, m'a dit de vous le dire, car elle sait que je suis ici auprès de vous, une rencontre d'écrivain à écrivain, de grand-père à petit-fils.

Maria… tremblèrent ses lèvres, ce nom que je ne peux dissocier du havre de ma seconde naissance… « Santa María del Buen Ayre… »

J'osai poursuivre, avec un brusque besoin de le faire souffrir : à plusieurs reprises dans nos conversations, vous m'avez fait part de votre douloureuse solitude et moi je vous ai avoué la mienne, quelques fois béante et effrayante. Sans l'avoir voulu, vous en êtes la cause : pour vous, c'est l'absence d'un enfant et pour moi, l'absence d'un père… et d'un grand père.

Le téléphone nous fit sursauter. Le vieil homme n'avait pas la force de se lever, je pris la ligne. C'est la réception, lui dis-je, elle vous informe que votre médecin est arrivé. Désirez-vous qu'il monte dans votre chambre ? Les yeux de mon grand-père m'observaient avec une intensité inhabituelle, presque gênante, non pas arrêtés sur mon visage mais voyageant sur toutes les parties de mon corps – depuis le cou et les épaules, glissant sur mon torse et mon ventre, ensuite le long des jambes et jusqu'aux pieds, remontant le long des bras, s'arrêtant sur mes mains que je ne pouvais cacher, finissant aux épaules et le cou –, comme s'il me déshabillait et découvrait un corps nu. Il revint à mon visage, le fixa longuement, cherchant d'infimes similitudes avec un autre visage, et me reconnut, pour la toute première fois. Le dicton chinois… murmurèrent ses lèvres épuisées. Ses nombreuses rides étaient traversées d'un sourire, énigmatique, un rien moqueur comme au premier jour. Revenez me voir demain matin, Pierre, petit-fils… avant votre départ, avant mon départ…

34

Ma nuit serait longue et blanche. Eduardo Caldon m'avait confié sa chronique, la dernière, avait-il insisté. Reclus dans ma chambre de la *Pensione di Belém*, je lisais et relisais les précieux feuillets, les seuls jamais publiés du grand écrivain. Rédigés en langue espagnole, j'en devinais le sens mais trop de mots m'échappaient. L'iPad vint à mon secours pour déchiffrer le message inédit.

Eduardo Caldon me l'avait confié, mon premier devoir était de le faire publier. Je commençai à recopier mot après mot, sur le clavier de ma tablette, les trois pages dactylographiées. C'était la première fois que je rédigeais un texte aussi long, en effleurant l'alphabet virtuel, et me sentis débutant, comme Eduardo Caldon à Buenos Aires, isolé dans sa mansarde, appuyant pour la première fois sur les touches d'une machine à écrire – une Underwood, avait-il précisé –, pour la rédaction de sa toute première chronique. Avec la même lenteur, je posais mes pas sur les traces de monsieur Caldon, enregistrais lettre après lettre son ultime récit. Concentré sur l'écran bleuté qui seul éclairait ma chambre, je m'attelais à en respecter chacun des accents espagnols, les á, í, ó, ú, ñ, inconnus dans ma langue. Mon attention était si intense et concentrée que j'en oubliai le sommeil.

Sur internet, je cherchai : *Diario Del Rio Buenos Aires* ; m'apparut un site dynamique et séduisant. Aux photos présentant le journal – un immeuble neuf, une salle de rédaction constellée d‘écrans plats, une imprimerie dotée de rotatives récentes – étaient jointes des images d'une ville moderne, puissante et riche, au trafic intense, hérissée de tours illuminées longeant la baie et ses plages : Buenos Aires, capitale vaste et rutilante, si éloignée des descriptions désuètes et pittoresques que m'avait contées Eduardo Caldon. À « contact », m'apparurent plusieurs adresses e-mail. Je choisis celle de la rédaction : redaccion@diariodelrio.com.ar

Monsieur le Rédacteur en chef du *Diario del Rio*,

Il y a de nombreuses années, Eduardo Caldon, l'auteur argentin internationalement reconnu, écrivait des chroniques dans votre journal. Près de cinquante ans ont passé mais aujourd'hui monsieur Caldon a rédigé une nouvelle chronique, la toute dernière, a-t-il précisé. Je suis chargé, j'en ai le devoir, de vous la communiquer. En hommage à votre grand écrivain, je ne doute pas que vous souhaiterez la publier.

Pierre Fabre
pierre.fabre@email.eu

Je déplace l'icône de la chronique, la positionne en cet endroit, hésite, le doigt levé, ensuite je clique sur *enter*. Le message s'échappe dans la nuit et je reste là, immobile, éclairé par l'écran de la tablette, avec les lignes en espagnol qui me contemplent. Comme un enfant ânonnant à sa première lecture, j'avance lentement sur les premiers mots, cherche du sens à ceux qui me sont inconnus, les devine par leur consonance, les relie entre eux, découvre la phrase entière avant de passer à la suivante et, sur un tempo s'éveillant, je commence à comprendre…

Note de l'éditeur : pour la présente publication, en français, il a été fait appel à Roger Ibarra, le traducteur préféré, et ami d'Eduardo Caldon.

Chronique n°, la dernière
À publier dans le : *Diario del Rio*, Buenos Aires
Septembre 2018

« Je suis un réfugié. La guerre en mon pays. J'ai quitté un monde vieux et suis arrivé dans un autre monde de vieillards. Pas envie de recommencer.

D'où je suis parti, la religion règne sur tout. Dans ce monde froid du Nord, j'y trouve une autre culture issue elle aussi d'une religion. Toutes ces croyances, l'illusion d'avoir raison. Tout cela parce qu'ils ont lu un livre, y ont cru, en ont tiré des lois. Et si c'était du roman ? Même obscurcissement. Sauf qu'ici dans mon nouveau monde, aussi ancien que celui de ma naissance, j'ai le droit de parler et il n'est pas interdit de penser. J'écris librement, ce qui m'était refusé.

Nettoyer mon cerveau, effacer les acquis inconscients, renaître. Partir de rien, d'avant le début. Un seul frein :

la langue, issue de l'histoire, de mon histoire. Une autre langue me ferait penser autrement. Effacer la langue, toutes les langues. En penser une nouvelle, vierge, sans culture, sans lois, sans passé, sans douleur. Devrai-je me vider de moi-même et devenir un autre ?

Nous marchons dans une direction incertaine, la fuite, l'abandon de notre désert, de nos pâturages et troupeaux en liberté, le pays de nos ancêtres. Tristesse, rage et honte nous accompagnent. Un peuple voisin aux vêtements sans couleurs et bardé de mitraillettes, nous a envahis. « Vous êtes des impies, des infidèles, partez ou nous vous tuerons ! » Certains résistent, ils sont morts à présent, leurs femmes et leurs filles enlevées. Nous fuyons. Ma femme et mes deux enfants marchent près de moi, nous sommes entourés de frères, de sœurs et cousins, amis et inconnus, tous au visage traqué par la peur, ridés par la faim. Notre culture, très ancienne, nous ne l'imposions à personne. Elle est nôtre, vivions avec elle.

Pourquoi quitter notre maison, supplient les yeux de ma fille, nous y étions bien ? Pas de grand confort en nos villages mais de l'amour entre nous, l'amitié des voisins, nos croyances si anciennes et les fêtes qui nous réjouissaient. « Votre dieu est un diable, convertissez-vous ! » hurlaient les envahisseurs. Notre désert, aride l'été et glacial l'hiver, ce sont nos terres, nos collines, nous les aimions, aujourd'hui nous les abandonnons.

Déjà trois jours que nous marchons, au hasard vers l'ouest ou vers le nord, on ne sait. Là-bas, seront-ils plus cléments ? Peur de les rencontrer. Autre langue, autre culture, portent-ils aussi des mitraillettes ? Mon fils, trop faible pour marcher, dort sur mes épaules. Ma fille serre ma main, les yeux levés vers moi. Papa, pourquoi papa ? Marche forcée, obligée. La nuit, nous grelottons. Dans nos sacs, presque plus de provisions.

La guerre a tué mon père, violé ma femme, les enfants ont pleuré. Mon frère, son épouse et ses deux petits garçons, ont fui dans une autre direction. Par la mer, m'a-t-il dit. Plus court, pense-t-il, plus dangereux aussi.

Dans le camion où nous sommes entassés, la chaleur est insupportable. Le petit a pissé dans son pantalon et ma fille, si lumineuse en nos paysages, a des cernes de vieille femme. Pourquoi m'as-tu fait naître ? me reproche son regard. Arrêtez, qu'on puisse prendre l'air ! Le camion nous secoue sur les routes informes du désert. Ici, il n'y a plus d'eau. Nous fuyons les armes, nous fuyons le soleil. Nous avons soif. Ne faites pas de bruit, faites les morts. Nous sommes déjà morts.

Le soir, nous nous arrêtons à l'entrée d'un village et sommes recueillis par des vieillards apeurés, trop fatigués pour fuir. Sauvez-vous ! ont-ils crié à leurs enfants. Ils nous donnent de l'eau et je demande un peu d'électricité pour recharger mon téléphone portable. J'appelle mon frère parti vers la mer, il ne répond pas.

Le camion redémarre, nous transbahute par des cols sans piste, craignant les routes noires.

Toute la nuit nous avons somnolé, les épaules ballottées, les enfants effondrés sur nos genoux et sursautant dans leurs cauchemars, jusqu'au matin, aube rouge, là-bas très loin au dessus du pays que nous ne reverrons plus.

Le camion s'arrête, les portes s'ouvrent. Vent froid que le soleil ne réchauffe pas. C'est ici, descendez, la frontière est proche.

Nous avons payé avec des dollars, l'épargne de toute une année pour venir jusqu'ici, pas plus loin. Allez à pieds, où vous voulez, cela ne nous regarde pas. Vous êtes ailleurs, personne ne parle votre langue, il y aura d'autres soldats, pas pour vous tuer, mais pour vous mettre dans des camps. On ne vous aime pas.

En silence sous les arbres d'une forêt opaque, nous marchons. Un froid humide que nous n'avons jamais connu. L'enfant sur mon dos s'est endormi. Nos sacs tirent sur nos bras, font mal.

Myriam, c'est ma femme. Les envahisseurs ont abusé d'elle. Elle est morte de honte, ma tristesse n'a pas de limite. Le petit s'est réveillé, il pleure, il a faim. Nous marchons. Mes voisins sont mes frères, mes sœurs, tous du même village, tous en deuil, le cœur décapité. Arrêt dans une clairière, où coule un ruisseau, une eau glacée, nous la buvons. Nous ouvrons nos sacs, cherchons les pains secs emportés, les partageons, il n'y en a pas assez. Les ventres des autres deviennent des ennemis. Qui ne mangera pas ?

Une voie de chemin de fer devant nous. Pas de carte routière, nous ne savons pas où nous sommes. Les rails nous guident vers une gare inconnue. Les ballasts cassent notre marche, nous continuons. Le jour se lève, sans sommeil derrière nous. Un village à l'horizon, nous marchons. Premier accueil : une barrière de fumigènes ! Nos yeux brûlent, les enfants en pleurs s'enfuient, nos cœurs épuisés saignent. Des soldats lourdement armés crient dans une langue que nous ne comprenons pas, nous imposent par gestes forts de nous asseoir à même la voie de chemin de fer, de ne plus tenter de nous enfuir, impossible, d'autres mitraillettes nous encerclent et nous bousculent, comme nous le faisions dans les pâtures avec nos bâtons pour rassembler les troupeaux.

À la dissipation des fumées, arrivent des hommes et des femmes, bouche et nez masqués, vêtus de gris avec des dossards blanc et rouge. Ils examinent les enfants aux larmes noires, s'en vont, reviennent avec des bouteilles d'eau, des boites de lait. Mon fils boit, il a la diarrhée. On nous dit d'attendre, le soleil monte dans le ciel, il fera chaud. Nos vêtements, les mêmes depuis deux semaines, puent. Des nippes qui restent gracieuses sur les épaules de nos femmes. Nos yeux sont grands, plus grands que dans nos vies d'avant, nous regardons tous vers le rien, nos yeux demandent.

Une jeune fille, pas encore femme et déjà loin de l'enfance, s'est évanouie. Les hommes masqués viennent avec une civière, sa mère veut l'accompagner, ils refusent, restez ici, on s'en occupe. Il fait de plus en plus chaud, les soldats nous déplacent sous l'auvent de la gare, à l'ombre. Pas un seul train ne passe ici, une gare désaffectée. Mon téléphone portable n'a presque plus de batterie, j'appelle à nouveau Amal, mon frère parti sur la mer. Pas de réponse, pas même un signal, comme si son téléphone n'existait plus, englouti avec lui sous les eaux, avec sa femme, Malika, et leurs deux enfants, Aylan et Nemo.

Une camionnette est arrivée, des civils en sortent, parlent avec les soldats, la mitraillette tournée vers le sol toujours prête à se relever. La camionnette repart. Les enfants pleurent, les femmes veulent aller aux toilettes, il n'y en a pas. Derrière la gare, le long du mur, une à une, sous surveillance, de loin.

Chacun de nous a ouvert ses bagages, déplié les vêtements de rechange qui ont déjà servi, on les étale, les repasse de la main, les replie et les replace doucement dans le fond du sac, comme du linge neuf et précieux.

Des bouteilles d'eau circulent, on attend, on attend quoi ? Pourquoi ces hommes ne nous tuent-ils pas ? Les autres le faisaient bien. Ils cassaient nos maisons, volaient nos meubles, nos voitures, tuaient les hommes, les très jeunes hommes, frappaient nos femmes, les enlevaient ou les violaient sur place. Si elles s'opposaient, les hommes sans couleurs les massacraient, devant les enfants.

D'autres véhicules sont arrivés, plusieurs camions. Les plus malades d'entre nous sont conduits vers des ambulances, les familles veulent suivre, ne pas se séparer. Plus tard, ne vous inquiétez pas. Des gestes rassurants ont remplacé les mitraillettes. Nous montons dans les camions, un à un, sans être bousculés, on nous conduit ailleurs, on ne sait pas où.

Le convoi s'arrête devant un grand bâtiment long et plat, entouré de grillages renforcés de fils de fer barbelés. Descendez, vous êtes arrivés ! Déjà beaucoup de monde, débarqué la veille ou les jours d'avant, assis par terre, dans l'attente. Et plus loin, nous apercevons jusque sur les collines une multitude de tentes blanches ou grises ou bleues, minuscules abris de toile serrés les uns contre les autres, vibrant de murmures et que j'entends comme des gémissements.

Et que sont devenues nos chèvres abandonnées ?, m'inquiétai-je brusquement, si libres en nos plaines immenses, et je me souvins de leur forte odeur et des petits coups doux ou brutaux qu'elles aimaient nous donner de leurs fronts contre nos jambes.

Des traducteurs nous disent qu'il faut s'inscrire, de préparer nos papiers, si nous en avons. La rumeur se répand que les enclos nous attendent, que nous y resterons peut-être longtemps, mais nous y serons nourris pour ne pas mourir.

Dans la file où nous avançons pas à pas, poussant devant nous nos paquetages empoussiérés, des mains distribuent des petites bouteilles d'eau, du pain, des biscuits sous cellophane. Nous avons tellement faim que nous trouvons cela bon, léchons le sucre collé sur l'emballage. Ma fille me regarde sans cesse, ne parle pas, demande des yeux, papa, retournerons-nous, un jour, dans notre maison ? »

...

E. Caldon

Fort. Je tremble. Ce n'est plus seulement la dernière chronique d'Eduardo Caldon mais le premier écrit de mon grand-père. Lui qui m'a avoué les hontes de sa jeunesse et ses esquives devant l'épreuve, mais lui aussi qui a tant fait rêver le monde en ses écrits, continue, hors de tout âge, à clamer la colère de ses vingt ans. « Un jour, j'ai osé vivre l'amour des autres, ensuite il n'est plus possible d'y renoncer », avait-il un soir murmuré au moment où je le quittai. Et il s'obstine, se glissant dans la peau du corps souffrant, à dénoncer avec les mots justes, l'indignité. Mon grand-père, témoin du nouveau monde en flammes. Et moi je tremble, d'admiration.

À ce moment, sonna mon portable, c'était Siri, mon « assistant personnel intelligent » : « Il est deux heures du matin, Pierre, ton capital sommeil n'est plus que de cinq heures, il est temps de dormir...» Je me rassurai, sachant que c'était moi qui avais programmé le logiciel, docile compagnon, illusion confortable contre ma solitude. Mais hier encore, et j'en fus saisi, il avait émis un autre message et sans que je ne lui eusse rien demandé : « Il est temps que tu rentres à Bruxelles, j'insiste, il est temps que tu rentres à Bruxelles »… Siri écoutait-t-il mes conversations avec Isabelle ? M'espionnait-il ? Percevait-il mes craintes? Ou, plus inquiétant encore, devenait-il chaque jour plus intelligent au point de me dicter ses propres pensées ?... Les puces au silicium seraient-elles – et avec notre accord – en train de coloniser nos cerveaux, de télécharger nos mémoires ? Imagination oiseuse, ou futur bien réel ? Je rejette les deux, préfère la nuit et mon absence de sommeil. Le doigt glissant sur l'écran, défilent les lignes en langue espagnole, elles semblent me regarder autant que je les contemple lorsque soudain bondit l'énorme contradiction : pourquoi moi, libre de dire, d'écrire et de penser, libre de voyager où bon me semble et sans entrave en cette Europe, mon pays ? Et mon grand-père – il a déjà payé le tribut de son siècle – qui ne renonce pas mais clame, dès les premières lignes, l'autre et inadmissible réalité : « *Soy un refugiado. La guerra en mi pais…* »

Nouvelle vibration de mon portable. Isabelle. Pourquoi m'appelle-t-elle dans la nuit ? Ta grand-mère, mon amour, ta grand-mère n'est plus. Elle est morte ce soir, sereine et souriante. Essaie de ne pas pleurer, Pierre, elle t'aimait. Dis-moi, pourquoi a-t-elle prononcé plusieurs fois le nom de « Felipe », avant de s'éteindre ? Que sais-tu que nous ne savons pas ? Ta mère a besoin de toi, elle a besoin que tu la rassures, sais-tu quand… J'ai réservé une place dans l'avion de demain soir, l'interrompis-je, et je ne pleure pas. Dis à ma mère que je reviens vers elle, que je la verrai avant tout le monde, même avant toi, Isabelle, et pour la première fois, je lui parlerai longtemps, intensément.

35

Vous aviez rendez-vous avec monsieur Eduardo Caldon ? Je suis vraiment désolé, soupira le réceptionniste, monsieur Caldon est décédé cette nuit, le personnel de l'entretien des chambres l'a retrouvé ce matin, mort dans son lit. Un simple arrêt cardiaque chez un homme âgé, a conclu le médecin que nous avons appelé. Vous aviez rendez-vous ? Je suis vraiment désolé… Nous aimions beaucoup monsieur Caldon, un client très aimable et fidèle depuis de nombreuses années. Si vous désirez le voir une dernière fois, son corps a été conduit à la morgue communale. Êtes-vous argentin comme lui ? Non ? Sachez toutefois que son Ambassade a été prévenue. Vous êtes sans doute un ami, ou un admirateur de monsieur Caldon ? Je vous présente mes sincères condoléances.

De son œuvre, j'avais presque tout lu, mais de sa vie, je ne connaissais rien jusqu'à nos rencontres en cette ville miraculeuse où, en ses toutes dernières heures, il avait décidé de me la conter, de me la confier. De son œuvre, je me remémorais : *le Péché des amoureux*, *l'Espiègle*, *Judas à Rome*, *Une si belle femme*, *Déesse Barbera*, *Pauvre millionnaire*, *Vallées de lune*, *Un Chinois de Chine*, *Trouble en eau douce*, *Il sera lui*, *Retour sur mes pas*, et aussi de très nombreuses nouvelles, dont *l'Îlot*, qui éveilla en moi l'intense désir d'écrire. Tous ces récits, confondus avec les aveux de ces derniers jours, se bousculaient dans ma tête tandis que je me perdais entre les rues et canaux à la recherche de la morgue communale.

Je lui devais bien cet adieu, à monsieur Caldon, l'auteur admiré de tous mais, depuis hier, le grand-père d'un seul. Lorsque je le contactai avec une simple lettre accompagnée de mon premier roman, je n'ignorais pas qu'il refusait depuis des années toute interview. Et il y avait fait exception. Étais-je venu rencontrer l'homme public ou pour avouer, non sans peine, notre lien de sang ? Le premier motif fut l'officiel mais le second, démesurément intime, me semblait inabordable. Commenter des romans, ou des films de cinéma, est toujours aisé et confortable entre gens épris de culture mais je n'ignorais pas non plus, depuis mes lectures des journaux intimes de quelques grands écrivains, Rilke, Flaubert, Hölderlin, Woolf et d'autres, leur goût pour la chambre et le silence, et leur méfiance devant les bavardages qui usent les mots et dispersent les pensées. Eduardo Caldon était-il de ceux-là ?

Une sourde honte, ce fantôme de l'orphelin, m'interdisait d'aborder sans préambule notre filiation trop longtemps oubliée. Et si je l'avais osé dès le premier jour, assurément le Maître se serait mis en colère, m'aurait jeté à la porte, ulcéré par mes propos fantaisistes. Mais le vieil homme ne fut pas dupe de mes détours, délaissa rapidement ses écrits et la littérature pour me conter jour après jour, chapitre par chapitre, les errances de sa vie, de sa « trop longue vie », disait-il. Ensuite il s'enquit de bousculer la mienne, si faible en expérience, à éclairer la face cachée du jeune écrivain. M'a-t-il conté, par hasard, le dicton chinois avec ses trois accomplissements pour une vie réussie ? Ou pour me provoquer ?... La tempête balaya ma pudeur, je ne pouvais plus me cacher, me devais sans plus attendre de lui dévoiler la troisième joie, à l'évidence la première.

Ce long détour encombré de rêves, de voyages et d'émotions, égrené au rythme d'un roman, nous fut l'indispensable cheminement pour que nous devenions, le temps d'un unique soir : lui, grand-père et moi, petit-fils. Mais Caldon, l'auteur Eduardo Caldon – celui qui m'offrit dès l'adolescence mille pages de ses livres et, plus tard, encouragea mes mains à s'approcher du clavier où je rédigeai mes premiers mots : *Là-bas sur la prairie, fleurissent…* – restera mon mentor pour la vie.

Il m'avait fixé un dernier rendez-vous ? Refusant d'admettre sa mort accomplie et le libérant des dimensions, j'accélérai le pas. « *Vivere o sopravvivere…* » débordait à nouveau de mes lèvres.

Vous êtes de sa famille ? Un ami, répondis-je. Ah, un ami… répéta l'employé communal m'invitant à le suivre dans un long couloir sombre et frais. Excusez-nous, ajouta-t-il durant notre marche, mais pour l'instant personne ne l'a réclamé, aussi est-il très mal habillé, et mal présenté, ce qui n'est pas dans nos traditions. Ici en Italie les morts sont respectés, vous le verrez avec son pyjama défraîchi tel que nous l'avons trouvé à son hôtel.

Seul le visage de monsieur Caldon était éclairé et ce qui

me frappa, c'était son sourire, exactement le même sourire interrogateur, ou moqueur, qu'il avait exprimé lorsque je le quittai la veille au soir, à l'instant où je lui avais promis de le revoir. Était-ce un dernier signe d'humour de sa part ? Ou le début d'une énigme sans réponse, comme si souvent je l'avais lue dans ses romans ?... Le haut du visage aux paupières affaissées ne lui ressemblait déjà plus, laissant place à la forme anonyme des os, et ses mains, plates et jaunies étalées sur le drap, confirmaient l'ultime fin de la vieillesse.

Ne perdez pas votre temps à me contempler, me chuchota Eduardo Caldon, je n'y suis plus, c'est une coquille vide. Debout à côté de moi, livide, léger, transparent, mon grand-père me souriait. Vous voyez, ajouta-t-il, cela ne valait pas la peine de s'en faire… J'ai vainement essayé de vous convaincre que les fantômes existent, j'en suis un, et vous aussi… Sa forme en lumière blanche me surprenait, non pas sa présence. J'ai fait un gros effort pour vous rejoindre, avoua-t-il, cela est très fatigant… nous avions rendez-vous, n'est ce pas ? et j'y tenais…

La voix d'Eduardo Caldon avait perdu sa rugosité, résonnait ronde, presque chantante et sans âge. Là où je suis, poursuivit-il, il n'est ni temps ni espace, ou plutôt tous les temps et tous les espaces et tout leur contraire, l'espace absolu, le temps total et nous y sommes extrêmement… bien ou mal, cela n'a pas d'importance, nous y sommes nous-mêmes au-delà de nous-mêmes, la totalité ou le rien…

Bonjour Pierre, intervint ma grand-mère, je suis contente que tu aies pu rencontrer ton grand-père. Elle se tenait à son côté, blanche, vaporeuse, sereine comme lui. Elle lui dit une phrase dans le néerlandais de son enfance, que je ne compris pas, et mon grand-père lui répondit dans la même langue. Vous parlez aussi le néerlandais ? m'étonnai-je. Là où nous sommes, sourit-il, encore qu'il n'y ait pas de lieu, ou tous les lieux ensemble ou distincts, nous comprenons toutes les langues, elles sont toutes différentes et toutes en une, oui, la totalité…

Mes grands-parents se tenaient par le bras avec une infinie complicité. Je suis vraiment heureuse que tu aies pu connaître ton grand-père, répéta ma grand-mère. Ton projet de le rejoindre à Venise m'avait enchanté et rassuré, ensuite je n'avais plus de raison de vieillir… Tu l'as vu, vous avez parlé, c'est bien, c'est très bien, te voilà écrivain à présent, petit-fils d'écrivain, c'est bien, c'est très bien… N'oublie pas de transmettre à ta mère, ma fille, mon enfant, « Notre enfant ! », précisa mon grand-père… À toi de lui confier qui était son père qui l'aurait aimé comme il m'a porté toute ma vie, dans l'ancien monde.

Derrière mes grands-parents apparurent en ombres ouatées, d'autres visages qui m'observaient, me souriaient avec une intimité qu'on ne réserve qu'aux proches ou aux amis. À l'évidence ils me confondaient avec Eduardo Caldon, et j'en fus stupéfait car moi aussi je les reconnaissais. *El Otro, el mismo, l'Autre, le même* se réalisait ! Ma sœur Norah, la première, blanche et élégante, prononça amoureusement un unique mot : « Bepè » qui sonna comme l'éclat d'une bulle. L'ami Diego, attablé comme à notre rencontre au Café La Puerto Rico, me souriait : «Je suis content que tu sois revenu » insista-t-il. « Moi aussi », renchérit Jeremy se caressant la barbe transparente et pointue. « Avez-vous retrouvé la lettre C ? Non ? Dommage, mais je me souviens que vous aimiez Dostoïevski … » Dans une foule encore plus ombragée, j'y reconnus Sebastian et son regard triste, et la douce Gabriele, et Bianciotti me lançant un clin d'œil complice, et Pereira s'excusant, et Jorge Luis Borges, notre maître, assis de profil, bougonnant avec élégance « Ne me regardez pas, je ne sais toujours pas si je dois croire au ciel… » Dépassant d'une tête les autres visages, je vis l'Indien aux yeux admirables, le premier à s'être soucié de moi, « *De dónde sos ?* T'en souviens-tu ? » Je sursautai au sourire de Yacinthia, toujours délicieusement vulgaire, et je me plus à revoir les trois Grâces, les Olga, et… immobile parmi les ombres, se tenait debout un enfant, le visage auréolé de boucles, Alfonso ! m'écriai-je, toi mon ami des années innocentes ! « Je t'embrasserai, encore et encore ! », me lança-t-il avec une voix qui chantait.

Mon grand-père m'observait avec amusement et, en maître de chœur, éloigna les ombres d'un geste doux. Vous n'êtes pas obligé de me croire, reprit-il, l'esprit, le total esprit, celui que les humains se persuadent être issu de leur cerveau et de leurs hormones, est libre de toute entrave, de toute condition, le corps n'en est que la précieuse conscience, la porte d'entrée des formes et des mouvements, la caisse de résonance nécessaire pour en percevoir la musique. En tant qu'écrivain, n'hésitez pas à la faire résonner, que sa rumeur s'entende au loin, même si la fanfare reste invisible au-delà de l'horizon…

Il émit un long soupir de fantôme, serein, avant de poursuivre. Là où nous sommes, nous y sommes sans nom ni nombres dans une merveilleuse absence et ne nous croyez pas dans un au-delà, vous y êtes aussi, depuis toujours et jamais. La solitude, cette illusion qui fut mienne, et aujourd'hui la vôtre douloureuse, n'est que leurre car vous êtes ce que nous sommes et nous sommes vous : seules les formes, toutes les formes et leur pesanteur, ces écrans qui guident vos perceptions, nous y distinguent. Regardez votre paysage, il est vous, ample mélodie, et l'autre, proche ou lointain, vous ressemble et l'infime y vaut autant que le plus grand, tout se tient… Tel est notre Nature, toute la Nature... Mais vous n'êtes pas obligé de me croire… Je vous souhaite beaucoup de vie, petit-fils, portez-la au-delà de la raison. Ne vous privez ni de mots ni de gestes, ni de rire ni de jouir entre les souffrances, ces imperfections de la matière incomplète. Percevez l'émerveillement, celui que nous sommes, un et tous, ici et ailleurs et nulle part et partout, depuis le noir jusqu'au blanc, depuis le glacé jusqu'au brûlant, depuis la nuit jusqu'au soleil, depuis l'amour jusqu'à l'amour… simple et évident pour l'absolu, si difficile à transmettre au monde des dimensions… Mais vous n'êtes pas obligé de me croire…

Mon grand-père me contemplait avec un lent et doux sourire. Les fantômes apparaissent brièvement, s'excusa-t-il d'une voix qui se faisait lointaine et résonnante, car cela nous est fatigant… trop fatigant… héla-t-il au milieu d'un vacarme de papier déchiré, tandis que je voyais son visage et son corps se dissoudre en un halo transparent… aussi, ce sera l'unique fois… De très loin, je perçus encore : mais nous resterons en contact… dans votre esprit…

Je suis le consul d'Argentine à Venise, et je vous présente mes sincères condoléances. Il était arrivé silencieusement derrière moi, dans la pénombre, avait posé une main sur mon épaule, et je fus saisi. On me dit que vous êtes un de ses amis ? Oui, seulement depuis peu… Qu'importe, ajouta le consul, malgré ses longs et fréquents séjours ici à Venise, monsieur Caldon y vivait de façon très solitaire, aussi votre présence, et ce que vous pourrez témoigner a pour nous beaucoup d'importance. La nouvelle de sa mort paraîtra dans la presse argentine de ce matin – avec le décalage horaire c'est encore la nuit chez nous –, et je prévois, outre les déclarations officielles, beaucoup d'émotion populaire. Vous qui l'avez bien connu, et jusque dans ses derniers instants, je vous suis déjà reconnaissant de ce que vous pourrez témoigner à la presse car les journalistes ne vont pas tarder à vous appeler. Merci à vous de tout le bien que vous pourrez dire de ce grand homme, pourtant si discret, qui a marqué notre peuple, plusieurs générations, et la littérature.

Monsieur le consul, en réalité, je suis... son petit-fils, le petit-fils d'Eduardo Caldon... J'ignorais qu'il eût une descendance, s'étonna le consul, aucune de ses biographies n'en fait mention. Mais si vous me le dites, et malgré mon étonnement, je vous crois sur parole. Je vous présente toutes mes condoléances, monsieur Caldon.

ÉPILOGUE

DANS l'avion de Brussels Airlines qui volait vers la Belgique, je me réjouissais de voir Graziella assise à côté de moi, qu'elle eût accepté de m'accompagner. Je ne connais rien de ta ville, m'avait-elle avoué, je suis curieuse de découvrir ce nord où tu vis.

Dans le cadre des échanges Erasmus, je venais de passer six mois à Venise pour la préparation de ma licence en Sciences Po, un séjour on ne peut plus séduisant, propice aux rêves en la cité de l'eau et de l'harmonie et qui m'avait pour un temps préservé des inquiétudes du monde. En dehors des cours et de mes recherches en bibliothèque, je m'étais plu chaque jour à déambuler sans projet, cherchant la surprise, me laissant aspirer par les ruelles inconnues ou longeant d'étroits canaux et leurs barques amarrées. Même les impasses offraient le charme de façades assoupies ou, tout le contraire, je débouchais sur de vastes places, ensoleillées, fières de leurs églises et palais, et quelquefois j'y avais rencontré de curieuses personnes, sans âge, de ces voyageurs immobiles, exilés volontaires, maladivement attachés à la cité de Venise…

Je me souviens d'un vieil homme rencontré un soir à la terrasse d'un café, *piazza San Zanipolo* dominée par l'impressionnant *Condottiere* de bronze soudé à son cheval, l'homme et l'animal tous deux fougueux et le regard volontaire, exprimant avec force leur appétit de liberté.

Seul, je sirotais un verre de vin frais lorsque je fus saisi par la présence d'un homme âgé, assis tout à côté de moi, à la petite table où je méditais, sans que je le visse ni s'approcher ni s'asseoir. Il était là, m'observant de ses yeux brillant dans la pénombre. En un français teinté d'un accent que je ne devinai pas, il me demanda de quel pays je venais. De Belgique, lui dis-je, j'habite à Bruxelles. Ah, Bruxelles, répéta-t-il d'un ton songeur, ce cœur qui parle toutes les langues de l'Europe… Moi je suis argentin, par hasard, précisa-t-il. Le vieil homme fixait sur moi un regard intense et inquiet quand il ajouta : « Avez-vous remarqué ?… – il hésita à poursuivre, observant l'alentour et craignant une oreille indiscrète –, avez-vous remarqué, répéta-t-il sur le ton de la confidence, mais en insistant sur chaque syllabe, que… notre Liberté des Lumières, si péniblement acquise, court un grand péril ?… » Saisi et intrigué, je me penchai vers lui pour qu'il m'en dise davantage, mais il avait déjà disparu ! Avec brusquerie je le cherchai devant, derrière, tout autour de moi, et ne distinguai qu'une silhouette grise aux épaules tombantes qui s'effaçait dans la nuit, un corps se diluant comme s'il n'avait aucun poids.

Une si brève présence, une ombre fugace sans arrivée ni départ, et l'étrangeté de son regard m'avaient bousculé.

Et me revenait en boucles ces mots chargés d'inquiétude « Liberté des Lumières... si péniblement acquise... un grand péril... » Le désir d'en apprendre plus s'empara de moi au point que je me promis de revenir dès le lendemain, de m'asseoir à la même table, à la même heure, et de l'attendre. Il ne revint pas. Ni le lendemain ni les soirs d'après. Depuis ce jour, et chaque fois que j'y pense, son absence m'obsède, encombre mon esprit, me poursuit. Pourquoi vouloir revoir ce vieillard sans âge et dont je ne connais même pas le nom ?... Mon regret, inexcusable, m'avait donné l'envie d'enquêter, de fouiller dans le vide, de chercher l'improbable et, sur base de presque rien, de peut-être en rédiger un récit.

« Aujourd'hui, j'ai vingt et un ans, et sans fête prévue. Comme les autres jours, j'aime traînasser dans les librairies et bouquineries de la cité, avec une préférence pour celle qui porte bien son nom, *Libreria Aqua Alta*, une caverne où les livres empilés ne se comptent plus, formant des murs, d'étroits couloirs et même les marches d'un escalier. En son milieu y trône une gondole et aussi quelques baignoires qui, lorsque la mer se fait haute, flottent à leur tour malgré le poids des ouvrages aux cahiers débordant d'aveux, de légendes, aventures, mystères, crimes, enquêtes, pamphlets, larmes et amours...

Entouré de tant de mémoires endormies, je m'installe sur une banquette au velours élimé, tout à côté de chats ronronnant, et choisis un livre qui m'attire, – aujourd'hui, au titre appétissant : *le Mangeur de livres* de Stéphane Malandrin –, je tourne les pages et respire l'odeur du papier se mélangeant à la sueur du canal.

En terrasse ou sur un banc, dans le vaporetto, et le soir dans ma chambre, je poursuis mes lectures, m'arrête sur des mots, relis quelques lignes ou, emporté par l'intrigue, dévale de page en page jusqu'à point d'heure, assoiffé, intrigué ou séduit. Et si le support imprimé ne suffit plus, je fouille sur e-book, télécharge des noms inconnus ou les grands écrivains que j'adule. Mais je n'ai encore rien écrit. »

Graziella, étudiante en musicologie, logeait dans le *palazzo* transformé en chambres pour étudiants, où moi-même j'habitais une vaste pièce, un ancien salon haut de plafond décoré de *putti* voltigeant entre fleurs et nuages. C'est dans l'escalier de marbre, si large que les locataires s'y attardaient pour bavarder, que je croisais Graziella et nous échangions, en anglais, quelques paroles amicales. Mais c'est en italien que je perçus sa voix pour la première fois : elle sortait de la Bibliothèque Marciana, trésor en manuscrits et partitions, avait glissé ses écouteurs aux oreilles et chantonnait « *Vivere è passato tanto tempo, vivere è ricordo senza tempo…* »

Quelle évidence, me disais-je que d'étudier, ici à Venise, cette science, art et histoire : la musique, et que je ressentais comme la respiration de la pensée. Partout et tout le temps, elle s'échappait des fenêtres ouvertes, résonnait entre les murs enserrant les canaux, suintait depuis tant de siècles jusque d'entre les pierres. Des voix mélodieuses graves ou aigües se croisant, les frappés rythmés des claviers, les vibrations des cordes pincées, les vents profonds teintés du bois de leurs flûtes ou du cuivre de leurs trompettes, les tempi mélangés, une douce cacophonie sans naissance ni achèvement : la mélodie de tous les jours, celle d'avant les concerts lorsque les instruments s'accordent avec joie et impatience, offrant une musique première.

Sans nous concerter, Graziella et moi avions marqué notre préférence pour la même terrasse parmi celles qui bordaient le Campo, et presque chaque soir, nous y sirotions un spritz ou un verre de vin blanc, parfois accompagné d'une glace à la pistache. Nos conversations nous plaisaient quelque soit le sujet, s'étiraient jusque tard dans la nuit, charmées par des orchestres de rue mêlant sans gêne mandolines et saxophones, passant librement d'une sonate de Boccherini à une *jam session* inspirée de Sonny Rollins.

C'est au cours d'un de ces concerts que je vis pour la première fois un instrument à la forme drôle et étrange, un grand colimaçon couleur d'ébène, s'exprimant d'une voix grave et vibrante. C'est le serpent, ou « serpentine », me précisa Graziella, instrument déjà vieux de cinq siècles, curieusement classé parmi les cuivres bien qu'il soit fait de bois, un lointain cousin du tuba… Ce soir-là, la trompe d'un autre âge, qui avait connu le luth et la mandore, accompagnait de son souffle doux et profond un air de jazz résonnant au saxo. Le passé, temps de la lenteur, et notre présent délirant partageaient une même langue : la musique.

Sans nous hâter, Graziella et moi revenions par le même chemin jusqu'à nos logements. Nous devînmes amis, complices de nos goûts et préférences, rapidement et intimement amoureux. Il ne fallut guère de jours pour que Graziella quitte sa chambre sous les toits, déboule dans la mienne vaste et confortable, mêlant son désordre au mien, et nos rires à tous les deux. Spontanément nous eûmes la même envie désuète : ne rien en dire à personne, ni sur Facebook ni sur Instagram, ni sur aucun autre réseau, nous donner un moment de secret, juste pour comprendre, et peut-être savourer, ce que c'était la « vie privée », ce concept de l'ancien monde.

Depuis ces six mois passés à Venise, je n'avais plus vu ni père, ni mère, étais heureux de les retrouver et de leur présenter Graziella. Une femme fine aux yeux sombres et en amandes, portant avec force une chevelure d'un marron dense, un sourire qui s'ouvrait à l'excès, un rien joueuse dans ses poses, et méditerranéenne dans tout le corps. Je lui avais rapidement décrit mes parents, mon père, Hector Van Heelen, un nom venu de Hollande et qui est aussi le mien ; ma mère originaire du sud du pays, qui de temps à autre chantonne quelques jolis mots de Wallonie. Ils se sont rencontrés à Bruxelles, s'aimèrent et s'y installèrent définitivement, une histoire simple, belle et sublime uniquement pour eux, pas même l'intrigue d'un roman. Je suis le produit de cette belgitude, dis-je à Graziella, en lui souriant.

Graziella hésitait à parler le français et, malgré mon long séjour à Venise, je n'étais guère à l'aise en italien. Dès notre première rencontre nous avions fait le choix de l'anglais, à dire vrai le « globish », cette langue si aimable qui se construit sur ses propres erreurs. L'usage d'une locution intermédiaire et plus ou moins bien maîtrisée avait notre préférence, cela nous obligeait à n'exprimer que l'essentiel, à délaisser les expressions nuancées, ces coquetteries du verbe et des tonalités qui diffèrent en chaque langue. Ainsi, nous évitions les subtilités, sources d'incompréhension, de trouble et de soupçon, les mots essentiels nous suffisaient, exprimaient la justesse de nos ressentis, habilement confirmés par notre imagination riche de mots doux et nouveaux, criés au sein de nos étreintes. Graziella avait décidé de séjourner une quinzaine de jours à Bruxelles, et je m'en réjouissais. Ensuite on aviserait. Resterait-elle plus longtemps ? La rejoindrais-je à Venise ? Ou nous quitterions-nous bons amis ?... Tous deux, à la fois épris de liberté et enlacés par une franche affection, déciderions plus tard, le présent harmonieux nous suffisait.

Dès l'entrée dans l'avion de Brussels Airlines, j'avais ressenti la présence de la Belgique. La voix neutre et aimable du pilote nous accueillit à trois reprises, en un français teinté de l'accent flamand, en néerlandais avec ces mêmes consonances de mer du Nord, ensuite ce fut l'anglais rapide et international. Une des hôtesses, presque trop grande pour la hauteur de plafond, portait une chevelure blonde adroitement relevée, non pas le blond roux vénitien mais d'une blancheur plutôt normande. Lorsqu'elle passa dans la travée poussant le chariot des boissons, elle s'adressa à nous avec un lent sourire. Graziella fut surprise et réjouie que je commande deux verres de mousseux.

J'appréhendais notre arrivée à l'aéroport de Bruxelles, nous savions, et le monde entier en était effaré, qu'un terrifiant et lâche attentat avait anéanti la semaine précédente le grand hall des départs, tuant ou blessant de très nombreux innocents. Des visages arrachés, des membres coupés, des ventres béants, du sang partout… pourquoi pas nous ? pensions-nous, atterrés. La barbarie, comme le volcan que l'on croit éteint mais qui seulement sommeille, serait-elle de retour ?... « Liberté des Lumières… si péniblement acquise… un grand péril... »

À l'approche au-dessus de Bruxelles, la voix du pilote nous informa que le débarquement aurait lieu sur le tarmac, à bonne distance de l'aérogare. Un bus nous prit en charge, fit un long détour avant de nous déposer devant les entrées où attendaient les files de taxis. Derrière nous, sous les bâches camouflant le bâtiment, vrombissaient déjà les travaux de reconstruction. Les horreurs n'étaient plus visibles mais un sentiment de dégoût et la peur d'une réplique – mot que l'on attribue aux tremblements de terre, car c'en était un, mais cette fois signé de la bête humaine – poussaient les voyageurs à s'éloigner au plus vite. Des personnes venues chercher un ami, une sœur, un cousin, attendaient eux aussi hors de l'aérogare et sous un ciel orageux, quelques uns tenant devant eux un panonceau portant le nom de l'invité encore inconnu, ou présentant le logo de leur compagnie. Je remarquai un journaliste et son cameraman qui scrutaient l'arrivée d'une personnalité ; à l'étiquette collée sur la caméra, je devinai qu'ils étaient envoyés par une chaîne de télévision argentine.

« Cette tragédie n'est pas du roman », m'entendis-je dire, giflé au cœur et au corps, et s'illumina en moi un brusque et intime devenir, comme une puissante obligation : je serai écrivain.

Je retournerai à Venise, chercherai l'inconnu à peine croisé, le trouverai, insisterai pour qu'il en dise davantage. M'expliquera-t-il l'intention, ou le hasard, de notre trop brève rencontre ? Lui, l'étrange vieillard d'Amérique et moi, l'étudiant flâneur parmi d'autres, juste plus curieux… Me contera-t-il sa vie, ses voyages, ses luttes et passions, ses rires, larmes et bonheurs, si distants de mon siècle ?

Convaincu de ma décision d'écriture, j'oserai un jour, par la lettre, le texte et la page, témoigner de son histoire.

N'ayant informé personne de notre heure d'arrivée, Graziella et moi prîmes un taxi. Dès la sortie de l'aéroport, nous rencontrâmes un premier bouchon. C'est à cause des attentats, nous expliqua le chauffeur d'une voix anxieuse et fatiguée. Il y a de nombreux barrages de police et nous sommes sans cesse contrôlés. Toute la circulation de Bruxelles est perturbée, aussi je serai obligé de faire un détour par le ring Nord.

À l'arrivée sur le plateau du Heysel, le ciel s'était dégagé, illuminant le vaste Parc des expositions, vestige de l'Expo 58, avec ses halls aux façades démodées, bordés de pelouses, de fontaines et forêts de drapeaux, et je vis Graziella se pencher vers la fenêtre, lever son regard, surprise par la gigantesque compilation de boules d'argent brillant, reliées entre elles par d'énormes cylindres d'acier. Le taxi passa juste en dessous de la masse monumentale, Graziella en fut toute excitée, éblouie par le soleil qui s'y reflétait. C'est donc ça votre ?… me demanda-t-elle. Oui, lui répondis-je, c'est… notre Palais des Doges à nous…

REMERCIEMENTS

Écrire c'est d'abord lire, et admirer de grands écrivains.

Rendez-vous incertain non seulement en évoque quelques uns mais, bien plus, en intègre d'autres, leur donne un rôle, dans la matière même du récit : des situations toutes imaginaires, se voulant vraisemblables, et rédigées avec le souci du respect des personnes et de leurs œuvres.

La constance d'écriture a été de situer les héros du roman, personnages de fiction, dans une réalité historique, leur permettant de côtoyer des personnes remarquables, vivantes ou ayant existé.

Parmi elles, j'ai redonné un instant de vie, et de libres paroles, à deux grands auteurs : Jorge Luis Borges et Hector Bianciotti.

Divers documents m'ont également inspirés, tels trois articles de presse dont je remercie les auteurs :

Michel COULOMBE, « Entretien avec Philippe de Broca », *Ciné-Bulles* n° 171, 1998.

Ramón CHAO, « L'idée de frontières et de nations me paraît absurde », entretien inédit avec Jorge Luis Borges, *le Monde diplomatique*, août 2001.

Olivier ROYANT, « Ma rencontre avec Oscar Niemeyer le "génie des courbes" », *Paris Match*, 6 décembre 2012.

Mes remerciements vont également à Vasco Rossi, chanteur pop rock italien, à qui j'ai emprunté quelques paroles de sa chanson *Vivere*.

Merci à Michèle, grande lectrice, pour ses précieux conseils et ses encouragements tout au long de ce cheminement littéraire.

Achevé d'imprimer en mai deux mille vingt-deux.

Dépôt légal D/2022/12689/66
Imprimé en Europe.